JAMES PATTERSON
ET DAVID ELLIS

W0353642

Incontrôlable

TRADUIT DE L'ANGLAIS (ÉTATS-UNIS) PAR PHILIPPE REILLY

L'ARCHIPEL

Titre original :

MISTRESS

Publié par Little, Brown and Company, New York, 2013.

© James Patterson, 2013.
© L'Archipel, 2018, pour la traduction française.

ISBN : 978-2-253-10394-3 – 1re publication LGF

1

Et maintenant, son armoire à pharmacie. Autant en profiter pendant que je suis là.

Gaffe quand même. Avant d'allumer, ferme la porte de la salle de bains. Son appartement est dans le noir, mieux vaut qu'il le reste.

Voyons un peu… lotions, pommades, crèmes hydratantes, baume à lèvres, ibuprofène. Des médicaments ? Amoxil contre les infections nasales, lorazépam contre les crises d'angoisse…

Diana avait des crises d'angoisse ? Sans déconner, qu'est-ce qui peut l'angoisser ? C'est la femme la plus stable que je connaisse.

Et ça, c'est quoi ? Cerazette… contraceptif… Elle prend la pilule ? Diana prend la pilule ? Elle ne m'en a jamais parlé. Elle ne couche pas avec moi – pas encore, en tout cas. Alors avec *qui* ?

Diana, chaque fois que j'ai l'impression de t'avoir percée à jour, tu me rappelles que tu es un mystère. Un mystère emballé dans une devinette à l'intérieur d'une énigme. Comme dirait Joe Pesci dans *JFK*, même si la phrase a déjà été prononcée par Winston Churchill dans un discours à la radio en 1939 à propos de l'URSS. Le président Roosevelt, devenu un ami de Churchill pendant la guerre, lui avait écrit un jour : « Quel plaisir de partager cette décennie avec vous. »

Diana, quel plaisir de partager cette décennie avec toi. Et maintenant ne m'en veux pas mais je vais fouiller le placard dans ta chambre.

Même procédure : entrer dans la pièce, fermer la porte et allumer. Empêcher la lumière de filtrer dans le reste de l'appartement.

Waouh. Au moins une centaine de paires de chaussures alignées méticuleusement. Talons aiguilles Stuart Weitzman. Cuissardes en alligator noires Manolo Blahnik. Escarpins à pointe de satin rose Roger Vivier. Jimmy Choo rouges. Sandales de soirée Escada roses. Talons aiguilles Chanel noirs, parfaits pour un conseil d'administration ou un restaurant cinq étoiles.

Woodrow Wilson avait un faible pour les chaussures de ville blanches assorties à ses costumes en lin. De tous les présidents, Lincoln avait la plus grande pointure – du 48,5 – et Rutherford B. Hayes la plus petite – un 40.

Pardonnez-moi. Mon esprit a tendance à se perdre. Comme Moïse dans le désert. Sauf qu'il avait une meilleure excuse. Et un problème d'élocution – contrairement à moi, à moins de considérer mon incapacité à tourner sept fois ma langue dans ma bouche.

Mais c'est une longue histoire… Bref, retour à notre programme habituel : le placard de Lady Diana. Et qu'est-ce qu'on trouve là, suspendus derrière un alignement de robes, cachés de tous à part du voyeur le plus motivé ?

Corsets et cagoules en cuir. Chaînes et fouets. Vibromasseurs de toutes les formes et de toutes les couleurs. Il y en a même un violet recourbé à un bout (je me demande bien pourquoi). La plupart ont la forme du membre viril mais certains, pour je ne sais quelle raison, sont dotés d'un appendice supplémentaire. Des billes noires enfilées sur une tige (à quoi ça sert ?). Anneaux de tétons, ça je vois, enfin je crois. Crèmes et lotions. Une longue plume jaune…

Puis, je l'entends, je le vois et je le sens simultanément – un mouvement sur la moquette, un frottement sur ma jambe, qui m'encercle…

Terreur fugace, picotements le long de ma colonne vertébrale. J'attends qu'ils disparaissent pour dire :

— Salut, Cannelle.

L'abyssin de Diana, trois ans. Le mot « abyssin » est d'origine éthiopienne mais la race est censée provenir d'Égypte. Bizarre, non ?

Les abyssins ont des oreilles plus grandes et une queue plus longue que la plupart des chats. Leur poil est plus clair à la racine qu'à la pointe, caractéristique partagée par quelques races seulement. J'ai dit à Diana qu'elle aurait dû appeler le sien Caramel car c'est la couleur exacte de son pelage. Et je préfère le caramel à la cannelle, surtout dans les bonbons.

OK, et maintenant au boulot. J'éteins la lumière dans le placard avant d'ouvrir la porte – il fait toujours sombre dans l'appartement. Je me sens comme Paul Newman dans *Le Solitaire*.

Pour commencer, la chambre. Près du balcon, un bureau. Juste à côté, deux prises électriques. Je branche l'adaptateur secteur dans la prise du dessous et passe le câble derrière le rideau vers le bureau. Un boîtier semblable à n'importe quel autre adaptateur pour ordinateur ou autre équipement électrique, sauf qu'il s'agit d'une caméra à détecteur de mouvements capable de filmer la chambre pendant trente-deux heures en haute définition couleur. Si nécessaire, je peux enclencher l'enregistrement continu mais, dans le cas présent, l'activation par détecteur de mouvement est une meilleure idée. Je préfère cette caméra car elle n'a pas besoin de batterie puisqu'elle est branchée sur secteur. Et elle ne transmet aucun signal : tout est enregistré sur une carte mémoire lisible sur ordinateur, de sorte que l'appareil échappe à toute détection anti-mouchard.

Je sors de la chambre en me baissant et me retrouve dans le séjour de Diana, une pièce spacieuse avec une petite cuisine et un grand salon meublé d'une table. L'appartement est au dernier étage d'un immeuble de Georgetown – autrement dit, elle paye pour l'emplacement, pas pour la superficie.

Je n'ai pas envie de brancher un autre adaptateur : si le premier est découvert, le second le sera aussi. Varier les plaisirs, il n'y a que ça de vrai. Mais celui-ci nécessite une installation plus compliquée : je mets mes lunettes de vision nocturne. Comme le tueur en série du *Silence des agneaux*, sauf que je n'ai jamais tué ni écorché vif personne.

Un meurtre peut être maquillé en suicide, un suicide maquillé en meurtre.

Vous en avez assez de vous faire du souci en pensant que votre maison est en feu ou cambriolée ? Vous voulez surveiller vos invités tout en leur évitant de respirer des fumées toxiques ? Benjamin vous présente son détecteur de fumée à caméra couleur intégrée. Ce gadget simple d'utilisation se fixe sur n'importe quel plafond. Disponible en trois coloris, il se fondra aisément dans le décor. Mieux encore, sa caméra miniature à ouverture de 3,6 mm et son micro vous permettront de voir et d'entendre tout ce qui se passe dans la pièce. En plus, pour toute commande immédiate, un adaptateur 12 volts offert !

Je vous jure, je suis un garçon tout à fait normal.

OK, j'ai fini. La cuisine est exactement dans l'état où je l'ai trouvée. Je fourre dans mon sac de sport le vieux détecteur de fumée de Diana et mes lunettes de vision nocturne et marque un temps d'arrêt, le temps de vérifier que je ne laisse rien derrière moi.

Je consulte ma montre : 21 h 57. J'avais pour instructions de terminer à 22 heures. Mission accomplie avec trois minutes d'avance.

Je tends la main vers la poignée de la porte et une pensée me frappe de plein fouet – j'ai commis une terrible erreur.

Paul Newman ne joue pas dans *Le Solitaire.* C'est James Caan.

Comment ai-je pu confondre Paul Newman et James Caan ? Ça doit être les nerfs.

Je ferme à clé et traverse rapidement le couloir jusqu'à l'escalier de secours, accessible grâce à une clé. J'ouvre la porte et me glisse dans l'air nocturne au moment où l'ascenseur à l'autre bout du couloir fait entendre son « ding ».

2

Je descends les six étages à pas lents, sans lâcher la rambarde. Je n'aime pas les hauteurs. Les présidents Washington et Jefferson voulaient que D.C. soit « une ville basse ». Je suis à 100 % avec eux.

Dans les années 1890, le Cairo Hotel se dressait sur Q Street. Avec ses cinquante-trois mètres de haut, il dominait les bâtiments voisins. Quelques années plus tard, le Congrès a adopté une loi, amendée en 1910, qui limitait la hauteur des immeubles de la capitale à la largeur de la rue où ils se trouvent, augmentée de six mètres cinquante. La plupart des rues de Washington D.C. n'excédant pas trente-six mètres, les bâtiments ne dépassent pas quarante-trois mètres, soit treize étages ou moins.

Encore trop haut pour moi. Je suis incapable de me tenir près des rebords. Trop peur de perdre l'équilibre et de tomber. Trop peur de sauter.

Arrivé en bas, je traverse le parking et monte d'autres marches menant à la promenade en brique qui longe le canal C&O[1]. Diana habite sur une

1. Le canal Chesapeake and Ohio, qui longe le Potomac sur près de 300 km de Cumberland à Washington D.C. *(Toutes les notes sont du traducteur.)*

minuscule parcelle de la 33rd Street Northwest occupée par deux immeubles, entre le Potomac au sud et le canal au nord. Son immeuble est le dernier avant l'impasse donnant sur le canal, et je marche seul le temps de me retrouver devant son entrée.

La chaleur d'août est poisseuse. La capitale a été bâtie sur des marais et, à cette époque de l'année, l'humidité qui y règne est insoutenable. Je n'en veux pas au Congrès de s'être tenu à l'écart.

Deux types assez jeunes fument devant les entrepôts de l'autre côté de la rue. Ils ont l'air d'inspecter ma moto.

— Elle déchire, commente l'un d'eux.

Il est petit et efflanqué comme Joaquin Phoenix dans *Prête à tout*, le film qui a révélé Nicole Kidman. La première fois, à mon avis, où elle a montré qu'elle avait la carrure pour tenir à elle seule tout un film.

— Elle vous plaît ?

À moi aussi. Une Triumph America de 2009. Double arbre à cames, 865 cm^3, bicylindre, moteur 4 temps, doubles silencieux en cônes inversés, noir Phantom et détails chromés. Oui, le même modèle que celui de Colin Farrell dans *Daredevil.* Je ne dis pas que c'est pour ça que je l'ai achetée. Je ne dis pas le contraire non plus. Mais, ouais, elle déchire.

— Vous la sortez souvent ? me demande le type.

Colin Farrell était génial dans *Phone Booth.* J'ai bien aimé son film de flics avec Edward Norton, et celui de SF avec Tom Cruise, *Minority Report.* Un acteur sous-estimé. Il devrait jouer avec Nicole Kidman.

— Ouais, j'essaie de lui dérouiller les pattes chaque fois que je peux.

Je suis censé rester discret dans le coin et me voilà à parler moto avec deux mecs.

Dans la pénombre, je lève les yeux vers l'appartement de Diana – le balcon en briques triangulaire qui surplombe la 33rd Street Northwest. Il fait plutôt office de jardin qu'autre chose, avec ses jardinières de plantes et de fleurs et ses petits arbustes, tous entretenus avec amour.

Une lumière s'allume dans l'appartement, éclaire la fenêtre de la cuisine.

— Montée sur quoi ? demande le type en donnant un coup de pied dans la roue avant.

— Un 110/90 ME880. J'aime rouler avec des 880 devant et derrière.

Diana, chez elle si tôt ? Intéressant.

— Cool. Mon vendeur de pneus ne fait pas les Metzeler. Ça fait des années que je roule sur des Avon.

Je le regarde.

— Jusqu'à présent, ils tiennent bien le coup.

Il me demande le nom de mon revendeur et le note sur un morceau de papier. Puis j'enfourche ma Triumph et jette un dernier coup d'œil vers le balcon de Diana. Bonne nuit, Lady Dia…

… quoi ?

Je hurle :

— Non !

Un corps vient de basculer du balcon, six étages plus haut, et fonce vers le sol tête la première. Je ferme les yeux et me détourne mais impossible de fermer mes oreilles au bruit répugnant du choc contre le bitume, des os fracassés et réduits en miettes.

3

Je saute de selle et me précipite vers elle. Non, c'est impossible. Pas elle…

— Vous avez vu ça ?

— Qu'est-ce qui s'est passé ?

J'arrive après deux femmes qui ont surgi d'une voiture et sont à présent agenouillées devant elle.

Oh, Diana. Son corps est étendu au bord de la chaussée, sur le ventre, membres écartés. Sa chevelure étincelante est répandue sur son visage écrasé et sur le trottoir. Le sang ruisselle du trottoir sur la chaussée. Penché par-dessus les épaules des deux passantes, je regarde la seule femme que j'aie jamais…

Pourquoi, Diana ? Pourquoi as-tu fait ça ?

— Quelqu'un a vu ce qui s'est passé ? crie une voix.

— Ça vient du balcon de Diana ! s'exclame une personne qui court vers l'immeuble.

Rapidement, une foule de curieux s'est formée. Rien d'autre à faire que la regarder, comme si elle s'était transformée en objet dans un musée. Elle est… je n'arrive pas à dire le mot. Elle ne respire plus, son corps est en charpie, elle… ne vit plus.

Laissez-la tranquille, dis-je en mon for intérieur, à voix haute aussi peut-être. *Écartez-vous. Respectez sa dignité.*

Au moins la pénombre l'enveloppe-t-elle de son voile bienveillant, lui offrant un semblant d'intimité, escamotant aux regards son visage meurtri, sa souffrance. Curieusement, cela correspond assez bien à l'orgueil farouche de Diana : même dans la mort, elle cache aux autres son visage détruit.

Quelqu'un demande qu'on appelle une ambulance. Dix personnes dégainent leur portable. Impuissant, je m'accroupis. Je ne peux rien faire pour elle. Soudain, sur ma droite, entre les pieds de quelques badauds, j'aperçois des fragments de pot en terre cuite et des morceaux de terre. Je crois même reconnaître un parfum de cannelle. Je regarde de nouveau vers son balcon, comme si je pouvais voir quoi que ce soit sous cet angle, dans l'obscurité. Sans doute les pélargoniums qu'elle sortait pendant l'été, sur le rebord de son balcon triangulaire surplombant la rue.

Brusquement incapable de partager cette curiosité morbide, je me fraie un chemin parmi cette foule croissante et rejoins bientôt la 33rd Street Northwest.

Là, je me retourne et je vomis. Sans même m'en rendre compte, je me retrouve à quatre pattes sur le trottoir.

La main de Diana sur ma joue. Le fou rire de Diana quand elle avait renversé sur elle le pot de lait dans ce nouveau café de M Street. Diana, le mois dernier, me montrant ses cheveux qu'elle venait de teindre en auburn et me demandant mon avis, s'intéressant à mon avis. Son expression quand elle avait une idée en tête mais qu'elle ne voulait rien dire. Diana qui se retourne, me regarde et, me reconnaissant, me sourit. Ce sourire insouciant, mais peut-être pas si insouciant que cela, *elle prenait du lorazépam, crétin, comment tu as pu passer à côté de ça? À côté de ces signes?*

Elle avait besoin de mon aide et je n'étais pas là pour elle. Je n'ai pas pris les devants. Jamais je n'avais imaginé que le *suicide* aurait pu être un choix pour elle.

Un meurtre peut être maquillé en suicide, un suicide maquillé en meurtre.

— Eh, mec!

Les pélargoniums.

— ... Putain, ya un mec mal, là!

Fous le camp, Benjamin, fous le camp.

Des sirènes à présent, des faisceaux lumineux qui perforent l'obscurité, l'air se raréfie tout à coup...

— Tiens bon.

Je me parle à moi-même.

— Tiens bon, Benjamin.

Je respire profondément et parviens à me relever.

— OK.

Je saute sur ma moto et mets les gaz.

4

J'évite la voie rapide et prends Independence Avenue jusque chez moi – je ne me fais pas confiance ce soir pour m'offrir des pointes de vitesse en moto. Ma Triumph roule au pas, je ne tente aucun dépassement. Ma vision est brumeuse, brouillée par les larmes et mes tremblements frénétiques m'empêchent presque de tenir fermement le guidon.

Le trajet par l'avenue est légèrement plus direct – 7,1 km porte à porte contre 7,6, pour être précis – mais un peu plus long, 15 minutes 8 secondes contre 13 minutes 2 secondes. À cette heure de la soirée, la circulation est moins dense, l'écart devrait se réduire. Ces neuf derniers mois, le trajet a varié de 22 minutes 18 secondes à 11 minutes 5 secondes, mais je n'ai jamais pu faire de comparaison aux heures de pointe en raison des différentes limitations entre Constitution Avenue et Independence qui m'obligent à ajuster le trajet à chaque fois. Du coup, impossible de comparer, de mélanger les torchons et les serviettes, le caramel et la cannelle.

Les pélargoniums. *Apple Geranium.*

Fiona Apple n'a pas eu la carrière qu'elle méritait. Elle aurait dû être aussi célèbre qu'Amy Winehouse. Elles se ressemblaient, je trouve, mêmes voix rauques, gorgées de *soul,* mais Fiona n'a jamais vraiment décollé après *Criminal.* Cela dit, au bout du compte, Amy ne s'en est pas mieux sortie.

Dingue, hein, comme mon esprit digresse? Et c'est encore pire quand je suis stressé. Le Dr Vance avait une formule assez chic pour ça – *refuge émotionnel adrénalino-induit* – mais j'ai toujours pensé qu'il essayait de justifier tout l'argent que mon père lui versait pour me «réparer». J'ai mis longtemps à comprendre que je souffrais du syndrome du *Pater Crudelis.*

Je m'engage sur Pennsylvania Avenue, à un bloc de la Maison Blanche et, comme toutes les choses, comme un arbre, une chanson ou l'oxygène, ça me fait penser à Diana. *Il est tellement brillant*, disait-elle à propos de notre président. *Il comprend ce qu'on essaie de faire mieux que personne avant lui.*

Oh, Diana. Si intelligente, attentionnée, idéaliste. Est-ce que tu t'es vraiment fait ça? Ou est-ce quelqu'un qui t'a tuée? Aucune de ces deux possibilités ne paraît plausible.

Mais je vais en avoir le cœur net. Après tout, c'est comme ça que je gagne ma vie, pas vrai?

Sur la file opposée, un SUV klaxonne en me dépassant et se dirige vers Constitution. Seuls deux présidents ont signé la Constitution, Washington et Monroe. Monroe était aussi le plus petit de tous les présidents. Et le premier à voyager en bateau à vapeur. Et le premier à siéger au Sén…

Je fais une embardée pour éviter la Mazda RX-7 devant moi, mes mains serrent les poignées des freins avec toute la force dont elles sont capables. Je me retrouve de travers, perpendiculaire aux voitures devant et derrière moi. Le feu rouge signifie stop, Ben ! Concentre-toi ! Tu peux y arriver.

Benjamin, plus vite tu prendras conscience de tes limites, mieux ce sera.

Tu n'es pas comme les autres, Benjamin. Tu ne l'as jamais été. Même avant – oui, même avant tout ce qui s'est passé avec ta mère.

Tu auras tout le temps de te faire des amis quand tu seras grand.

Diana était mon amie. Et elle aurait pu être beaucoup plus. Elle *aurait* été beaucoup plus.

Je peux y arriver. J'ai juste besoin de prendre mes médicaments. Juste besoin de rentrer chez moi.

Le feu passe au vert. Je redresse ma moto et avance.

Diana Marie Hotchkiss, Marie était le prénom de sa tante, Diana est celui de sa grand-mère. Née le 11 janvier 1978 à Madison, Wisconsin, joueuse de volleyball et de softball, récompensée du prix de la meilleure étudiante en espagnol à l'Edgewood High School of the Sacred Heart, dont elle est sortie diplômée en 1995…

On klaxonne, quelqu'un klaxonne encore, j'ai fait quelque chose, qu'est-ce que j'ai fait ?

Je crie :

— La ferme ! Foutez-moi la paix !

Sans m'attendre à une réponse de la voiture derrière moi, ni même supposer qu'ils m'entendent.

— *Garez votre moto et coupez le moteur!* gronde une voix à travers un haut-parleur.

Je regarde dans mon rétro et remarque pour la première fois les lumières clignotantes. Ce n'est pas un conducteur en colère.

C'est un flic.

Voilà qui s'annonce intéressant.

5

Je me range le long du trottoir de Constitution et coupe le moteur.

Le premier meurtre de flic recensé date de 1792. Ça s'est passé à New York, dans ce qui est aujourd'hui le South Bronx. Le tueur était un certain Ryer, membre d'une riche famille d'agriculteurs. Il participait à une bagarre d'ivrognes. Et vous savez le plus drôle ?

— Alors, quoi de neuf ce soir ? me demande le flic en avançant vers moi.

Le projecteur de sa voiture m'éblouit.

Le plus drôle, c'est que l'un des commissariats du Bronx se trouve sur Ryer Avenue, du nom de cette famille.

Je lui tends mon permis et ma carte d'immatriculation. Il a sans doute déjà vérifié le numéro. Il sait déjà qui je suis.

— Vous pouvez ôter votre casque, monsieur ?

À vrai dire, non, je ne peux pas. J'obéis quand même. Yeux dans les yeux, il me scrute longuement. Ça ne doit pas être beau à voir.

— Vous savez pourquoi je vous ai demandé de vous arrêter, monsieur Casper ?

Parce que vous avez ce pouvoir ? Le pouvoir d'arrêter, palper, fouiller, saisir et interpeller chaque fois que ça vous chante ? Parce que vous êtes un travelo constipé, impuissant, napoléonien ?

— J'ai un peu perdu le contrôle de mon véhicule, tout à l'heure, admets-je.

— Vous avez failli provoquer un accident.

Il porte une moustache en guidon. Je ne suis pas fan de pilosité faciale mais, si je l'étais, je n'opterais pas pour ce genre-là. Je m'en tiendrais sans doute à une ombre de moustache, comme Don Johnson dans *Miami Vice.* Ça serait cool.

Ma parole, ce flic sort tout droit des Village People.

— Vous avez franchi la ligne médiane à trois reprises sur un bloc.

Je décide de m'en tenir prudemment à mon droit de ne pas m'auto-accuser. Et prie pour qu'il ne me demande pas ce que mon sac contient – comme des lunettes de vision nocturne, un vieux détecteur de fumée et quelques outils rudimentaires. Ou la lotion corporelle que j'ai prise dans le placard de Diana.

J'ai besoin de rentrer chez moi. Prendre le temps de réfléchir à tout ça. Essayer de comprendre.

— Vous avez bu ce soir, monsieur ?

Il se tient bien trop près de moi. Les risques d'arrêter un motard. Je pourrais me pencher vers lui, attraper sa matraque, les menottes à sa ceinture ou l'arme dans son holster avant qu'il ait le temps de dire *ouf.* Il n'apprécierait sans doute pas la plaisanterie.

Mais s'il se montre trop curieux, ce ne sera peut-être pas une plaisanterie. Je l'ai déjà dit, je ne me fais pas toujours confiance.

— Sobre comme un curé.

À vrai dire, le prêtre de mon enfance, le père Calvin, était un ivrogne patenté.

— Vous avez subi un choc émotionnel ce soir ?

Voyons… La soirée avait plutôt bien commencé, j'avais réussi à installer mon équipement de surveillance dans l'appartement de la femme que j'aime. Puis elle a pris une tournure sinistre quand, un peu plus tard, cette même femme a fait une chute mortelle.

QU'EST-CE QUE TU EN DIS, LE FLIC ?

— Je me suis disputé avec ma copine. Désolé pour ma conduite, j'étais juste un peu énervé. Je suis parfaitement sobre et je vais rouler prudemment jusque chez moi. J'habite à cinq minutes, sur Capitol Hill.

Quand il le faut, j'arrive à jouer les mecs normaux. Il me dévisage encore un moment, tente de déchiffrer mon regard puis me conseille de rester calme. Il repart vers sa voiture avec mon permis et ma carte d'immatriculation. Il ne va rien trouver d'intéressant. Je n'ai pas de casier, aucune activité criminelle – à sa connaissance, en tout cas.

Un jour, Ulysses S. Grant a été arrêté pour excès de vitesse à cheval. Il a reçu une amende de vingt dollars qu'il a tenu à payer. Franklin Pierce a lui aussi été arrêté pour avoir renversé une vieille dame avec son cheval mais les poursuites contre lui ont été abandonnées.

— Vous êtes journaliste, m'informe le flic à son retour. Au *Capitol Beat.* J'ai déjà lu vos papiers. Votre nom me disait quelque chose…

Plus exactement, je suis le correspondant du journal à la Maison Blanche et je possède la société qui l'édite. De l'avantage d'avoir un grand-père riche. Est-ce que, du coup, je vais échapper à la contravention ?

Eh non. Il me sanctionne pour conduite dangereuse et franchissement de la ligne médiane. Ça me semble redondant mais ce n'est pas le moment de débattre de questions de logique. Je veux juste qu'il me laisse repartir, ce qu'il va faire, non sans m'avoir collé une amende pour violation du code de la route. Première bonne nouvelle. La seconde, c'est que, bizarrement, le flic a réussi à me calmer en m'obligeant à reprendre un comportement normal.

La mauvaise nouvelle, c'est que je viens de me faire repérer à proximité de l'immeuble de Diana, dans l'heure qui a suivi sa mort.

6

Je ne dors pas mais je rêve. D'un flingue par terre dans une salle de bains ; d'une femme étendue sur le trottoir ; d'une éclaboussure de sang sur un rideau de douche ; d'un cri que personne n'entend ; d'une goutte de sang tombant dans le vide et prenant une forme sphérique avant de s'écraser au sol sans un bruit.

— Diana !

Ma tête se redresse d'un coup. Je me lève du palier du second étage et dévale l'escalier jusqu'au rez-de-chaussée. J'ai bien entendu une voix, non ?

— Diana ?

Je regarde dans la cuisine, dans le séjour, dans la salle de bains.

Dehors, l'obscurité se dissout lentement. L'aube. Sept heures se sont écoulées, ç'aurait aussi bien pu être sept décennies – atroces, insoutenables. Mon corps est couvert de sueur et mon pouls commence à peine à ralentir. Mes membres sont douloureux. À chaque respiration, l'impression que quelqu'un se tient debout sur mon torse.

Je cours jusqu'à la porte d'entrée et regarde par la serrure. Une fourgonnette blanche est garée juste devant. Coïncidence? De l'autre côté de la rue, deux joggeurs traversent Garfield Park. Oscar, le schnauzer géant de mon voisin, urine sur mon perron en briques. Les schnauzers géants me foutent la trouille. Il ne devrait y en avoir que des petits. Ça ne rime à rien d'en faire d'aussi grands. Pour je ne sais quelle raison, ils me font penser à Wilford Brimley. Ce type a soixante ans depuis toute ma vie.

Le président Johnson a eu au moins trois chiens, des beagles pour la plupart, notamment deux qu'il avait baptisés Lui et Elle. George Washington avait des foxhounds mais aimait tous les chiens. Pendant la bataille de Germantown, ses soldats capturèrent un terrier qui appartenait au général britannique Howe, son ennemi juré. Ils voulurent le garder comme trophée mais Washington le lava, le nourrit puis décréta un cessez-le-feu afin qu'un de ses hommes, muni d'un drapeau blanc, puisse rapporter le clebs à son propriétaire à travers les lignes ennemies. Franklin D. Roosevelt avait un chien qu'il emmenait tous les…

À ce moment-là, un gamin surgi de nulle part balance un journal vers ma porte.

Je me baisse, ce qui est absurde, puis insulte en silence le livreur – il aura son journal, bientôt – et me dis que j'aurais mieux fait de prendre mon médicament hier soir. Mais ce n'est pas le moment d'y penser. Il faut que je sorte.

D'abord, prendre une douche parce que je pue la sueur et la lotion vanillée piquée à Diana. Je crois que c'est le genre de lotion qu'on met uniquement quand on est dans une chambre avec une autre personne.

Calvin Coolidge aimait se faire enduire le crâne de vaseline quand il prenait son petit déjeuner au lit. *Vasoline* est la meilleure chanson des Stone Temple Pilots après *Interstate Love Song.* J'aurais sûrement dû prendre un cachet hier soir mais je n'aime pas les effets secondaires – nausée légère, acouphènes et, ah oui, troubles de l'érection. *Impossible de tirer son coup, impossible de se mettre au garde-à-vous.*

Non que l'impuissance soit mon problème numéro 1 en ce moment. Pour ça aussi, sauf erreur de ma part, il faut être dans une chambre avec une autre personne. J'ai couché quatre-vingt-dix-neuf fois en tout avec huit femmes. Ma plus courte session, des préliminaires à l'orgasme, a duré trois minutes et à peu près quatorze secondes. Je dis « à peu près » car, parfois, c'est un peu gênant de se ruer sur sa montre juste après ; il faut se contenter d'une estimation. Cinq secondes pour se retirer, puis entre cinq et dix secondes pour complimenter sa partenaire avant de jeter un coup d'œil discret à sa montre.

Si vous vous posez la question, ma plus longue session a duré quarante-sept minutes et à peu près trente secondes. En considérant toutes mes sessions et en arrondissant le minutage, je dirais que la durée moyenne est de vingt et une minutes, la médiane de dix-huit minutes et le mode de dix-sept minutes. Ma prof de maths, Mlle Greenlee, serait fière de moi. Parce qu'avec elle, ça durait chaque fois plus de trente minutes.

Cela dit, je n'ai jamais eu de longue relation amoureuse. Pour je ne sais quelle raison, la plupart de mes petites amies ne me trouvaient pas romantique.

Jusqu'à Diana. Nous nous sommes tout de suite entendus. Nous sommes tous des pièces de puzzle sur un gigantesque plateau et… eh bien, nos contours bizarres s'ajustaient parfaitement. Même si elle ne s'en était pas encore aperçue.

Je fais couler la douche – et tourne brusquement la tête. C'était quoi, ça ?

Je passe rapidement une serviette autour de ma taille et me précipite à la fenêtre de ma chambre, qui donne sur F Street. La fourgonnette blanche est toujours garée devant ma maison. Ma pittoresque rue bordée d'arbres s'épanouit à mesure que la ville s'éveille. D'autres chiens, toujours plus nombreux, s'ébattent dans Garfield Park, mais pas le schnauzer géant.

J'avance jusqu'à mon escalier et reste immobile, guettant des bruits aux deux niveaux inférieurs.

Rien.

Satisfait, je retourne dans ma chambre. Une éruption musicale – guitares déchaînées, martèlement des basses – me projette presque sur le tapis. *Fine Again*, de Seether. J'ai besoin d'un moment pour me remettre d'un infarctus potentiel. Il doit être 6 h 30, et mon radio-réveil s'est déclenché.

Je tourne le robinet d'eau chaude à fond et le châtiment d'un jet bouillant s'abat sur ma nuque. Mes paupières sont lourdes, mes jambes caoutchouteuses. Rester éveillé toute la nuit me handicape au moment où j'aurais besoin de toute ma concentration.

Parce que je vais retourner à l'appartement de Diana.

7

Je reprends le même trajet à moto que la nuit dernière. Les rues sont relativement calmes, car il n'est pas encore 7 heures, et le Congrès n'est pas en session, ce qui signifie que la foule habituelle – personnel, groupes d'intérêts, lobbyistes et même journalistes – s'est considérablement réduite. On est toujours tassés comme des sardines dans leur boîte mais c'est relatif. Je sens nettement le mercure du thermomètre grimper tandis que j'avance le long de Constitution. La journée va être plus chaude qu'hier.

À ce stade, il y a tellement de choses que j'ignore. J'ignore ce que Diana faisait hier, dans la journée ou la soirée. Je sais seulement que j'avais pour instruction d'être sorti de chez elle pour 22 heures.

22 heures était l'heure de coucher habituelle de Calvin Coolidge. En général, il se réveillait le lendemain entre 7 et 9 heures, et s'accordait une sieste dans l'après-midi. *Au moins, quand je dors, je ne peux pas bousiller le pays*, plaisantait-il. Le président Arthur se mettait rarement au lit avant 2 heures du matin. Le président Polk, lui, travaillait jusque tard dans la nuit et se levait de bonne heure. Il est mort

d'épuisement trois mois après la fin de son premier mandat. Il a acheté la Californie, tout de même ; certains considèrent que c'était une bonne initiative.

Que s'est-il passé juste après que je me suis faufilé hors de son appartement, quelques minutes avant 22 heures ? La sonnette de l'ascenseur – était-ce Diana ? Était-elle seule ? Et pourquoi était-il si important que je sois parti à 22 heures ?

Je sens mon pouls accélérer lorsque je me retrouve dans K Street et longe Georgetown Waterfront Park, où j'observe quelques kayakistes sur le Potomac. La 33rd Street Northwest est en vue. Truman était notre trente-troisième président mais le trente-deuxième à occuper la plus haute fonction, puisque Grover Cleveland avait été élu pour deux mandats non consécutifs, échouant à se faire réélire en 1888 contre Benjamin Harrison même s'il avait remporté le vote populaire. Mais il a fait à son tour échec à la réélection de Harrison et a entamé son second mandat quatre ans après son premier. Harrison n'avait pas pu faire campagne en raison de la maladie de son épouse.

J'aurais dû prendre mes médicaments.

Je m'engage dans la 33rd Street Northwest et longe le canal en direction du nord et de l'immeuble de Diana. Je gare ma moto à un pâté de maisons de là et termine le trajet à pied. Je suis en sueur à cause de l'humidité – déjà – et aussi probablement de ma nervosité.

Je me sens comme Bruce Willis dans *Pulp Fiction*, qui retourne chez lui après avoir tué son adversaire lors d'un combat de boxe puis trahi un gangster. Si je tombais sur John Travolta, je lui demanderais ce qui lui a pris de jouer dans *Battlefield Earth.* Si je dirigeais un festival Bruce Willis, je programmerais *Sixième Sens*, *Die Hard*, *Incassable* et *Pulp Fiction.* Sans doute aussi *Ocean's Twelve*, même si Bruce Willis fait juste un caméo. Eh, c'est mon festival, c'est moi qui fixe les règles.

Ça peut être dangereux, je dois m'assurer que personne ne me voit. J'ai la clé de son appartement mais certaines personnes pourraient me reconnaître. Si seulement j'avais un de ces masques hyperréalistes que les personnages portent dans *Mission impossible* et qu'ils retirent d'un geste dramatique pour révéler leur véritable identité… Mais c'est juste ce pauvre vieux Benjamin. Non que je me fasse particulièrement remarquer. J'ai appris à me fondre dans le décor. On m'a souvent dit que je ressemblais à mon père, une comparaison censée être flatteuse mais que je recevais comme un vaccin contre le tétanos. Diana me trouvait un faux air de Johnny Depp. Peut-être devrais-je me déguiser en pirate. Ou en John Dillinger. Ou en Willie Wonka.

À mesure que j'approche, je sens ma poitrine se serrer, ma gorge et ma bouche s'assécher, mes membres flageoler. C'est là qu'hier soir, la vie de Diana s'est interrompue. Je n'ai pas encore complètement intégré l'information. J'ai reçu un coup mais l'ecchymose ne s'est pas encore formée. Mon cerveau le sait, mon corps y réagit physiquement mais, en quelque sorte, ça ne me semble pas réel.

Et ça le devient. Ça cristallise. Le film de sa chute se déroule devant mes yeux, je voudrais remonter le temps comme l'a fait Superman pour sauver Lois Lane, découvrir ce qui est arrivé à Diana et que j'ignore, ce qui a poussé quelqu'un à la tuer ou ce qui l'a poussée au suicide. *Parle-moi, Diana, donne-moi un indice, dis-moi comment comprendre*…

Un homme en tenue civile se tient tout près de l'endroit où Diana est tombée. Il regarde vers le balcon. À moins d'être architecte, agent immobilier ou fan de balcons, il fait sans doute partie de la fine fleur de l'investigation à D.C. Il regarde dans ma direction et je vois sa moustache, ce qui confirme mon hypothèse. C'est un flic, venu enquêter sur la mort de Diana.

Perdu dans mes pensées, j'ai commis une terrible erreur. Je suis à trois mètres de lui, figé au milieu de la chaussée après l'avoir vu – et j'attire forcément son attention. Il me regarde, je réponds à son regard. Aucun de nous ne parle. Chaque seconde qui passe aggrave la situation. Ce qu'Uma Thurman, dans *Pulp Fiction*, appelle un « silence gêné ». Je me demande s'il entend les pulsations de mon rythme cardiaque.

Il est trop tard pour me remettre en marche et passer devant lui d'un air dégagé. M'enfuir à toutes jambes reste une option – à bien y regarder, il est prenable à la course à pied – mais, pour tout dire, je préfère ne considérer cette solution qu'en ultime recours. Peut-être le flic m'a-t-il vu garer ma moto de sorte que, même si je réussissais à m'échapper, il saurait tout de moi en un appel radio – y compris le fait que je me trouvais dans les environs la nuit dernière, apparemment bouleversé et pilotant mon engin n'importe comment.

Non, Ben, vraiment, ça se présente bien. Riche idée d'être revenu ici.

Il avance d'un pas. Plie une barrette de chewing-gum dans sa bouche. M'adresse un hochement de tête.

— B'jour, me dit-il avec un calme étudié.

Mais je sais à quoi m'en tenir. Il voit clair dans mon jeu. Il est meilleur que le moustachu de la patrouille de cette nuit. Ses antennes sont déployées. Il sait. *Il sait.*

Et maintenant, gros malin ?

— Vous habitez dans le coin ? demande-t-il comme par curiosité, comme s'il allait me demander la direction du Washington Monument.

Je ne réponds pas. Mais, d'un geste que je veux naturel, ma main gauche passe derrière mon dos et j'affiche un sourire destiné à endormir son détecteur de menace.

D'un mouvement fluide et assuré, le flic ouvre l'étui à son ceinturon et pose sa main sur la crosse de son revolver.

8

Manifestement, c'est un gaucher. Indice : le holster à sa hanche gauche. Le président Garfield aussi était gaucher. Ainsi que Truman. À l'époque moderne…

Je brandis la carte de journaliste pliée dans ma poche arrière.

— *Capitol Beat.*

Le flic prend une grande respiration et se calme. Sa main se détache du revolver.

— Bon Dieu…

— Non, juste journaliste.

En réalité, Garfield était ambidextre. Il était capable d'écrire en grec ancien de la main gauche et en latin de la main droite. Le personnage d'Al Pacino dans *Donnie Brasco* est gaucher. À mon avis, sa meilleure prestation à l'écran, à la fois contenue et désespérée.

Le flic parcourt ma carte rapidement. Elle est attribuée chaque année par le Metropolitan Police Department.

— Benjamin Casper, lit-il. Eh bien, Benjamin Casper, on peut dire que vous m'avez foutu la trouille.

Génial. Il dit mon nom deux fois, quadruplant les risques de se souvenir de moi plus tard.

Le président Buchanan penchait souvent la tête vers la gauche en raison de son œil myope et de son œil hypermétrope.

— Vous êtes censé toujours laisser cette carte bien en vue, mon vieux.

— Je plaide coupable.

Je montre l'immeuble de Diana d'un mouvement de menton.

— Le suicide hier soir ?

Le flic me dévisage de nouveau.

— Un communiqué de presse sera publié plus tard. L'identification du corps est toujours en cours.

C'est l'esquive classique, les correspondants à la Maison Blanche y ont droit chaque jour. La plupart des inspecteurs et des agents accepteront de vous donner les informations de base avant même le communiqué officiel du porte-parole de la police, surtout si vous leur promettez d'orthographier correctement leur nom dans l'article. J'en conclus que cette affaire-ci a droit à un traitement particulier.

La zone où Diana s'est écrasée est entourée de ruban jaune. Il y reste quelques fragments de pots en terre cuite et de la terre des pélargoniums. Et puis la tache de sang, principalement sur la chaussée avec quelques traces sur le trottoir.

Une fois le sang sorti du corps, il se comporte comme un fluide et subit l'influence de toutes les lois physiques, comme la gravité.

— Allez, inspecteur, donnez-moi un coup de main… Aucune piste, vraiment ?

Mais, déjà, il me snobe. Maintenant qu'il me voit comme un journaliste, je lui inspire autant d'affection qu'un cafard pétomane.

Mais ma question a retenu son intérêt. Il se tourne vers moi.

— Des indices sur quoi ? Sur une femme qui a sauté d'un balcon ?

— Comme vous voulez, dis-je avec les intonations d'un journaliste bloqué dans une impasse.

— Désolé, Benjamin Casper. Silence radio à partir de maintenant.

Qu'est-ce qu'il a, à répéter mon nom à tout bout de champ ?

Je décide de limiter les dégâts et de foutre le camp. Parce que question dégâts, je suis déjà bien servi : je n'ai pas réussi à retourner dans l'appartement de Diana et un des policiers sur l'affaire a prononcé mon nom trois fois, ce qui me garantit qu'il est virtuellement imprimé au fer rouge dans sa mémoire. Au moins, j'ai évité la catastrophe en abattant ma carte de journaliste.

Et puis, cette excursion n'est pas totalement inutile. J'en repars avec trois informations que j'ignorais : d'abord, la police considère la mort de Diana sous l'angle de l'homicide ; ensuite, pour je ne sais quelle raison, elle préfère éviter que ça se sache.

Enfin, moi et ce flic semblons intéresser au plus haut point deux types à lunettes de soleil dans une berline Lexus garée un peu plus loin.

9

Je tire ma Triumph de son sommeil, mets mes lunettes de soleil et me dirige vers la Lexus, histoire de voir de plus près les deux types. Européens, mâchoire carrée, musclés, constipés. OK, pour constipés c'est juste une supposition. Je ne sais pas ce qu'ils fabriquent mais ce n'est pas le moment de clarifier ça – je ne profiterais pas de l'effet de surprise, ils sont deux et je suis seul, ils sont dans une voiture et je suis sur une moto. Et puis, j'ai suffisamment attiré l'attention pour la matinée.

Sur le chemin du retour, je roule lentement pour leur laisser la possibilité de me suivre. Ils n'en font rien. Peut-être qu'ils ne s'intéressent pas à Diana. Peut-être qu'ils voulaient juste admirer le Potomac. Peut-être que ce sont des ornithologues amateurs.

De temps en temps, j'emmenais Diana faire un tour en moto. Je n'ai jamais été aussi heureux sur cette Triumph. Elle passait ses bras autour de ma taille, posait son menton sur mon épaule, et nous partagions tous les deux cette aventure. Je ne me suis pas encore résolu à l'idée qu'elle ne partira plus jamais en balade avec moi.

Nous allions être un couple. Je le savais. Les meilleurs couples sont ceux qui naissent dans l'amitié, comme celui de Billy Crystal et Meg Ryan dans *Quand Harry rencontre Sally*. Même si, on ne va pas se mentir, elle était bien trop mignonne pour un type comme lui. Cela dit, la plupart des gens commencent par éprouver une attirance sexuelle puis essaient de voir s'ils sont compatibles. Le sexe fait diversion, jusqu'à ce qu'ils s'aperçoivent, trop tard, que les pièces du puzzle ne s'ajustent pas. Diana et moi, on était différents. On était potes. Copains. C'est vrai, je voulais davantage, mais sa résistance nous a amenés à développer un autre type de relation. De sorte qu'au moment d'aborder la phase romantique, toutes les autres cases auraient déjà été cochées.

Ou bien ce n'était qu'un rêve. Je ne le saurai jamais.

Parce que quelqu'un l'a tuée. J'en suis sûr à présent. Elle adorait ses pélargoniums. Même si elle avait décidé d'en finir, elle aurait pris soin de ne pas les bousculer au moment de faire le grand saut. Elle ne se serait pas vautrée sur le parapet, les emportant dans sa chute.

J'imagine qu'un flic rirait de cette analyse. L'Affaire des Pélargoniums. *Que le fleuriste se dénonce !*

Il faudrait la connaître comme je la connaissais.

Enfin, la caméra chez elle détient la vérité. Il me faudra juste attendre que la police dégage…

Attendez… attendez… Est-ce que Diana *savait* que quelqu'un voulait la tuer ?

Est-ce *à cause de ça* qu'elle m'avait demandé de truffer son appartement d'appareils d'espionnage ? Elle n'avait pas jugé nécessaire de m'expliquer, aussi ne lui avais-je pas posé la question. Mais ça paraît tout à fait logique maintenant.

Pourquoi Diana aurait-elle pris la peine de me faire installer tout un équipement de surveillance si elle avait l'intention de se suicider le soir même ?

Absurde. Confirmation de l'hypothèse : Diana Marie Hotchkiss a été assassinée.

Oh, Diana. Tu avais peur de la vie ? Qu'est-ce que tu as fichu ? Dans quel pétrin tu as pu te fourrer ? Est-ce que tu en savais trop ? Est-ce que tu as fait *quelque chose* d'imprudent ?

Et pourquoi ne pas m'avoir fait assez confiance pour m'en parler ?

Je devrais me rendre chez les flics et tout déballer. C'est une information cruciale. Ils sauront que Diana avait peur de quelqu'un et la caméra de surveillance leur permettra de trouver le coupable.

Mais ça ne résout pas le problème qui se pose depuis que je l'ai laissée l'autre nuit, morte sur la chaussée : j'étais dans son appartement quelques minutes avant sa chute. Et je me suis enfui.

Franchir la porte d'un poste de police, c'est devenir aussitôt le suspect numéro 1.

10

Soudain, ils se ruent sur moi. Ils n'ont pas de visage mais ils sont grands, forts, avec des mains rapides qui m'immobilisent, m'attrapent par le cou et le poignet, me maîtrisent alors que mes pieds dérapent sur le carrelage humide de la salle de bains, me glissent un pistolet dans la paume en le serrant violemment, sans perdre le contrôle, pressent le canon contre ma tempe. Je résiste, remue la main, détourne ma tête du canon mais leurs doigts m'agrippent par les cheveux, poussent ma tête vers l'avant, collent le pistolet contre ma tempe et cherchent la détente. J'écarte les doigts, loin de la détente, mais ils sont trop forts, ils sont trop forts et je suis trop faible, et je vois la gerbe de sang sur le rideau de douche avant d'entendre la détonation, avant de sentir la balle pénétrer mon cerveau, avant de comprendre que je suis mort.

J'ai un soubresaut qui me projette vers l'avant et manque briser mon ordinateur en deux. J'expire bruyamment et m'accorde un moment pour reprendre mes esprits. Je suis assis dans un coin de ma chambre. J'étais en train de faire des recherches sur Internet pour un article et j'ai dû somnoler.

Depuis la mort de Diana, ça m'arrive souvent : j'ai perdu mes habitudes de sommeil, je m'assoupis jusqu'à ce que la violence de mes rêves me réveille brutalement. Ces dernières quarante-huit heures, je peux compter sur les doigts d'une main les heures passées à dormir.

Je prends l'ordinateur, brûlant sur mes genoux en sueur, et le pose sur la moquette. Puis je m'accroupis et, tout en restant dans cette position, j'avance vers la fenêtre en prenant garde de bien rester sous la ligne de visibilité.

Je me redresse juste assez pour regarder vers la rue. Le soleil, levé depuis peu, projette des bandes entre les arbres du parc et sur F Street.

La fourgonnette blanche est toujours garée le long du trottoir, devant ma maison. Trois jours que ça dure. Je suis passé devant plusieurs fois depuis la mort de Diana, je n'y ai jamais vu personne. Cela dit, seule la cabine du conducteur est visible. Je n'ai aucune idée de ce qui se passe à l'arrière.

Une de mes voisines, une certaine Alicia qui ne manque jamais de rappeler qu'elle est diplômée de littérature classique à Radcliffe, promène son doberman le long du trottoir en briques. Un Frisbee vient mourir à ses pieds et elle s'arrête, perplexe, tandis qu'un autre chien, un labrador jaune, court dans sa direction pour le récupérer. Elle repousse son doberman afin d'éviter la confrontation. Le labrador parvient à prendre le frisbee dans sa gueule et galope vers son maître qui se tient au milieu de Garfield Park.

Aucun signe d'Oscar, le schnauzer géant.

Quelqu'un joue au Frisbee avec son chien de si bonne heure ? C'est un grand type athlétique. Un des types à bord de la Lexus qui m'espionnaient avec le flic quelques jours plus tôt devant l'immeuble de Diana ? Possible. Je ne sais pas.

Je m'écarte de la fenêtre et perçois une bouffée de mon odeur. Je n'ai pas pris de douche hier. Je ne me souviens pas vraiment de ce que j'ai fait hier – non que je souffre d'amnésie mais tout me semble brouillé. Planqué quelque part dans la maison – un des avantages de posséder un journal sur Internet –, j'ai tapé un article sur le bras de fer entre le chef de cabinet du président et le secrétaire à la Sécurité intérieure. Info que je tiens d'une source au sein du Département, une assistante du directeur adjoint, une des rares femmes avec qui je suis sorti et qui m'aimait encore vraiment quand nous avons rompu. Une musique résonne, accompagné par la voix d'un DJ – mon radio-réveil. Il m'annonce qu'il est 6 h 30 dans la capitale et que la journée va être superbe. Oh non. Cette journée va être atroce. Je me déplace avec lenteur, traînant les pieds, amer et blessé. Depuis deux jours, j'oscille furieusement entre la dépression, l'amertume et la peur en fonction de différents scénarios : 1) Diana a disparu pour toujours, 2) quelqu'un l'a violemment arrachée à ce monde, 3) quelqu'un envisage peut-être de me réserver le même sort, 4) quelqu'un, d'une façon ou d'une autre, me tend un piège pour me faire accuser du meurtre de Diana.

Un instinct ancré en moi depuis l'enfance me pousse naturellement à me renfermer sur moi, à me cacher, à tenir à distance les gens et les choses.

Benjamin, plus vite tu prendras conscience de tes limites, mieux ce sera. Tu auras tout le temps de te faire des amis quand tu seras grand.

Diana était mon amie. C'est pour cette raison que je ne peux pas rester terré chez moi aujourd'hui.

C'est aujourd'hui que se tient la visite funéraire, dans sa ville natale de Madison, Wisconsin, et je dois être présent. Je lui dois bien ça.

Même si je me fais tuer.

11

Je prends une douche, me rase, enfile un costume et me rends à l'aérodrome en Triumph. L'air frais me fait du bien, m'arrache à ma trouille pour le moment. J'ai besoin d'avoir la tête solidement vissée sur les épaules.

Je gare ma moto et traverse le hall de l'aéroport pour me rendre directement sur le tarmac. Le Potomac Airfield est situé à quelques minutes seulement du centre-ville de D.C., et pourtant il n'est protégé par aucune barrière, aucune caméra, et n'a pas vraiment de zone de contrôle de sécurité. Allez comprendre. Le type qui dirige l'endroit en a une sacrée paire. Il m'autorise à stationner – parfois même dans un hangar, quand il y a de la place – pour quasiment rien du moment que je lui fais de la pub auprès des autres correspondants. Dans le District, la politique ne se limite pas aux élus.

J'arrive devant mon avion, un Cessna 172N Skyhawk modèle 1979. Je l'ai acheté il y a deux ans en puisant dans le trust que mon grand-père m'a laissé. Je ne l'ai jamais connu mais Daddy a bien réussi dans sa société d'organisation de congrès et mieux encore dans ses placements en Bourse. La preuve : je suis propriétaire d'un avion, d'un journal en ligne et d'un joli magot investi dans un portefeuille obligataire.

Le Cessna est une splendeur. Quatre sièges et juste assez de place pour le chargement. Rayures bleues, la couleur d'un ciel paisible. La couleur des yeux de Diana.

Aujourd'hui, je vais te dire au revoir, Diana.

Le président Kennedy a été le premier à utiliser ce qui allait devenir l'Air Force One, un Boeing 707 modifié. Il ne voulait pas d'une apparence trop militaire, allant jusqu'à demander le retrait des mots AIR FORCE sur le fuselage. La première fois qu'il est monté à bord, c'était pour se rendre aux obsèques d'Eleanor Roosevelt à New York, et la dernière fois pour sa visite à Dallas en novembre 1963. C'est à bord de l'Air Force One que le président Johnson a prêté serment.

Je retire les cales triangulaires qui bloquent les roues, contourne l'appareil pour retirer les amarres des ailes et des gouvernes. Un pilote en train d'amarrer son avion me lance un regard intrigué. En général, on utilise des cales pour des stationnements courts et des amarres si l'avion doit passer une ou plusieurs nuits dehors. Je me sers des deux. On n'est jamais trop prudent.

Le président Kennedy fantasmait sa propre mort. Il parlait souvent d'assassinat et on prétend même qu'il s'était amusé à tourner un petit film privé à ce sujet.

La routine de la visite de pré-vol me rassure. Elle allège mon esprit de sujets plus graves. Pas de givre sur les vitres – aucun risque, par cette chaleur écrasante d'août –, assez de carburant dans le réservoir, feux extérieurs allumés. Mon plan de vol a déjà été déposé, je ne risque pas de me faire escorter par des chasseurs de l'US Air Force. La réglementation de survol de l'espace aérien dans le District n'est pas spécialement contraignante. Si un imbécile oublie de signaler aux autres pilotes qu'il va le traverser, il doit juste se préparer à servir de cible d'entraînement aux meilleurs pilotes de chasse de la nation.

Porte de la soute OK. Câbles de commande de la gouverne de direction et de la gouverne de profondeur OK. Antennes VOR en bon état. Ces balises radio qui créent les « autoroutes » dans le ciel sont cruciales pour le vol aux instruments. Deux signaux ou plus émis ou reçus par une station me permettent de trianguler ma position sur une carte à condition que mes antennes fonctionnent correctement.

L'un des poèmes préférés de Kennedy : « Rendez-vous avec la mort[1] ». Il demandait souvent à sa femme de le lui réciter.

Je m'installe dans le cockpit et commence une nouvelle check-list. Ceinture : attachée. Freins : actionnés. Mélange : plein riche. Réchauffe carbu : froid. Amorce du circuit de carburant. Manette des gaz : réduit + 1 cm. Batterie et balise : sur ON. J'ouvre la vitre, crie « C'est bon ! », actionne le démarreur et mets les gaz. L'avion roule.

J'ai rendez-vous avec la mort
Sur quelque barricade âprement disputée,

1. D'Alan Seeger (1888-1916).

Quand le printemps revient avec son ombre frémissante

Et quand l'air est rempli des fleurs du pommier.

Ou des fleurs de pélargonium, chutant de six étages et s'écrasant sur la chaussée.

Une goutte de sang qui tombe prend une forme sphérique.

Grésillements dans la radio, glapissements frénétiques. À ma droite, le pilote qui m'a lancé un regard perplexe crie et montre quelque chose du doigt. J'entends un vrombissement sourd, bizarre, comme le métro qui passait par Eastern Market quand je me promenais avec toi, Diana, dans la clarté printanière et l'odeur des cerises…

Non !

Je freine violemment. L'hélice de mon Skyhawk manque de faucher l'extrémité de l'aile d'un Piper Mirage qui roulait devant moi. Putain, Ben, on se réveille !

Trois choses à ne jamais oublier dans un cockpit : rester en l'air, rester en l'air et rester en l'air.

Respire, Ben.

Mon cœur rampe le long de ma gorge jusqu'à ma poitrine et retourne dans sa cage pendant que, les mains tremblantes, je positionne mon avion sur la piste, paré au décollage.

J'ai rendez-vous avec la mort.

12

Le salon funéraire Partridge ressemble à une école primaire : un bâtiment en briques marron pâle de plain-pied bordé de buissons et d'une petite pelouse rabougrie par la violence du soleil estival. J'ai loué une voiture au Dane County Regional Airport. L'endroit est entouré au nord par un cimetière, au sud par des logements résidentiels et, de l'autre côté de la rue, par une sorte de parc ou de réserve forestière.

Je ralentis le pas en arrivant devant l'entrée. À travers la porte vitrée, je distingue un portrait posé sur un chevalet : l'agrandissement d'une photo de Diana lors de la fête du lycée. Elle porte une jupe violette, un corsage d'un blanc étincelant, ses cheveux sont vaporeux et volumineux, et elle arbore son éternel sourire insouciant et oblique.

Un frisson parcourt mon corps. Je réprime l'envie de tourner les talons et de foutre le camp, de regagner la capitale. Je *dois* aller au bout.

Dans la vie, il y a des choses qu'on est obligé de faire. Dixit mon cher père tout en nouant ma cravate, le matin de l'enterrement de maman. J'ai toujours trouvé cette phrase ridicule mais, aujourd'hui, je pense comprendre ce qu'il voulait dire.

J'entre dans le bâtiment, jette un nouveau coup d'œil au portrait souriant de Diana et suis la direction indiquée par un écriteau. Tout au bout d'un couloir, un grand salon dans lequel résonnent les voix calmes et respectueuses des personnes venues rendre un dernier hommage. Partout, des fleurs. D'autres photos montrant un nourrisson, un bébé costumé en princesse pour Halloween, une ado réceptionnant un ballon de volley. Sur une photo tirée d'un annuaire scolaire, Diana regarde au loin, les yeux pleins de promesse. Au milieu de la pièce, plusieurs femmes d'à peu près l'âge de Diana sont réunies autour d'un écran d'ordinateur sur lequel défile un diaporama.

Où est le cercueil ? Ma question se double d'un certain soulagement. Je ne suis pas certain d'être capable de me retrouver face à une Diana sans vie. C'est une chose de la voir dans la nuit, le visage contre le sol, une autre de regarder son corps brisé et abîmé exposé sous une lumière artificielle.

Soudain, la réalité me frappe. Le corps de Diana n'est pas à Madison mais à D.C., sous la garde du Metropolitan Police Department. Ils n'ont pas encore rendu le cadavre, pour cause d'enquête en cours. Pour le moment, c'est juste une visite mortuaire, qui sera suivie par des obsèques à une date indéterminée, quand la cause de la mort aura été établie.

Comme pour maman.

Au fond à droite, un vieux couple et un type d'une trentaine d'années serrent la main aux gens qui leur présentent leurs condoléances. Ses parents, son frère, une file indienne.

Je parcours encore la pièce du regard. Une trentaine de personnes, je n'en reconnais aucune. Venir en expédition dans le Wisconsin, sans doute est-ce beaucoup demander aux gens de D.C. La plupart n'ont pas, comme moi, la chance d'être bénéficiaires d'un trust.

Dans un coin, une femme en tailleur noir, la quarantaine, examine un collage de photos de Diana. Sauf qu'elle n'examine rien du tout : ses yeux balaient l'assistance et reviennent régulièrement sur l'entrée. Elle s'est postée à cet endroit pour couvrir un champ visuel optimal. Elle évite mon regard quand je tente de croiser le sien. Elle est jolie, dans un registre peu remarquable. Choix habile : elle se fond dans le décor. Ceux qui l'ont envoyée là sont des petits malins.

Non parce que, dans *La Firme*, un des tueurs, celui qui liquide Gary Busey et les avocats dans les îles Caïman et tente d'éliminer Tom Cruise, c'est un *albinos* ! Franchement, qui choisirait un albinos pour faire discrètement un sale boulot ? C'est vrai, à part tout le monde, qui remarquerait ce genre de type ? *Voyons… non, vraiment, je ne me souviens pas, à part peut-être… oui, le gars avait des cheveux blancs, des yeux rouges et une peau incolore.*

Cette femme, là, avec ses cheveux blond foncé, ses traits normaux, sa taille moyenne, sa tenue noire discrète, ça pourrait être n'importe qui.

Je respire profondément. OK. Je peux le faire.

Je prends place dans la file, parmi les gens qui attendent d'échanger deux mots avec la famille de

Diana. Et d'abord, pourquoi un albinos déciderait de devenir comédien ? Il y a tant de rôles que ça pour des hommes souffrant de dépigmentation ? Sans doute pense-t-il occuper une niche. Et payer les factures en acceptant des figurations avant de tomber sur le grand rôle, le film qui va lancer sa carrière. *La Couleur de rien*, l'histoire d'un gosse albinos natif de Detroit auquel personne ne prédit un grand avenir, qui enchaîne les petits boulots dans les foires et les salons de bronzage jusqu'à connaître la gloire sous les traits d'Alfie le Clown, vedette d'un film qui…

— Bonjour.

Je me retourne. Devant moi se tient une femme vêtue d'un chemisier ample et d'un jean, tenue plutôt décontractée pour la circonstance. Elle a l'air d'avoir le même âge que Diana. Je parie sur une fille de la région, une camarade de lycée ou une voisine.

— B'jour.

J'ai parlé à pleine gorge mais ma voix sonne malingre.

— Je suis Emma.

— Ben.

— Vous êtes de D.C. ?

Elle est un peu enveloppée, ventre rond, peut-être enceinte mais je n'ose pas poser la question. Je ne suis pas débile *à ce point*.

Je hoche la tête.

— Et vous ?

— Une ancienne du lycée. J'habite toujours en ville. Mon mari enseigne les mathématiques à la fac. Vous travaillez dans la même agence de relations publiques que Diana ?

Relations publiques ? Ce n'était pas le métier de Diana.

— Oui, effectivement.

Elle secoue la tête – de perplexité, pas d'admiration.

— Ça doit être quelque chose, de vivre là-bas. Tout le temps se battre, s'agiter, négocier…

— Diana… Diana parlait beaucoup de son travail ?

— Oh, beaucoup, ça je ne sais pas. On avait un peu perdu le contact. Je la voyais quand elle revenait ici, je dirais une fois par an, pendant les fêtes, ce genre de chose.

Elle a un sourire absent, perdue dans un souvenir.

— Je la revois, quand elle a eu son diplôme de l'UVA…

Diana n'est pas diplômée de l'université de Virginie. Elle n'a même jamais *étudié* à l'UVA.

— … et qu'elle s'est lancée dans la politique à D.C.

Elle ne s'est jamais lancée dans la politique après la fac.

La vérité, c'est : Diana était en deuxième année de sciences politiques quand elle est tombée enceinte. Le professeur d'histoire qui l'avait engrossée lui a demandé d'avorter. Elle a fini par accepter, mais le choc psychologique l'a peu à peu amenée à lâcher ses études, et elle s'est installée à Washington. Là, elle a travaillé comme gouvernante chez un membre du Congrès, Craig Carney. L'histoire se répétant, elle a eu une liaison avec Carney. Il s'est rendu compte qu'elle était aussi belle que brillante et, quand il a été désigné directeur adjoint de la CIA, il l'a promue au poste de correspondante de la CIA à la Maison Blanche, son métier actuel. Il l'a aussi installée dans ce joli appartement à Georgetown. Quand ils ont rompu, elle a payé le loyer toute seule et elle a gardé le boulot à la CIA.

— Elle était si excitée ! Elle disait qu'un jour, elle se présenterait au Congrès.

Emma secoue la tête et hausse les épaules, frustrée.

— Qu'est-ce que… je veux dire, quelqu'un sait pourquoi elle s'est suicidée ?

Je regarde le plafond. J'apprends des choses intéressantes.

— Parfois, réponds-je, on croit qu'on connaît une personne et puis…

13

George Hotchkiss, ancien cadre moyen chez Madison Gas and Electric, est désormais à la retraite. Né à Londres avant la Seconde Guerre mondiale, il s'est installé aux États-Unis dans les années 1950 et a suivi des études d'ingénieur à l'université Purdue. C'est là qu'il a rencontré Bonnie Sturgis, qu'il a épousée le 23 novembre 1963 – jour de l'assassinat de JFK.

C'est aussi, à en croire Diana, un enfoiré violent et autoritaire.

— George Hotchkiss, m'annonce-t-il avec une expression froide en tendant lentement la main vers moi.

À le voir, on devine qu'il a eu jadis un torse puissant, qu'il soulevait sans doute de la fonte, mais aujourd'hui tout ce muscle est enfoui sous dix bons kilos de chair flasque.

— Ben Casper, monsieur Hotchkiss. Je suis vraiment…

— Quel nom ?

Je reste figé un instant.

— Benjamin… Casper.

Ça ne lui évoque rien.

— Comment avez-vous connu Di ?

Après mon expérience avec Emma, à qui j'ai expliqué que j'étais un collègue de Diana, je préfère rester dans le vague.

— Je vis à D.C., c'est là que j'ai rencontré Diana… Elle était merveilleuse. C'était la meilleure.

Il me jauge. J'ai l'impression que le verdict n'est pas positif. C'est réciproque.

— Elle n'a jamais parlé de vous, a-t-il la gentillesse de m'informer.

— Eh bien… elle vous aimait beaucoup, monsieur.

C'est un mensonge. Diana mourait d'envie de fuir Madison. Pas à cause de la ville : à cause de ses parents.

Suivante. Bonnie, la mère de Diana, n'est pas non plus une partie de plaisir. Cela fait plusieurs vodkas martini qu'elle a franchi le carrefour entre Sobriété et Consommation récréative. Ses yeux sont injectés de sang et son élocution laborieuse. Je suis choqué pour Diana. À un moment pareil, une mère devrait faire honneur à sa fille, pas vrai ?

Il faut qu'on soit forts aujourd'hui, Ben. C'est ce que maman aurait voulu.

Bah, je juge peut-être un peu vite. Chacun sa façon de porter le deuil.

— Je crois bien que je n'ai jamais entendu votre nom, me confie Bonnie.

— Effectivement, votre mari m'a dit ça.

Suivant, le frère. Diana avait un faible pour Randy. Il a connu des moments difficiles au début de la vingtaine. Il est censé faire un stage dans la rédaction sportive d'une chaîne de télé locale mais, avec sa taille trapue, sa constitution rugueuse, ses petits yeux liquides et ses cheveux en pétard, je lui trouve un physique très radiophonique.

— Elle me parlait tout le temps de vous, dis-je d'un trait. Et en bien.

— J'en doute.

J'étouffe un rire.

— C'est une très belle visite.

— Veillée.

— Pardon ?

— Une veillée. Nous sommes catholiques. Pour nous, c'est une veillée mortuaire.

Comme tu veux.

— Toutes mes condoléances.

Il plisse les paupières.

— Comment vous l'avez connue ?

— Nous étions amis.

— Bons amis ?

Cette question appelle beaucoup de réponses, mais je me contente d'un :

— Oui.

— Hum…

Il hoche lentement la tête.

— Eh bien, Mike…

— Ben. Moi, c'est Ben.

— … si vous étiez bons amis, vous pouvez peut-être m'expliquer pourquoi elle s'est tuée ?

Encore une question avec beaucoup de réponses. Qu'est-ce qu'il veut que je lui dise ? Par exemple, *un meurtre peut être maquillé en suicide, un suicide maquillé en meurtre* ? J'opte pour un silence respectueux.

— Je vois. Vous n'étiez peut-être pas aussi *bons amis* que cela…

Il me donne congé d'une petite tape sur le bras.

— Merci d'être venu, Mike.

Je ne réponds pas, même si ce n'est pas l'envie qui me manque. Le gars vient de perdre sa sœur, il a quelques circonstances atténuantes.

Voilà ! C'est donc ça, la famille. Je me demande bien pourquoi Diana n'aimait pas rentrer chez elle.

La quadra en tailleur noir traîne toujours à l'autre bout de la pièce. Elle lève la tête chaque fois qu'un nouveau venu franchit la porte. Enfin, elle sent bien que je l'observe mais continue obstinément à éviter mon regard.

L'inspectrice LaTaglia se comportait de la même façon pendant la veillée de maman. Sauf qu'elle ne regardait pas les gens entrer et sortir du salon mortuaire de Rockville, Maryland. Pas plus qu'elle ne regardait mon père.

Elle ne regardait que moi.

Tu es un garçon fort, Benjamin. Huit ans et déjà si grand ! Ta mère serait fière de toi.

Elle t'aimait beaucoup, n'est-ce pas ?

Tu l'aimais aussi, pas vrai ?

— Ils ont du chagrin.

Je pivote. Encore Emma, l'amie de lycée potentiellement enceinte. Qui aime bien surgir sans prévenir.

— La famille. Randy, surtout. Croyez-le ou non, il peut être gentil parfois. Mais ça doit être terrible pour lui en ce moment.

Ça doit être terrible, Ben. De ne pas pouvoir offrir à ta mère un enterrement catholique. On dit que l'âme ne peut pas monter au paradis tant que le corps n'est pas sous terre.

— Ouais, ça doit être dur.

Mais le problème, Ben, c'est qu'on ne peut pas autoriser l'inhumation de ta mère tant qu'on ne sait pas ce qui lui est arrivé.

Tu sais ce qui lui est arrivé, Ben? J'ai l'impression que oui.

Emma me lance un sourire et, d'une voix feutrée :

— On se retrouve avec quelques personnes, après. On a loué une salle au Jack's. Si ça vous dit de passer…

Je jette un coup d'œil en direction de la femme au tailleur noir. Elle a disparu – en tout cas pour le moment.

— Pourquoi pas?

14

Le Jack's Pub est un bar en dehors du campus fréquenté par des adultes et par des étudiants de l'université de Washington s'estimant trop mûrs pour traîner dans un bar du campus. Autrement dit, les exclus, les rebelles, qui ne vont pas au Spring Break, ne pratiquent aucun sport, ne vivent pas sur le campus et ont décidé de se révolter avant même de savoir contre quoi.

En un mot : moi.

Quelqu'un a loué l'arrière-salle afin que nous puissions rendre dignement hommage à Diana : avec beaucoup d'alcool. D'après mon expérience d'adulte, les visites funéraires et les veillées mortuaires fournissent d'excellentes occasions de retrouvailles et, malgré le contexte déprimant, les gens sont généralement heureux de renouer avec de vieux amis.

La salle est tout en murs de briques avec des télés dans les coins et des lumières vives. Il doit y avoir cinquante ou soixante personnes, dans une ambiance musicale des années 1990 – rap et dance en alternance. Presque tout le monde a le même âge. Sans doute les camarades de la promotion 95 de l'Edgewood High School of the Sacred Heart accompagnés de l'élu de leur cœur.

J'adore ce terme politiquement correct, «élu de leur cœur». Il englobe l'idée que l'on est spécial – «l'élu»! – et que soit on ne peut pas se marier parce qu'on est gay – ce qui, de nos jours, est encore le cas dans certains États –, soit on n'est pas marié mais qu'on refuse d'être le/la petit/e ami/e. La prochaine fois que la personne avec qui vous êtes vous dit : «Je t'aime», répondez-lui : «Et toi tu es mon élu/e»…

Je me faufile dans la foule en direction du comptoir quand j'entends une voix s'écrier :

— C'est le type qui bossait avec Diana dans sa boîte de RP!

Je me tourne vers des gens qui regardent dans ma direction, parmi lesquels Emma et Randy assis sur un tabouret au centre du groupe.

— C'est vrai, ça? demande Randy d'une voix beaucoup trop forte.

Il est déjà bien chargé pour la soirée.

— Eh, Mike!

Ben. Je m'appelle Ben.

— C'est quoi déjà, le nom de cette boîte?

Dans *Spy Game : Jeu d'espions*, Robert Redford apprend à Brad Pitt les ficelles de l'espionnage, notamment la façon de recruter des étrangers pour en faire des agents sous couverture pour les États-Unis. Ne leur mens pas, conseille-t-il à Brad, car à partir de ce moment, ton mensonge devra être vrai.

J'agite la main.

— Pas envie de parler boulot!

— Moi non plus, Mike, je n'ai pas envie de parler boulot, juste de savoir comment s'appelle l'agence où vous travaillez avec ma sœur.

Je préfère les premiers rôles de Pitt, le salaud dans *Thelma et Louise* ou le junkie de *True Romance.* Il était génial aussi dans *Seven.*

Je reprends ma progression vers le comptoir.

— Eh, Mike ! crie Randy.

J'entends Emma dire :

— Je croyais qu'il s'appelait Ben…

— Eh, Ben ! corrige Randy.

Je commande une vodka que je paie bien trop cher. Puis je reviens sur mes pas en me demandant s'il vaut mieux que je lui parle ou pas. À vrai dire, c'est pour cette raison que j'ai choisi de rester à Madison ce soir. Après tout, je suis journaliste et si je cherche des infos sur une personne, la perspective de parler au frère de cette personne est alléchante.

— Le voilà, Mike-ou-Ben ! me salue Randy en levant sa pinte.

Il me cherche, et je ne suis pas d'humeur.

— Je préfère Ben-ou-Mike.

Deux femmes dans le groupe apprécient mon trait d'esprit. Pas Randy, mais tant pis pour lui. Sur cette ellipse, je m'éclipse.

J'aperçois la femme en tailleur noir attablée dans un coin en compagnie d'une Bud Light – autant dire du pipi de chat.

Je me fige sur place. Cannelle. Qui s'occupe du chat de Diana ?

La dame en noir perçoit mon hésitation. Elle n'en connaît pas la raison mais ça l'intrigue. Elle est douée, mais pas autant que l'inspectrice LaTaglia, il y a trente ans.

Dis-moi ce qui s'est passé, Ben, et l'âme de ta maman pourra aller au paradis.

Entre nous, même si je le trouve épatant dans *L'Arnaque*, *Butch Cassidy et le Kid* et *Le Meilleur* – OK, j'ai trouvé *Le Meilleur* à mourir d'ennui mais comme tout le monde a adoré, je suis le mouvement –, Robert Redford n'est jamais aussi bon que derrière une caméra, quand il signe *Quiz Show* et surtout *Des gens comme les autres.*

Je trouve une table pas trop loin de la femme en tailleur et passe une longue heure à l'observer ainsi que le reste de l'assistance. Par chance, la programmation musicale est correcte et, plus important encore, la serveuse («l'élue de mon cœur») connaît son métier. De sorte que j'en suis à mon quatrième verre lorsque je vois le frère de Diana fendre la foule et venir prendre place à côté de moi.

— Asseyez-vous, je vous en prie, dis-je comme s'il avait besoin de mon autorisation.

Il écarte mon bras du revers de la main.

— Oh, j'y suis allé fort, mec… Je voulais juste… je veux dire, Diana ne parlait pas beaucoup de son travail, vous savez? Alors je me demandais comme ça… Si elle bossait dans les relations publiques, peut-être que je pourrais au moins connaître le nom de la boîte?

Dans les enceintes, *Groove Is in the Heart* laisse la place à *Smells Like Teen Spirit.* Quelqu'un a baissé les lumières sans que je m'en aperçoive.

Dans un bon jour, Randy ne serait sûrement pas doué pour ce genre de numéro. Avec cinq litres d'alcool dans les veines, il est carrément incapable de garder son sérieux.

Je me penche vers lui et murmure à son oreille :

— Je n'aime pas qu'on me teste, Randy. Je ne sais pas pour qui ou pour quoi vous me prenez mais je suis vraiment un ami de Diana. Nous savons tous les deux qu'elle n'a jamais bossé dans une agence de RP et qu'elle n'a jamais étudié à l'UVA. Mais c'est ce qu'elle a raconté à tout le monde par ici et ce n'est sûrement pas moi qui vais la contredire.

Randy reste immobile, regardant droit devant lui.

Je continue :

— Elle était dingue de vous. Je ne sais pas pourquoi, mais c'est comme ça. Et j'imagine qu'elle serait malheureuse de vous voir vous fracasser à coups de bière ce soir, surtout après tout l'argent qu'elle a dépensé pour vous envoyer à New Roads en Virginie cet été alors que vos parents vous croyaient avec elle à D.C., en train de faire un stage.

À cette remarque, le visage de Randy se tord et il laisse échapper un gémissement sourd. Il enfouit sa tête entre ses mains et se met à sangloter. Je lui donne quelques tapes sur le dos puis le laisse tranquille. Après tout, je le connais à peine et je ne suis pas doué pour les effusions.

Au bout de dix minutes, il reprend son souffle et se redresse sur sa chaise.

— Je ne savais pas si je pouvais vous faire confiance…

Les poils sur ma nuque se mettent au garde-à-vous.

— Qu'est-ce qui se passe, Randy ?

— Ah, ce n'est pas moi qui pourrais vous éclairer. On ne dit jamais rien au junkie de la famille.

Il crache ces mots comme une pilule dure à avaler. Puis il s'extirpe de sa chaise, prêt à partir.

— Alors qui ?

Randy se tourne vers moi.

— Demandez au mec qui la sautait. Demandez à John Liu.

15

Je me réveille avec une méchante gueule de bois dans une chambre d'hôtel médiocre. J'ai bien envie de prolonger mon somme mais le gong qui résonne dans ma boîte crânienne n'est pas de cet avis. De toute façon, je dois rentrer à D.C. Je dois me renseigner sur ce John Liu.

Les deux hôtesses au guichet de la Wisconsin Aviation m'accueillent d'un coup d'œil amical et m'adressent un petit geste de la main tandis que j'avance vers le tarmac. Elles ne me demandent aucune espèce de papier d'identité alors que je n'ai jamais utilisé cet aérodrome avant ce voyage. Le règlement qui prévaut dans l'aviation générale n'est décidément pas le même que celui des vols commerciaux. Pas de détecteurs de métaux non plus. Il suffit d'avoir le «look pilote» et personne ne vous pose de questions. Et je ne porte même pas mes lunettes Aviator.

Je sais ce que vous pensez : une petite digression sur Leo DiCaprio, c'est ça ? Désolé, trop fatigué.

Je bâcle la visite de pré-vol. J'ai hâte de laisser Madison derrière moi, et la famille de Diana, et la dame en noir, et le minuscule frère alcoolique de Diana avec son allusion au lobbyiste chinois le plus puissant du Capitole.

Cales retirées, check-list terminée, autorisation de décollage de la tour de contrôle. Je ne vais jamais dans les grands aéroports. Presque tous les aéroports sont publics et ils n'ont pas le droit d'interdire à de petits avions d'atterrir ou de décoller mais ils peuvent laisser un modeste Cessna comme le mien attendre sur la piste jusqu'à être grillé par le soleil ou corrodé par la rouille. Avec le Dane County Regional, je quitte le plancher des vaches en une heure.

Volets sortis et compensateur réglé pour le décollage ; je relâche les freins et mets plein gaz. Après cinq cents mètres, j'atteins 105 km/h. Les roues bondissent sur l'asphalte avant de quitter la piste, et je grimpe à toute vitesse.

Le sol s'éloigne sous moi. C'est drôle comme je peux paniquer sur l'escalier de secours chez Diana alors que je n'éprouve aucun problème à m'élancer en brinquebalant dans l'espace à 80 nœuds, porté par ma seule foi en la puissance invisible de la lévitation.

Une fois à l'altitude de croisière, je consulte le GPS, vire à l'est et me cale sur le plan de vol pour rallier Mansfield, Ohio, où je dois faire le plein avant la dernière partie de mon voyage.

Le moteur me redonne brusquement la notion du moment présent. Il crachote. Hoquette. Je passe le mélange sur riche, ce qui ajoute plus d'essence au mélange essence/air, et active le réchauffe-carburateur. Il était à 90 °C au moment du décollage. De la glace ne peut pas s'y être formée, pas vrai ?

Le moteur rugit pendant un moment, jusqu'à un horrible bruit métallique, comme lorsqu'on était dans ce café sur G Street Southeast, Diana, et qu'en tournant à droite, un bus a arraché les rétroviseurs de deux voitures, provoquant un attroupement qui t'a fait rire.

Ensuite, plus effrayant que n'importe quel bruit : le silence. J'entends le vent siffler sur la carlingue, et rien de plus.

The Sound of Silence est une belle chanson qui suscite de belles pensées dans les moments de contemplation et de sérénité. Mais ce son n'a rien de beau quand on évolue à 9 000 pieds du sol dans un Cessna monomoteur.

Du calme, Ben. Tu sais ce que tu as à faire.

Vitesse à 130 km/h. Changement de réservoir d'essence. Mélange plein riche. Réchauffe-carbu activé. C'est bon. Activation de la pompe manuelle. Contact d'allumage à gauche, puis à droite, puis… démarrage.

J'ai dit : *démarrage.*

Rien. Pas un clic.

Ce moteur refuse de redémarrer.

Je réessaye, pour être sûr.

Je sens mes pulsations cardiaques résonner dans ma gorge. Quand un Skyhawk commence à perdre son moteur, plus aucun pilote n'est athée. C'est un avion costaud mais pas un planeur. Watertown est trop loin. Aucune chance de me laisser porter jusque-là.

Cet avion va s'écraser.

16

Respire, Ben. Pilote cet avion.

Regarde autour de toi.

Le vent souffle du nord. Il me faut un champ. Cet avion peut se passer de piste d'atterrissage, tu sais ? Rappelle-toi ce gamin complètement cinglé qui avait atterri sur le trou n° 18. Oh, comme j'aimerais jouer au golf en ce moment…

J'ai rendez-vous avec la mort

Sur quelque barricade âprement disputée,

Quand le printemps revient avec son ombre frémissante

Et quand l'air est rempli des fleurs du pommier.

Trouve un endroit plat, Ben.

Je vire à gauche, face au vent. Au moins, mes instruments fonctionnent encore. Pour le moment.

Ceinture et harnais de sécurité bien serrés. Je peux y arriver. Comme ces atterrissages moteur coupé pendant ma formation. Moins cette foutue piste.

Devant moi se profile une autoroute à deux voies, et je suis méchamment tenté. Non, Ben. Les lignes haute tension. Tu te retrouverais coincé comme une mouche dans une toile d'araignée.

Puis, la plus belle chose que j'aie jamais vue : droit devant, un grand pâturage bien plan. Je n'ai jamais été aussi heureux de tomber sur des vaches.

Je peux le faire. Je me prépare à atterrir. Vitesse réduite à 65 nœuds. Robinet carburant ON. Comme si j'en avais besoin. Mais après tout, un moteur en feu risquerait de compliquer les choses.

Concentre-toi, Ben. Tout ça peut encore bien se finir.

Pilote cet avion. Volets sortis. Vitesse à 60 nœuds.

Je passe la radio sur 121,5 MHz. Une fréquence que je n'aurais jamais cru voir s'afficher un jour sur mon cadran : celle des Urgences aéronautiques internationales.

Je prends le micro et, d'une voix si calme qu'on ne dirait pas la mienne, je prononce les paroles qui hantent les cauchemars des pilotes :

— MAYDAY, MAYDAY, MAYDAY, tour de Watertown, ici Skyhawk trois-un-six-zéro-foxtrot, je répète : Skyhawk trois-un-six-zéro-foxtrot. Panne moteur totale, je tente un atterrissage forcé dans une prairie. Dernière position 43°6'46" de latitude nord, 88°42'13" de longitude ouest, altitude 1 500 pieds, cap à vingt degrés. Une personne à bord. Demande assistance d'urgence.

Le silence radio fait écho au silence du moteur. Les secondes s'égrènent. Ne panique pas, Ben. Pilote cet avion.

Des grésillements dans le haut-parleur.

— Cessna trois-un-six-zéro-foxtrot, ici tour de contrôle de Watertown. Reçu cinq sur cinq. Assistance en route.

OK, parfait. Maintenant, si vous pouviez vous matérialiser dans les cinq secondes et m'envoyer un parachute…

Le sol se rapproche à toute vitesse – trop vite, trop vite. Volets sortis. Nez levé, queue baissée. Les ailes protestent en grognant. C'est curieux – je ne remarque pas vraiment ce bruit quand le moteur tourne. Ralentis. Flotte, Ben. Sans précipitation. Ralentis… mais pas trop ou tu vas tomber d'un seul coup, et là il y aura de vrais dégâts.

Maintenant, maintenant, maintenant…

Je déverrouille les portes de la cabine et les bloque en position ouverte de sorte que, quand l'impact déformera leur châssis, je pourrai toujours sortir. Elles claquent contre la carlingue avec un bruit assourdissant, des rafales de vent les traversent et les plaquent. Après le silence, ce vacarme est un soulagement. Le silence de mort du moteur, et le vent qui file en sifflant.

Tu entendais le vent, Diana, en tombant vers le trottoir ?

Putain, Ben ! Pilote. Cet. Avion.

J'attends le tout dernier moment pour relever brutalement le nez, juste avant que mes roues entrent en contact avec la terre meuble. Les roues arrière percutent le sol, puis la roue avant. Parfait. Sur une piste normale, ç'aurait été un atterrissage calamiteux, mais ça ne m'empêche pas d'éprouver une fierté prématurée.

Aussitôt, la fierté laisse la place à la panique : trop rapide pour rester en contact avec le sol, le Cessna rebondit. Maintiens l'assiette, Ben ! L'avion retombe avec un bruit sourd et je vois les taches noires et blanches des vaches occupant la prairie fuir à toute vitesse l'horrible fracas de mon Skyhawk glissant le long du champ. Je jette mes dernières forces dans le freinage. Le Cessna se cabre.

Oh, Seigneur! *Par-pitié-arrête, par-pitié-arrête, par-pitié-arrête.* Ce vacarme est un supplice. Les secousses et les embardées de l'avion sont si violentes que les sons, la vision, l'odeur, le goût et le toucher se confondent. Je suis debout sur les freins, luttant avec mes harnais et ma ceinture.

J'entends le crissement glaçant du métal qui se tord et, soudain, je suis propulsé en avant. Ma tête percute la planche de bord. L'avion se couche sur la gauche et le sol est horriblement proche de ma fenêtre. Comme au ralenti, la pointe de l'aile laboure la terre avant de se déchiqueter sous l'impact. J'ai dû perdre une roue. La glissade est interminable, mes yeux sont couverts de sang, puis tout devient noir.

Il se peut qu'elle prenne ma main
Et me conduise dans son pays ténébreux
Et ferme mes yeux et éteigne mon souffle.
Il se peut qu'elle passe encore sans m'atteindre.

— Eh, l'aviateur! Ça va là-dedans?

J'ouvre les paupières, cligne les yeux pour dissiper le sang. J'ouvre la porte d'un coup de pied et rampe au-dehors. Chaque battement de cœur fait vibrer mon crâne.

Des démangeaisons dans mes narines. L'odeur… du kérosène. Bordel de merde…

Du kérosène?

Je vois le carburant s'écouler de l'aile brisée.

Je tends la main et recueille quelques gouttes dans ma paume. Quand elles tombent, les gouttes, comme le sang, prennent la forme d'une sphère parfaite.

Un meurtre peut être maquillé en suicide, un suicide maquillé en meurtre.

L'Avgas, ou carburant aviation, est censé s'évaporer presque immédiatement. Et la variété de 100LL que j'utilise pour mon Cessna est teinte en bleu. Mais les gouttes qui tombent de l'aile n'ont pas la bonne couleur. Et elles laissent des traces huileuses sur ma main.

Ce n'est pas de l'Avgas. C'est du Jet Fuel.

Un des gars venus me secourir m'explique obligeamment :

— Quelqu'un a dû foutre du Jet Fuel dans votre zinc. Qui peut faire une connerie pareille ?

Je le regarde et hausse les épaules.

C'est une bonne question. Et j'ai l'intention de la poser à John Liu.

17

La suite se déroule comme dans un rêve, comme si je flottais. Après quelques minutes en position debout, mes jambes se dérobent, des taches d'encre apparaissent et disparaissent devant mes yeux, et je m'écroule. Les premiers intervenants me demandent si je vais bien et je pense – je ne sais pas si je le dis tout haut mais je le pense – que si j'ai pu survivre à une chute de neuf mille pieds, je peux sans doute me remettre d'une chute d'un mètre quatre-vingt-cinq. Quelques minutes plus tard, une ambulance m'emporte avant l'arrivée des médias. Je suis transporté au Watertown Regional Medical Center – du moins c'est ce qu'on m'explique. J'oscille entre pertes de conscience et phases de lucidité, perçois quelques mots ici et là, *volume sanguin*, *solution saline*, *cyanose*... Une jolie infirmière, qui ressemble à Demi Moore en blonde avec des yeux d'une autre couleur – bon, OK, elle ne ressemble peut-être pas vraiment à Demi...

— Dieu veillait sur vous aujourd'hui, Benjamin, m'annonce-t-elle.

— C'est Lui qui a foutu... le Jet Fuel... dans mon avion ?

I'm leaving on a jet plane. Don't know when I'll be back again[1]...

Mais je suis toujours là.

I'm still standing, yeah, yeah, yeah[2]... Je déteste cette chanson.

She loves you, yeah, yeah, yeah[3]... C'est déjà mieux. Mais elle ne m'aimait pas. Elle y serait arrivée, un jour. Diana m'aurait...

— Ma... mère m'aimait, dis-je.

— Votre mère vous aime?

On dirait qu'elle s'évertue à me faire parler. Elle me rappelle Demi Moore.

— Elle est... morte.

— Oh, je suis désolée. Récemment?

— Dans un accident d'avion.

Si on ne peut pas s'amuser un peu, à quoi bon? On prétend que, sur son lit de mort, Oscar Wilde a déclaré : «Soit ce papier peint s'en va, soit c'est moi.» Je ne sais pas si c'est vrai mai ça me plaît.

— Oh, celui-là c'est un petit rigolo, intervient l'infirmière qui ne ressemble pas complètement à Demi Moore mais un peu quand même. On reste allongé, Benjamin. Bien étendu à plat.

— Je vais... bien.

— Vous n'allez pas bien. Vous avez subi une commotion cérébrale et vous êtes hyper-quelque chose, bla-bla-bla...

---

1. *Leaving on a Jet Plane*, chanson de John Denver popularisée en 1969 par le trio Peter, Paul and Mary.

2. *I'm Still Standing*, Elton John (1983).

3. *She Loves You*, The Beatles (1964).

Soudain une lumière sur mon visage, on me tripote, on me pousse sur un lit et… et…

— … c'est un antidouleur, monsieur Casper.

— … vous voulez qu'on prévienne quelqu'un, monsieur Casper ?

— … des journalistes veulent vous interviewer, monsieur Casper.

— … avec le Conseil national de la sécurité des transports, monsieur Casper.

— … vous poser quelques questions, monsieur Casper ?

— Casper le gentil fantôme, monsieur Casper.

— Le fantôme le plus gentil qui soit, monsieur Casper.

Après avoir vu Demi Moore dans *Ghost*, tous les mâles alpha ont eu envie de se mettre à la poterie. Non, monsieur l'enquêteur du CNST, je n'ai aucune idée de la façon dont ce fuel s'est retrouvé dans mon réservoir et oui, je traverse une période difficile en ce moment mais non, je ne nourris pas d'instincts suicidaires, si j'étais d'humeur suicidaire je n'aurais *pas* fait atterrir ce putain d'avion, et je me fous de ce qu'on pense, je choisirai toujours Demi Moore, même dans ses pires apparitions, même dans *G.I. Jane.*

— Bonjour, Benjamin.

Une voix de femme, autoritaire.

Mes paupières se soulèvent avec la lenteur d'une porte de garage.

— Il est 5 heures, dit-elle.

Une infirmière massive avec un visage bienveillant.

5 heures du matin ? J'ai dormi presque dix-huit heures. Je touche mon visage. Mon front est enveloppé dans un épais bandage.

— Qu'est-ce qui s'est passé ?

— Vous ne vous rappelez pas ce qui s'est passé ?

— Je veux dire, je suis blessé ?

— Vous avez eu une commotion cérébrale et vous étiez en état de choc mais, par miracle, aucune fracture. Comment vous vous sentez ?

Je me force à me réveiller et laisse la réalité s'imposer à moi. Mais elle ne me serre pas la main : elle me frappe dans les couilles.

Quelqu'un a tué Diana puis a essayé de me tuer.

— Il faut que j'y aille.

— Eh bien, techniquement vous pourriez partir, mais je sais que ces types du CNST ont prévu de revenir. Hier soir, vous n'étiez pas vraiment en état de répondre à leurs questions.

Ah bon ? Je croyais leur avoir dit tout ce qu'il y a à savoir sur la carrière cinématographique de Demi Moore. Peut-être qu'ils veulent parler de ses apparitions télé dans *Hôpital central* ?

Je secoue la tête. Je ne peux pas rester ici. S'ils me cherchent, je suis une cible facile. Ce serait ridicule d'avoir survécu à une chute de neuf mille pieds pour me faire buter par un type qui pousserait la porte de ma chambre.

— J'y vais, dis-je.

18

Je prends un taxi jusqu'à l'aéroport de Watertown et me paye un vol retour vers le Potomac. Je sais, je sais, mais j'imagine que les risques d'être victime d'un crash aérien deux fois en quarante-huit heures sont plutôt faibles, et je suis bien trop borné pour laisser ma peur me retenir cloué au sol. Le type qui m'emmène est un jeune Asiatique qui n'arrête pas de me demander ce que ça fait, de planter un avion – jusqu'à ce que je lui propose une démonstration. Pendant toute la durée du vol, je songe à ce qui se passerait si nous nous écrasions quelque part dans un lointain massif montagneux, comme dans *Les Survivants.* Si la faim nous tenaille, j'espère ne pas finir bouffé par mon pilote.

Dès l'atterrissage, ma peur se réveille. Je ne peux pas rentrer chez moi. En une fraction de seconde, alors que j'enfourche ma Triumph, je décide de rouler cent quarante kilomètres vers le sud et de me réfugier en Virginie, dans ma cabane au bord d'un lac. Celui qui me veut du mal n'a sûrement pas anticipé ce coup. Le problème, c'est que moi non plus : je n'ai pas mes clés. Je vais devoir entrer par effraction dans ma propre maison.

C'est une bâtisse tout en rondins avec une cheminée en pierre sur deux hectares de terrain au bord du lac Anna. Ce terrain appartient à la famille de mon père depuis trois générations mais le lac, dans sa forme actuelle, n'a vu le jour qu'au début des années 1970, pour servir de bassin de refroidissement aux centrales nucléaire et hydroélectrique de Virginie. C'est mon grand-père qui a construit la première cabane mais, un mois après sa mort en 1983, papa l'a détruite pour la remplacer par un bâtiment d'un étage abritant quatre chambres et deux salles de bains. Papa n'était pas exactement un sentimental. Il ne gardait aucune photo de son enfance et ne parlait jamais de ses parents. Mon grand-père était organisateur de congrès. J'imagine qu'il s'occupait de proposer des conventions à des salles et touchait une commission ou quelque chose dans le genre. Ça lui a rapporté des millions, qu'il a placés avec un flair exceptionnel, *ergo* mon trust. Voilà tout ce que je sais de lui. Je ne l'ai jamais rencontré, n'ai jamais appris le moindre détail intime à son propos, sauf de la part de tante Grace durant les obsèques de mon père. Selon elle, il détestait son propre père. Autrement dit, une tradition chez les Casper.

Je m'arrête un moment pour contempler le lac si serein et respire l'air pur. En contrebas, un ponton en forme de L et un hangar à bateaux. Qui ne contient aucun bateau : je le laisse en ville et j'ai été trop occupé cet été pour le sortir. Peu importe. Me tenir ici suffit à m'imprégner de calme. Cet endroit est un baume pour l'âme.

Papa était un alcoolique discret, ce qui est très difficile à vivre car on ne trompe personne quand on se met à bredouiller et à trébucher comme un bébé apprenant à marcher. Mais il limitait sa consommation d'alcool aux fins de journée, de sorte que seuls maman et moi étions aux premières loges pour assister au Marty Casper Show. Pendant les trente-quatre années qu'il y a passé, je doute qu'un seul de ses collègues du département d'Histoire de l'American University ait soupçonné le Pr Casper de se vider une bouteille de scotch par soir.

Je fais le tour de la cabane, cherchant le meilleur endroit pour mon effraction. Je m'arrête sur la terrasse circulaire, côté lac. La façade est presque entièrement vitrée, offrant un panorama à couper le souffle. Ceux qui habitent au milieu du lac et n'aiment rien tant que passer en revue les cabanes à bord de leur canot à moteur ont surnommé la nôtre « la maison de verre ».

Mon choix se porte sur la fenêtre de la cuisine car c'est un modèle standard, facile à remplacer. Je prends une pierre mais elle me tombe des mains. Je lève la main en l'air et je la vois trembler. C'est la première fois que je constate le tremblement constant de mon corps. Mes jambes se remettent à flageoler et je me rends compte que j'ai sous-estimé les effets de ce qui m'est arrivé. Je suis surpris d'avoir pu faire tout le trajet en moto jusqu'ici sans me tuer. *Tu n'as pas le cerveau bien vissé*, aurait dit maman.

Maman non plus n'était pas une personne extrêmement chaleureuse. Elle prenait beaucoup de médicaments et pensait que je l'ignorais. Certains jours, elle m'installait devant la télé et s'enfermait pendant des heures dans la salle de bains. Une fois, je me suis approché de la porte et je lui ai demandé ce qu'il se passait ; en guise de réponse, je n'ai entendu que des sanglots et des reniflements. Je n'ai plus jamais commis cette erreur. Après ça, je restais toujours devant la télé, prêt à monter le volume chaque fois que nécessaire pour la couvrir quand elle pleurait ou se mettait à chanter. Elle finissait par ressortir, rassemblant tout son courage pour affronter le monde, et m'enveloppait de ses bras en fredonnant tout bas pendant que je regardais la télé.

Elle n'était sans doute pas l'idée que l'on se fait d'une maman idéale, mais c'était tout de même ma mère. Et elle ne méritait pas ce qui lui est arrivé.

Au lieu d'une pierre, je me sers du coude pour casser la vitre de la fenêtre. J'ai du mal à me faufiler mais je passe tête la première et atterris dans l'évier, un de ces vieux éviers de ferme en inox.

Je retombe par terre sans me faire trop mal. Pas de quoi rivaliser avec un gymnaste olympique mais tous mes os sont intacts. Si ça se trouve, je suis comme Bruce Willis dans *Incassable* : rien ne peut m'arrêter, ni le crash de mon avion, ni l'entrée par effraction dans ma propre cabane, ni même un schnauzer géant.

Je laisse échapper un soupir retenu pendant quarante-huit heures. Après tout ce qui vient de m'arriver, je suis chez moi, sain et sauf. Cette formule est pleine de sens.

Mais sauf, pour combien de temps ?

19

Le soir tombe et, comme sur un signal, comme si Edgar Allan Poe contrôlait les éléments, le vent se lève et une belle averse lui succède. Les fenêtres tremblent et la cabane gémit. Dehors, le néant. Un noir d'encre strié par des éclairs spectaculaires.

De sombres pensées envahissent mon esprit tandis que je m'installe sur le lit à l'étage avec un ordinateur et une bouteille de vodka Absolut. Obscurité totale, seule source de lumière : l'écran de l'ordinateur. Quelqu'un a voulu me tuer en essayant de maquiller son crime en accident. Et j'ai été suivi jusque dans le Wisconsin, un endroit où rien ne disait que je pourrais me rendre – ma présence à la veillée mortuaire de Diana n'avait rien d'évident. Autrement dit, on me surveille de près et on est capable de réagir rapidement. J'ai affaire à des types intelligents, nombreux, et avec des moyens.

Donc de l'argent. Et John Liu n'en manque pas. Un journaliste de Washington sait accéder à la base de données du lobbyiste et la fortune dépensée par John Liu en dit assez sur le personnage, que ce soit par l'intermédiaire de sa propre société – Liu

Strategies Group – ou de ses clients. John Liu représente BGP Inc., la compagnie pétrolière nationale chinoise, Tongxin Inc., un géant international des télécommunications, Huòwù Global, une compagnie maritime chinoise, et Jinshu Enterprises, un des plus grands producteurs d'acier du monde. Les revenus annuels de ces quatre sociétés dépassent à eux seuls le PIB de la plupart des nations civilisées.

Qui dit influence chinoise à Washington dit nécessairement John Liu. Chacune des sociétés qu'il représente – auxquelles s'ajoutent son cabinet de lobbying et John Liu lui-même – a versé la donation maximale autorisée aux comités d'action politique des acteurs majeurs du Congrès, et a triplé la somme en versements non réglementés aux comités des non-candidats. Et je ne parle pas des cadeaux qui…

Eh, c'est quoi, ça ?

Je me dresse dans mon lit et retiens mon souffle. Il n'y a pas beaucoup d'activité aux abords du lac Anna à ce moment de la nuit, et encore moins dans l'emplacement isolé où je me trouve. Par un soir normal, on entend une voiture approcher à une centaine de mètres. Mais cette nuit, le vent tourbillonnant et les gifles de la pluie doivent couvrir tous les bruits.

On aurait dit… un raclement de métal. Du métal sur du bois. Le bruit d'un meuble déplacé de quelques centimètres sur la terrasse.

La pluie et le vent peuvent avoir fait légèrement bouger la chaise.

Ou une personne butant dedans involontairement.

Mes pieds nus atterrissent en douceur sur le tapis. Je traverse la chambre sur la pointe des orteils et jette un coup d'œil dans le couloir. Je suis tout au bout. Entre moi et l'escalier, trois portes sur la gauche – deux chambres et une salle de bains. À ma droite, un mur qui s'interrompt environ trois mètres avant l'escalier, avec le garde-corps et une vue plongeante sur le rez-de-chaussée. Un grenier partiellement aménagé, disait papa.

Je me déplace prudemment, m'arrête et tends l'oreille, guettant quelque chose d'inhabituel. La pluie fouette la cabane avec une telle férocité, le vent la cingle si frénétiquement qu'il est difficile de percevoir autre chose. Mais le bruit semble généralement assourdi, compte tenu du cocon qui m'enveloppe, et cette fois c'est différent. C'est… plus proche. Pas assourdi.

Puis je me rappelle la fenêtre de la cuisine et une vague de soulagement me submerge. Après mon entrée par effraction, j'ai fixé un panneau en carton sur la fenêtre cassée. C'est sans doute ça – l'orage l'a arraché et les bruits du dehors affluent maintenant dans la cabane. Oui, c'est sûrement ça.

En attendant, j'avance toujours, longeant le mur centimètre par centimètre. J'arrive devant le garde-corps, très efficace pour m'empêcher de tomber mais pas pour me dissimuler.

J'écoute. Rien d'autre que l'orage, la détonation furieuse du tonnerre, le gémissement plaintif du vent qui monte vers moi, les percussions impérieuses de la pluie au-dessus de ma tête.

Le cœur battant, je jette un rapide coup d'œil vers le bas puis retourne me cacher derrière le mur. Ça n'a pas duré assez longtemps pour qu'on me voie.

Mais suffisamment pour que je voie, très clairement, que la baie vitrée coulissante donnant sur le porche est grande ouverte.

20

Mon cœur bat à tout rompre. J'en ai le souffle coupé. Il y a quelqu'un dans ma cabane.

Sans doute au rez-de-chaussée, en train d'inspecter la chambre. Il ne mettra pas longtemps à s'apercevoir qu'elle est vide, comme le salon et la cuisine, et que ce qu'il cherche est à l'étage.

Réfléchis.

Réfléchis, réfléchis, réfléchis. Qu'est-ce qu'il sait ? Il sait que je suis là. Mais pas où. Toutes les lumières sont éteintes. Je pourrais être n'importe où.

Sur la pointe des pieds, je me replie vers la salle de bains voisine de ma chambre. Je m'y glisse, allume la lumière et fais couler la douche. Puis je ressors, certain que l'intrus m'a entendu, qu'il est déjà dans le couloir, qu'il m'attend, que je vais me prendre une balle mais je n'ai pas le choix. Plié en deux, je me faufile dans la première chambre – je crois que personne ne m'a vu. Je me plaque contre la cloison et, pour essayer de contrôler ma respiration, je me récite mentalement la liste des présidents américains. Il faut que je reste près de la porte.

J'en suis à Van Buren quand j'entends l'escalier grincer, cette troisième marche que j'ai toujours voulu réparer.

Un nouveau grincement.

Ils sont deux.

Et ils sont à l'étage, maintenant. Dans le couloir. Ils ont sûrement remarqué la lumière qui filtre sous la porte de la salle de bains, entendu le bruissement doux et constant de la douche. Leurs bruits de pas révèlent qu'ils sont moins prudents, qu'ils se déplacent avec un objectif précis en tête. Ils se rapprochent, ils ne se sont pas arrêtés à la première chambre.

Je me trouve dans la suivante.

Je perçois la chaleur qui émane de leur corps, et je prie pour qu'ils ne sentent pas la mienne. Si je pivotais sur ma droite, je pourrais tendre la main et les toucher. La sueur coule dans mes yeux. Je ferme les paupières, retiens ma respiration.

Ils me dépassent.

Avancent vers la porte de l'autre salle de bains, là où ils sont persuadés que je suis en train de prendre ma douche.

Soudain, une succession rapide de rafales. Des armes automatiques.

C'est le moment que je choisis pour jaillir de la chambre et me ruer vers l'escalier.

Le tac-tac-tac-tac des rafales couvre le bruit de ma fuite. Je dévale déjà les marches avant d'entendre leurs voix.

— Merde !

— Il se barre !

Je me propulse de tout mon poids dans l'escalier, vers le rez-de-chaussée, à peine capable de rester en équilibre. Je sens les balles fuser autour de moi dans le noir, je les entends se ficher dans le bois et le tissu avec un staccato sourd. La façade vitrée explose dans un violent crescendo, une pluie de verre s'abat sur moi lorsque, tête baissée, je franchis la baie coulissante et me retrouve sur la terrasse. Pas le temps de descendre les marches du perron latéral, sans ralentir je bondis par-dessus la balustrade et atterris sur l'herbe cinq mètres plus bas.

21

Le choc est rude. Je suis sûr de m'être cassé deux ou trois trucs, mais je m'en inquiéterai plus tard. Je me relève et pique un sprint vers le ponton et le hangar à bateaux. Derrière moi, les deux types crient mais, shooté à l'adrénaline, je ne perçois qu'un silence opaque.

Ils ne te voient pas.

Mais ils savent sûrement quelle direction j'ai prise. Les balles qui déchiquettent les hêtres et les pins tout autour de moi me le confirment. Je n'ai pas le choix. Je ne sais pas à quoi j'ai affaire sur la terre ferme. Le lac Anna va nous mettre sur un pied d'égalité. Mais l'eau est encore à un demi-terrain de football.

Mes jambes me brûlent. Les broussailles lacèrent mes chevilles et mes mollets. Le terrain est un supplice pour mes pieds nus. Et je suis beaucoup trop bruyant. J'ai toujours été un coureur bruyant. Au lycée, quand je rentrais d'un *tempo run* de quinze kilomètres, notre bonne Dominga s'exclamait : « Seigneur, monsieur Ben, vous soufflez comme un bœuf ! »

Nouvelle pluie de verre devant moi, au bord de l'eau. Les fenêtres du hangar. Ils doivent tirer tout en courant.

Eh bien, Dominga, tu devrais m'entendre maintenant ! Je halète, remplis mes poumons à fond et les vide avec un énorme *pfoouh* avant de reprendre une inspiration, provoquant une hyperventilation pour accroître le flux d'oxygène dans mon sang. Je n'ai jamais essayé de le faire pendant une course mais, avec ce qui m'attend, j'ai besoin du maximum d'air possible.

J'arrache mon T-shirt juste avant d'arriver au ponton et je compte les une, deux, trois, quatre, cinq, dernières foulées, comme quand j'étais gosse, compter cinq pas et sauter, d'abord tendu droit devant, pour regarder les lumières d'Anna Cabana, puis vers l'eau, tête coincée entre les bras pour fuseler mon corps et parcourir le plus de distance possible en plongée.

Je fends la surface et me mets à battre des jambes comme un fou. Il faut que j'atteigne le ponton du voisin sans remonter pour respirer.

J'attends de ralentir pour me lancer dans le traction-ciseau-glissé de la brasse coulée, comme Matt Damon à la fin de *La Vengeance dans la peau* quand on croit qu'il est mort parce qu'il a pris une balle avant de plonger dans l'East River, mais il se met à nager et la musique retentit et on est tous soulagés qu'il s'en soit sorti.

Lorsque Nicolas Cage saute dans l'océan depuis un immeuble en s'échappant de prison dans *Volte-Face*, ses ennemis le croient mort et abandonnent la poursuite. Ça m'a toujours semblé exagéré, mais quand on regarde un film qui repose sur l'idée qu'on peut subir une opération chirurgicale du jour au lendemain pour se faire greffer le visage d'un autre sans aucune cicatrice ni convalescence, on a déjà signé depuis belle lurette le fameux pacte de « suspension d'incrédulité ».

Traction. Ciseau. Glissé. J'ai besoin d'oxygène. Johnnie Shaw, du club de triathlon, pouvait parcourir cinquante mètres d'une seule respiration. Un truc de dingue. Dieu merci, le ponton n'est pas si loin. En tout cas j'espère.

Mes poumons supplient déjà. À chaque brasse, je lâche de petites bulles d'air par les narines pour essayer de contrôler mes spasmes de panique.

Est-ce que ta mère respirait encore quand tu l'as trouvée, Ben ?

Mon fils ne répondra plus à d'autres questions, inspectrice.

Mon fils ne répondra plus à d'autres questions.

J'ouvre les yeux sous l'eau mais ça ne change rien. Je n'y vois rien. Le noir complet. Aucun horizon pour me servir de repère, aucun moyen de savoir si je nage en ligne droite. Tout ce que je sais, c'est que j'étais orienté vers ce ponton quand j'ai plongé. Chaque partie de mon corps est en feu. Mes jambes, mes bras, mon dos – tout en moi n'est qu'un hurlement tendu vers l'air. Pendant tous mes entraînements de triathlète, une façon de fuir mon père, pas une fois je n'ai travaillé l'enchaînement sprint-natation. Des centaines et des centaines de séances multisports au fil des ans, passées à sauter d'un vélo après une course rapide pour me mettre à courir, à m'habituer aux transitions entre disciplines, mais jamais du sprint à la nage. Je n'en avais pas besoin. Jusqu'à aujourd'hui.

Traction. Ciseau. Glissé.

Traction. Ciseau. Glissé. Je n'ai plus la force de continuer. J'ai des fourmis dans les orteils et dans les doigts, mon thorax me lance, réclame violemment une grande inspiration. Je ne dois plus être loin. J'espère que je ne suis plus loin.

Les policiers vont essayer de te faire porter le chapeau, Ben.

Ne leur parle jamais, fiston. Ils ne peuvent pas t'obliger à parler.

Traction. Ciseau. Glissé. Je sens mes pieds effleurer la surface. Oh, je n'ai jamais rien tant désiré que l'air doux de cette nuit, à quelques centimètres au-dessus de moi. Mais, quoi qu'en disent les films, les balles traversent l'eau avec une facilité remarquable.

Tous mes instincts me crient de sortir, mais je lutte. Je redescends, loin du précieux oxygène. Je voudrais mourir.

Est-ce que ta mère te disait parfois qu'elle avait envie de mourir, Ben ?

Mon fils ne répondra plus à d'autres questions.

Traction. Ciseau. Glissé.

Mes bras heurtent quelque chose de solide. Je tends les mains, palpe… Jamais chant plus suave ne s'échappa des sirènes des océans que celui entonné par mon cœur à la gloire de ce pilier de bois. Je remonte et ma tête crève la surface de l'eau. L'air s'engouffre dans mes poumons suffocants et j'aspire de délicieuses goulées d'oxygène à m'en étrangler, tout en évitant d'avaler trop de pluie. Je suis vivant. Toujours vivant.

Mais mes poursuivants ne doivent pas être très loin.

22

Après une ou deux minutes où je halète comme un animal aux abois, je reprends totalement mes esprits. Sous la pluie toujours drue, qui s'amenuise à peine, je me hisse sur le ponton et m'allonge. Je tends l'oreille et n'entends rien – mais, encore une fois, l'averse couvre tout.

Je rampe jusqu'au hangar à bateaux et remercie en silence Steve de ne pas avoir allumé. Si ça se trouve, il n'est même pas là en ce moment.

Steve Sykes me laissait me réfugier chez lui chaque fois que je parvenais à m'enfuir. Je jurais à mon père que je partais m'entraîner ou participer à une course de vélo caritative – cent cinquante kilomètres, ça peut prendre des heures – et je débarquais pour passer l'après-midi à regarder des vieux films. Steve ne fermait jamais la porte à clé. Mais ça remonte à des années… Avec un peu de chance, les vieilles habitudes ont la vie dure.

Je teste la poignée : verrouillé. Comme c'est une porte vitrée, je prends la pagaie de canoë gravée au nom de SYKES stockée au-dessus de l'entrée et casse le carreau au niveau de la serrure.

Pardon, Steve. J'te r'vaudrai ça.

Je passe prudemment la main dans l'ouverture, déverrouille la porte et pénètre dans la maison silencieuse. De ce côté-là, on arrive directement dans la buanderie. Après une fouille rapide du panier près du sèche-linge, je récupère des vêtements et enfile les tongs près de la porte. Puis je passe à la cuisine. Le frigidaire est juste à l'entrée, et on dirait bien que les clés de la vieille Jeep sont toujours accrochées à côté. Au moins, cette habitude-là s'est maintenue. Je prends les clés et ressors.

Dehors, je n'entends rien d'autre que le souffle du vent et le grondement de la pluie. Je fonce vers la Jeep, une CJ7 de 1986 avec un autocollant ATTENTION FRAGILE en grosses lettres jaunes collé en haut du pare-brise. Steve aimait les sports extrêmes avant l'invention de l'expression « sports extrêmes ».

Ça fait bien longtemps que je n'ai plus manipulé un levier de vitesses mais le moteur vrombit en même temps que Brian Johnson, d'AC/DC, se lance dans *Back in Black*, et je n'ai aucun problème à me rappeler le fonctionnement d'une boîte manuelle. La Jeep s'élance sur la route, dans un nuage de gravillons. Par cette pluie, je remercie Dieu d'avoir inventé le toit rigide.

À quoi pensent les types avec leurs armes automatiques, en ce moment ? Ils sont dans le brouillard, voilà tout. Peut-être qu'ils m'ont touché et que je suis mort dans le lac. Peut-être que je suis toujours dans le lac, en train de nager quelque part, n'importe où, ils n'en savent rien. Le lac Anna est gigantesque. Ils ont dû renoncer.

Je suis Halls Drive jusqu'à un embranchement. À gauche, je descends en pente douce. Au moment où je ralentis légèrement pour prendre vers l'ouest, je vois des phares sur ma droite, vers l'est – en direction de ma cabane.

Les types.

(C'est à ce moment-là que Mel Gibson, dans un film d'action, s'exclamerait : «On a de la visite!» J'ai toujours rêvé de prononcer ce genre de phrase.)

J'écrase la pédale d'accélérateur et pousse la vieille Jeep de toutes mes forces mais les phares derrière moi négocient déjà l'embranchement et se rapprochent. Leurs faisceaux se dressent bien au-dessus de la route, c'est sans doute un SUV. Je ne peux pas le semer. J'entends le crépitement d'une rafale et vois le flash d'un tir à la mitrailleuse mais les premières balles me loupent complètement. Je zigzague sur la route, tente de transformer la Jeep en une cible imprévisible tout en continuant d'écraser l'accélérateur.

L'écart se réduit avec le SUV. Le pare-brise arrière vole en éclats, des balles labourent le siège passager, *pop-pop-pop-pop*, et la radio explose au moment du solo de guitare d'Angus Young. Le pare-brise avant se fait perforer lui aussi. Ployé sur mon volant, je sens le vent siffler par les trous, un autre staccato, *tac-tac-tac-tac*, martèle la carrosserie et je sais que dans une seconde, deux peut-être, le SUV sera sur moi et ils tenteront sûrement de me percuter pour me projeter dans le fossé. Je fais une embardée vers le bord gauche de la route, et ils restent du côté droit, sans doute parce qu'ils ont besoin d'être à peu près stables pour pouvoir ajuster leurs tirs et que l'angle est le bon, eux à droite et moi à gauche, je suis une cible facile sauf que, devinez? ils ne vont pas tarder à avoir un sérieux problème car…

La route tourne brusquement vers la droite.

Des balles criblent mon pare-brise et mon tableau de bord, je braque le volant à droite toute et m'engage dans le virage en priant pour que la Jeep ne se renverse pas sur la chaussée glissante, et pour que l'angle que j'ai choisi suffise à contrebalancer la force centrifuge. Le SUV se retrouve derrière moi, complètement désaxé, je réussis à prendre le virage et le SUV freine mais trop peu, et trop tard. Je regarde dans mon rétro mais je n'ai *plus* de rétro, alors je tourne la tête en continuant de foncer tout droit et le SUV…

Oui ! Sortie de route ! Il a raté le virage et dévale le fossé où l'attend, s'il y a une justice, un arbre impitoyable.

Je respire. C'était moins une, Benjamin.

Mais le glas a sonné pour toi.

23

Je rejoins ma cabane en prenant soin d'emprunter un autre trajet pour éviter de tomber sur ces types. J'espère qu'ils sont morts dans l'accident, même si je déteste l'avouer car c'est mal de vouloir la mort d'autrui. Disons que ça ne gâcherait pas ma journée.

Je reste sur place deux minutes maximum, juste le temps de ramasser mes affaires. J'essaie de ne pas m'attarder devant les centaines d'impacts de balle dans les murs, les meubles et le plancher ni devant les milliers de fragments de verre qui constituaient jadis la baie vitrée face au lac. Je ne me sentirai plus jamais en sécurité dans cet endroit. Et je dois à Steve Sykes une nouvelle Jeep (ou plutôt une nouvelle vieille Jeep).

Je décide de chercher un hôtel dans le coin pour y passer la nuit, ou plutôt ce qu'il reste de la nuit. Je ne vois pas pour quelle raison les gars qui me tiraient dessus resteraient dans les parages du lac, même s'ils sont sortis du fossé en un seul morceau. S'ils me cherchent toujours, ils doivent plutôt surveiller les voies rapides. Et puis, je ne me vois pas au guidon de ma Triumph dans la nuit et sous la pluie.

Je m'arrête dans un établissement d'une chaîne hôtelière où je prends une chambre avec un lit queen-size et une minuscule salle d'eau. Pas de canapé mais un de ces petits sofas bon marché. Je le pousse contre la porte. Puis je prends mes clés et les pose en équilibre sur la poignée de sorte que, si quelqu'un l'actionne du couloir, elles tomberont sur un miroir trouvé dans la Jeep de Steve et placé par moi juste en dessous. Avec un peu de chance, le bruit des clés tombant sur le verre m'avertira pendant la nuit d'une éventuelle tentative d'intrusion. Malin, pas vrai ? J'ai vu – je dois d'ailleurs être le seul – *Complots*, avec Mel Gibson et Julia Roberts.

Je n'aurai sans doute pas besoin de ce signal car je serais surpris d'arriver à fermer l'œil. J'ai toujours la gueule de bois après le petit incident de mon crash aérien et cette nuit n'a pas non plus été une promenade de santé. Mon cœur bat à cent à l'heure et mes membres s'entrechoquent mais je sais que, pour être à cran, je n'en ai pas moins désespérément besoin de repos.

J'arpente le misérable tapis tandis que mon esprit s'éparpille dans toutes les directions, comme des cafards à la lumière. Le président James Buchanan était-il gay ? La fiancée de John Wilkes Booth avait-elle une liaison avec Robert, le fils de Lincoln ? N'est-ce pas curieux que Robert Todd Lincoln ait été présent aux meurtres de deux présidents mais pas à celui de son père ? Je veux dire, quelles sont les probabilités pour que…

Stop. Ressaisis-toi, Ben. Concentre-toi sur un autre genre de probabilités : tes chances de survie.

Ceux qui essaient de me tuer n'ont besoin de réussir qu'une seule fois, alors que je dois réussir à leur échapper à chaque fois.

Dans la douche, je règle la température au plus chaud et me laisse abrutir par l'eau. Tête posée contre la paroi carrelée, j'essaie de réfléchir au lobbyiste John Liu et à ce que Diana pouvait savoir, qui a causé sa mort et pourrait causer la mienne. Puis je pense à Janet Leigh dans sa douche et au remake de *Psychose* avec Vince Vaughn, pas son meilleur rôle encore qu'il ait une scène d'amour avec Anne Heche – ah non, ce n'était pas dans *Psychose* mais dans *Loin du paradis* – bref, je suis vulnérable, comment se défendre correctement quand on est nu et trempé ?

Difficile. Je veux dire, je ne suis déjà pas menaçant quand je suis habillé ; nu, je peux effrayer quelqu'un quelques secondes, guère plus.

Je m'essuie et enfile des vêtements de rechange rapportés de la cabane, des trucs que je n'ai plus portés depuis dix ans. J'essaie de me détendre, de penser à quelque chose qui ne me terrorise pas, de mettre entre parenthèses toute cette histoire pour souffler un peu.

À 2 heures, je suis persuadé que Buchanan était gay.

À 3 heures, il m'apparaît évident que, si Julia Roberts n'a besoin de personne pour briller dans un premier rôle, je la préfère dans des films choraux comme *Le Sourire de Mona Lisa*, *Mystic Pizza* et *Potins de femmes*, ce qui m'amène brièvement à m'interroger sur mes propres tendances homosexuelles.

À 4 heures, j'ai bouclé ma liste alphabétique des présidents.

Et me voilà replongé dans des considérations sur mes chances de survivre à ce qui est en train de m'arriver, c'est littéralement une équation sur un tableau, et Matt Damon pose sa serpillière d'agent de nettoyage, ramasse un morceau de craie et résout cet algorithme complexe en quelques gestes assurés. Ensuite, Ben Affleck apparaît, d'abord pour demander pardon pour *Amours troubles*[1], puis pour expliquer à Damon qu'il ne va pas passer sa vie à nettoyer des couloirs, et Robin Williams surgit à son tour en criant « Carpe Diem ! », j'essaie de lui dire qu'il s'est trompé de film mais Damon vient de terminer son équation de deux kilomètres de long sur le tableau noir et, au moment où il se tourne vers moi, un violent bruit métallique nous fait sursauter.

— Ça me fait mal de le dire, Ben, mais tu t'es fait griller…

Mes yeux se rouvrent d'un coup. Je me penche en avant dans mon lit, me démène pour tenter d'apercevoir la porte. Les clés ne sont plus en équilibre sur la poignée. Quelqu'un vient d'essayer d'ouvrir.

---

1. Thriller de Martin Brest (2003), avec Jennifer Lopez. Échec commercial retentissant et film considéré par la critique comme un des plus mauvais de tous les temps.

24

Je me glisse sans un bruit hors du lit et rampe sur le tapis. Je n'arrive pas à voir sous la porte. Impossible de savoir si quelqu'un se tient devant le seuil.

Pourtant, ces clés ne sont pas tombées toutes seules. Quelqu'un a dû actionner la poignée.

Je retiens ma respiration, énumère les vingt premiers présidents et attends le prochain mouvement. Je fixe le seuil jusqu'à ce que mes yeux me jouent des tours, jusqu'à ce que la porte se mette à inspirer et expirer, se dilater et se contracter.

Je reste étendu pendant au moins dix minutes, parfaitement immobile, le visage plaqué contre le tapis aux fibres de qualité médiocre et d'une propreté douteuse. Peut-être, non content de me servir de signal, le bruit des clés tombant sur le miroir a-t-il également effrayé les intrus ? Mais j'ai du mal à croire que des hommes munis d'armes automatiques puissent prendre peur à cause de clés et d'un petit miroir.

Je me redresse et, accroupi, m'approche sur la pointe des pieds en me tenant à l'écart du chambranle. Si les types dans le couloir ont l'intention de vider leur chargeur à travers la porte, je ne veux pas être de l'autre côté.

J'arrive tout près, je retiens mon souffle et écoute. Rien. Juste le ronflement sourd de la mauvaise climatisation de ma chambre.

OK, c'était peut-être la gravité, pas un intrus. Mais je dois en avoir le cœur net.

De mon poste contre le chambranle, je bondis pour ainsi dire dans leur ligne de mire et regarde dans le judas.

Rien. Personne en vue.

OK. C'était définitivement la gravité. Et j'ai définitivement besoin de me ressaisir.

— Il faut en finir, dis-je.

Je n'ai parlé à personne d'autre qu'à moi. Je ne suis même pas certain de ce que ça signifie, car on ne peut pas dire que je contrôle les événements, mais c'était une phrase plutôt cool et tous les moyens sont bons pour me détendre. J'imagine Eastwood ou Stallone la prononcer avant d'affronter leur ennemi dans la grande scène finale. Charger, armer et lancer : « C'est ici que ça se termine. » Non. « C'est maintenant que ça se termine. »

— C'est maintenant que ça se termine, dis-je au miroir.

Il me reste une carte à abattre. Je vais retourner chez Diana pour récupérer les films des caméras de surveillance. Ils me diront qui l'a poussée de son balcon.

Soudain, un bref bourdonnement me fait sursauter. Le même son, une seconde fois. La terreur me remplit instantanément et se désintègre dès que mon cerveau comprend que mon smartphone posé sur la table de chevet vient de recevoir un SMS.

Je l'attrape comme j'attraperai un brûleur bouillant sur une gazinière. L'expéditeur s'est mis en anonyme. Le message est une photo. Il me faut un moment pour la voir dans sa globalité.

— Oh non…

Une photo du frère de Diana, Randy Hotchkiss, étendu dans une mare de sang.

Et en dessous, ces mots :

Randy n'arrêtait pas de poser des questions.

Et toi, tu sauras t'arrêter à temps ?

25

Dans l'air brumeux du matin, je chevauche ma Triumph en direction de l'immeuble de Diana, en prenant cette fois un trajet différent. Pas question de tourner sur la 33rd Street Northwest et de tomber nez à nez avec un flic, encore moins de repérer des mecs mystérieux dans une Lexus. Cette fois, j'entre par-derrière – par l'escalier de secours.

Générique de *Mission impossible.*

Je gare la Triumph à quelques pâtés de maisons et marche le long du canal C&O, parmi les joggeurs qui se défoulent avant de partir travailler. Puis, cap sur l'arrière de l'immeuble de Diana, et je grimpe l'escalier de secours branlant jusqu'à son étage.

Ce serait cool, non, de pouvoir entendre une musique adaptée à chacune de nos actions quand on se balade dehors ? Surtout dans les moments dramatiques. Ce serait sûrement stimulant.

J'ai toujours la clé qui ouvre l'accès à l'escalier et à l'appartement. Ce que je n'ai pas, en revanche, c'est la moindre idée de qui peut regarder cet immeuble en ce moment ou de l'infraction potentielle que je commets en entrant dans l'appartement.

Mais, à ce stade, ce n'est pas comme si j'avais beaucoup d'options.

La nausée monte en moi à mesure que je gravis les marches mais en comparaison de ce que j'ai enduré ces derniers jours, c'est de la rigolade. Arrivé au dernier étage, j'entre dans l'immeuble. Mon cœur palpite imperceptiblement.

Son appartement est tout au bout du couloir. Le ruban jaune de la police qui barre sa porte répond à ma question sur la légalité de ma visite.

Mais je le fais quand même. J'entre, et mon souffle est immédiatement coupé par l'avalanche de souvenirs qui m'engloutit. Diana, qu'as-tu fait pour finir ainsi ?

Concentre-toi, Ben. Tu n'as pas besoin de deux minutes pour récupérer les enregistrements et déguerpir.

Je regarde le détecteur de fumée dans la cuisine, avec sa caméra miniature. J'attrape l'escabeau que Diana rangeait à côté du frigo, prends dans la buanderie le petit tournevis dans sa boîte à outils et me mets au travail. Je suis occupé à retirer la deuxième vis quand j'entends un bruit en provenance du salon – une bouteille qui tombe par terre et qui roule.

La panique enserre mon torse. Je descends l'escabeau quand apparaît Cannelle, l'abyssin de Diana, qui trotte vers moi.

— Salut, ma jolie !

La joie que j'éprouve à la voir me surprend moi-même. Peut-être parce que, ces derniers temps, la vision de toute personne ne brandissant pas une arme à feu dans ma direction est un plaisir. Ou peut-être parce que Cannelle est, désormais, le dernier souvenir de Diana.

La pauvre est complètement stressée. Est-ce que quelqu'un lui a donné à manger ? Je n'en sais rien. Je trouve une boîte de pâtée et lui en mets dans une coupelle. Elle m'oublie aussitôt et se rue sur la nourriture.

Je retire la dernière vis du détecteur de fumée, retire le couvercle et – plus de caméra, plus de micro. L'équipement de surveillance a été retiré.

Je saute de l'escabeau, me précipite dans la chambre et constate que la caméra à détecteur de mouvement camouflée en adaptateur a disparu, elle aussi. Je regarde derrière le bureau, vérifie toutes les prises : rien.

Les deux caméras ont disparu.

Et, avec elles, l'identité du tueur de Diana. Je n'ai plus aucune piste à suivre.

26

Je marche dans les rues de la ville, m'arrête souvent pour m'assurer que personne n'est en train de me surveiller. Je trouve un café à Georgetown, m'installe dos contre le mur, observe toutes les personnes qui poussent la porte. Un Asiatique adepte de la gonflette. Deux jolies étudiantes. Une vieille dame et ses deux petits-enfants. Un type en complet veston en pleine conversation avec son oreillette.

Je ne sais pas qui soupçonner. N'importe qui pourrait m'espionner.

À 10 heures, je reçois un texto de la Maison Blanche. Le président, de retour d'un séjour d'une semaine à Martha's Vineyard, tient une conférence de presse à 14 h 30. Cette semaine, c'est à moi de couvrir la Briefing Room, et j'envisage un moment de demander à mon adjointe Kendra Tierney de me remplacer. Mais aujourd'hui, la diversion est plutôt bienvenue.

Dans la Brady Room[1], les journalistes des principaux networks fraîchement maquillés, permanentés,

1. La James S. Brady Press Briefing Room est la salle de la Maison Blanche où se déroulent les conférences de presse quotidiennes.

cintrés dans leurs tenues tout juste sorties du pressing se lancent dans des monologues face caméra. Ils prédisent aux spectateurs que le président souhaite sans doute commenter la nomination du nouveau ministre de l'Agriculture, les troubles en Libye et la reprise des combats en Tchétchénie. Moi, comme mon journal est *online*, je me moque pas mal de mon apparence, mais je me trouve quand même particulièrement peu à mon avantage aujourd'hui. Sur mes quarante-huit dernières heures, une poignée seulement ont été consacrées au sommeil et, dans l'impossibilité de passer chez moi, j'ai été obligé d'acheter des vêtements chez Brooks Brothers. Résultat : ma chemise porte encore les plis de l'emballage et mon blouson est trop large aux épaules. Je ressemble à un gosse débraillé.

Le porte-parole, Rob Courtney, nous fait patienter en nous donnant quelques précisions sur l'agenda présidentiel de la semaine prochaine et sur le ministre qu'il s'apprête à désigner. Je n'en ai pas besoin. Cela fait deux semaines que je connais le nom du nouveau ministre de l'Agriculture. Ça paie, de connaître les bonnes personnes. Et quand je dis «ça paie», je devrais dire «ça se paie». Généralement, en places pour les matchs des Redskins ou des Nationals[1]. Un jour, j'ai même servi de taxi en Cessna à une de mes sources au Département d'État et à sa petite amie qui voulaient passer la soirée à Manhattan. Elle avait eu droit à un dîner splendide au Moomba et moi à un joli scoop – la démission de

1. Équipes de football et de baseball de Washington.

notre ambassadeur en Australie pour se présenter au siège de gouverneur de l'Ohio.

— Chemise bleue, cravate rouge, prédit Wilma Grace, la journaliste assise à côté de moi.

Plaisanterie récurrente entre nous, et pari récurrent. En bon gentleman, je la laisse toujours tirer la première. Je riposte :

— Chemise blanche, cravate bleue.

Je parcours du regard la salle et me calme peu à peu. Dans l'enceinte de l'Aile Ouest, je suis en sécurité. Voir tous ces visages familiers a quelque chose de réconfortant.

— Le président des États-Unis, annonce Rob Courtney.

Le président Blake Francis fait son entrée. Il marche du pas assuré que confère le pouvoir, son visage arbore un bronzage retour de vacances. Il porte une chemise bleue et une cravate rouge. Je me penche vers Wilma.

— Vous l'avez déjà vu aujourd'hui.

— Je n'ai jamais dit le contraire.

— C'est petit, Gracie. Tout petit.

— Vous devriez peut-être songer à retirer l'étiquette avec le prix de votre blouson, me suggère Wilma.

Ouais, vraiment je me sens mieux. J'ai bien fait de venir.

— Bonjour à tous, commence le président. Je suis ravi d'être de retour. Vous ne pouvez pas savoir à quel point vous m'avez manqué !

Rires polis parmi mes confrères dans les rangs des moins-que-rien. Ses adjoints éclatent de rire comme si c'était la meilleure blague jamais racontée.

— Avant de vous parler de la nomination qui m'amène ici, j'aimerais faire une annonce. Comme moi, beaucoup d'entre vous ont appris avec tristesse la disparition récente de Diana Hotchkiss, qui a travaillé durant de nombreuses années dans l'équipe de Craig Carney, au Congrès, puis comme correspondante de la CIA.

Je cligne des paupières. J'ai bien entendu ?

— Et j'apprends qu'une nouvelle tragédie vient de frapper sa famille, avec la disparition de son frère. Libby et moi voulons assurer ses parents et ses proches de toute notre sympathie.

Le président Francis hoche la tête d'un air entendu.

— Bien. Et maintenant, comme vous le savez, j'ai promis qu'avant de nommer mon ministre de l'Agriculture, je procéderai à…

Je jette un regard à Wilma, qui me le renvoie mais ne paraît pas surprise outre mesure. Elle hausse les épaules.

— Une assistante au Capitole, sans doute ? chuchote-t-elle.

J'acquiesce. À l'évidence, Wilma ne la connaissait pas. Elle signifiait beaucoup pour moi mais, pour la plupart des gens, Diana n'était qu'une assistante ambitieuse et sans visage parmi des milliers d'autres s'affairant dans les coulisses du pouvoir.

Dans ce cas, comment se fait-il que le président des États-Unis lui rende hommage lors d'une conférence de presse télévisée ?

27

Après le briefing présidentiel, la douleur revient se loger dans mon estomac. Hors du sanctuaire de la Maison Blanche, je suis de nouveau vulnérable, accessible à ceux qui en veulent à ma vie. Je suis perturbé, terrifié, à court d'idées.

De bonnes idées, en tout cas.

L'immeuble sur Connecticut Avenue est situé à cinq minutes au nord de la Maison Blanche. Dix étages de pierre grise et un auvent vert au-dessus de l'entrée. Le vigile dans le hall d'entrée me demande si j'ai rendez-vous et je mens. Je signe le registre, passe un détecteur de métaux et arrive bientôt au dixième étage. Je tourne à droite en sortant de l'ascenseur et ouvre une épaisse porte vitrée. L'espace de réception est richement décoré, destiné à impressionner, avec son mobilier aérodynamique noir et violet et sa baie vitrée du sol au plafond offrant une vue plongeante sur Connecticut Avenue. Derrière un bureau en demi-lune, une femme qui ne déparerait pas en couverture d'un magazine. Derrière elle, le nom de la société s'affiche dans une police élégante – la même que celle de Porsche, je crois.

— Je peux vous aider, monsieur ?

Elle porte un casque dont le micro sinue jusqu'à sa bouche.

— Ben Casper, de *Capitol Beat*, dis-je en montrant ma carte. Je viens voir John Liu.

A priori, c'est une tactique assez peu subtile. Normalement, je devrais mener une enquête discrète sur ce type, rassembler le maximum d'informations possible et l'affronter lorsque j'aurais tous les atouts dans ma manche. Mais pour le moment, rien d'autre ne me vient à l'esprit.

— Il vous attend ? me demande cette bombe.

— Il devrait.

Ce qui est assez proche de la vérité.

Elle marque un temps d'arrêt.

— Puis-je lui transmettre l'objet de votre visite ?

Derrière la femme, une paroi de verre et une porte. Un homme fringant et dynamique la pousse et passe devant moi, en route vers son bureau. La porte se referme derrière lui avec un « clic ».

— Je prépare un article sur le scandale des bas salaires chez les lobbyistes et la nécessité urgente d'injecter plus d'argent dans la sphère politique.

La réceptionniste réfléchit une seconde à ce que je viens de dire.

— Je prépare un article sur l'action des lobbyistes pour aider les cinq cents entreprises les plus riches du pays à sucer jusqu'à la moelle l'homme de la rue en attendant d'être renflouées par le gouvernement. L'heure a sonné de livrer la politique à l'Amérique des affaires !

Elle réfléchit toujours.

— Je plaisante, dis-je. J'organise un vide-grenier ce week-end pour récolter des fonds pour M. Liu. De nos jours, un million de dollars par mois suffit à peine à mettre du beurre dans les épinards. Je me fais du souci pour lui.

La femme marmonne quelque chose dans son micro.

— OK, dis-je en me penchant vers elle suffisamment près pour être sûr qu'elle m'entende. J'écris un article sur le meurtre d'une assistante senior du Capitole par John Liu. Une assistante avec laquelle il avait une liaison. L'article sera publié dans une heure. Je me demandais s'il aurait d'abord envie d'écouter ce que j'ai à lui dire.

Puis je m'avance vers la baie vitrée de la réception et j'attends. La journée de travail touche à sa fin, le va-et-vient des employés est incessant. Les gens ont toujours l'air plus pressés en quittant leurs bureaux qu'en s'y rendant.

Après un moment, un homme à l'allure impeccable ouvre la porte vitrée.

— Monsieur Casper ? Par ici, je vous prie.

28

Deux Chinois partageant le même visage grave et la corpulence d'une petite maison m'escortent le long d'un large couloir décoré d'œuvres d'art coûteuses, éclairé de spots et moquetté de mauve. Les affaires du Liu Group sont florissantes en ce moment. Je ne suis pas trop fan du mauve mais je reconnais volontiers que *Purple Rain* de Prince est l'un des meilleurs albums de ma génération. On peut considérer *1999* comme supérieur mais *Purple Rain* le supplante dans le registre de l'émotion.

L'émotion, c'est justement ce qui fait défaut aux deux types qui m'encadrent. S'ils n'étaient pas en mouvement, je jurerais que ce sont des statues. Ils me conduisent devant une enfilade de bureaux de plus en plus spacieux et sophistiqués. Nous tournons à un angle, enchaînons sur un autre couloir. Nous nous arrêtons devant un ascenseur. Je me tourne vers Batman et Robin.

— On va où ? J'ai rendez-vous avec John Liu.

— Vous vous trompez, me répond le plus gros des deux.

Les portes s'ouvrent. Ils me poussent dans la cabine.

— Je dois vous prévenir : je pratique le karaté, le jiu-jitsu et je connais pas mal de mots japonais.

Rien. Pas même un sourire. Quand les portes de l'ascenseur se rouvrent, nous sommes dans un garage souterrain. Une limousine noire apparaît, la portière s'ouvre.

— Montez.

Bah, je l'ai bien cherché. Ça pourrait être une des plus graves erreurs de ma vie.

Je grimpe dans la voiture, la portière se referme derrière moi. Et se verrouille automatiquement. Me voici seul sur la banquette arrière, fixant la paroi noire qui masque le chauffeur.

Nous sortons sur Connecticut puis traversons DuPont Circle en direction de Massachusetts Avenue. Je me fais la réflexion qu'ils pourraient très bien m'emmener dans un lieu désert pour abréger mes souffrances.

Mais nous nous engageons sur un rond-point et prenons à droite sur Q Street Northwest. C'est à cet instant que je devine notre destination. Non pas un lieu désert, mais l'ambassade de Chine.

29

Il y a quelques années de cela, j'ai assisté à une cérémonie dans la Grande Salle de l'ambassade de Chine, un immeuble en pierre calcaire immaculée situé dans le quartier nord-ouest de la capitale. Cette fois, la pièce jusqu'à laquelle je suis escorté est tout sauf somptueuse. Les murs sont gris et rouge, l'espace exigu, mal éclairé, froid. Les deux brutes qui m'y ont amené ont à peu près la même corpulence que Batman et Robin, mais pas le même don pour la conversation pétillante. Ils ne posent pas la main sur moi avant d'être arrivés dans la pièce. Alors, ils me prennent par les épaules et me forcent à m'asseoir sur la chaise qui trône, seule, au milieu.

Une porte que je n'avais même pas identifiée comme une porte s'ouvre sur deux Chinois en costume cravate. Cheveux courts pour l'un, calvitie pour l'autre. Le chauve semble avoir passé pas mal de temps au club de gym. L'autre paraît plus doux, presque diplomate.

— Monsieur Casper, commence le Chauve.

— C'est moi.

— Qu'est-ce que vous racontez à propos de John Liu ? Vous avez dit à la réceptionniste qu'il était responsable de la mort d'une employée du gouvernement ?

Je les dévisage l'un après l'autre.

— J'avais l'intention d'en parler directement avec John Liu.

— M. Liu n'est pas ici.

Hormis un écho de son accent natal, son anglais est parfait.

— Et vous êtes ?

— Je suis… celui qui pose les questions.

— Je veux dire, comment vous vous appelez ?

— J'ai compris ce que vous vouliez dire. Parlez-moi des accusations que vous proférez à l'encontre de M. Liu.

Je ne sais pas si ce gars est de mon côté ou dans le camp adverse. Je pourrais tenter ma chance…

— J'ai écrit un article dans lequel j'explique que John Liu a assassiné la correspondante à la Maison Blanche du directeur adjoint de la CIA Craig Carney.

Le chauve reste impassible.

— Vous avez une preuve ?

— Lisez mon article.

Il n'y a pas d'article. Pas encore. Je n'ai même pas le début d'un indice pour prouver ce que j'avance. La vérité, c'est que je pars à la pêche aux infos.

— Il n'y a pas d'article, déclare le chauve.

Ce type est médium ou quoi ?

— Comme vous voulez, dis-je.

Ça me rappelle cette pub Burger King des années 1970, avec ce couple qui se composait un burger sur mesure. Génial, maintenant j'ai cette chanson stupide en boucle : « Pas de pickles, pas de laitue… » N'empêche, c'était quand même autre chose que leurs pubs actuelles, avec cette mascotte flippante… Le genre qui me file des cauchemars.

— Les relations entre notre pays et les États-Unis sont plutôt… fragiles, n'est-ce pas, monsieur Casper ?

— Si on est fan des droits de l'homme, alors oui, on peut le dire.

— Les droits de l'homme…

Il s'autorise un petit rire.

— M. Liu ne représente pas le République populaire de Chine. Toutefois, nous sommes bien conscients qu'il s'agit d'un homme extrêmement influent. Toute accusation portée contre lui se répercuterait sur notre pays. Même si elle est exagérée ou ridicule, on ne peut pas l'autoriser.

Je me penche vers mon interlocuteur et une des brutes derrière moi me retient par l'épaule.

— Je suis un journaliste américain sur le sol des États-Unis. Je publierai ce que je veux. En Amérique, on a ce truc qu'on appelle liberté de la presse. Vous devriez vous renseigner.

Pas de pickles, pas de laitue, pas de presse libre ou on vous tue…

Le chauve s'approche de moi.

— Vous êtes peut-être un journaliste américain mais vous n'êtes pas en Amérique. Pas en ce moment.

— Parce que vous m'avez kidnappé.

— Nous n'avons rien fait de tel. Vous avez signé le registre des visiteurs en arrivant. Vous avez demandé à me parler et j'ai accepté de vous recevoir.

Je laisse échapper un soupir nerveux. J'essaie de me donner des airs cool mais je suis tout sauf cool.

— Écoutez-moi bien, révérend Moon…

— Ah, l'insulte maintenant. Rien d'étonnant de la part d'un Américain. Ces niakoués aux yeux bridés sont tous pareils, pas vrai? Très bien, monsieur Casper. Continuez à vous croire moralement supérieurs pendant que notre économie prend le contrôle de votre pays… La République populaire de Chine est florissante alors que les États-Unis s'enfoncent de plus en plus dans la récession.

Il s'approche à trente centimètres, se penche en avant et plonge ses yeux dans les miens.

— Maintenant, monsieur, avant que je m'impatiente, dites-moi ce que vous savez de John Liu.

— Diana Hotchkiss.

Il hoche lentement la tête.

— C'est une tragédie.

— Il l'a fait tuer.

— Et pourquoi aurait-il fait une chose pareille?

— Lisez l'article.

Un sourire traverse son visage.

— Il n'y a pas d'article. Qu'est-ce qu'il pourrait bien raconter? Que vous, monsieur Casper, aviez une liaison avec Mme Hotchkiss? Que vous, Benjamin Casper, vous trouviez dans sa résidence la nuit de sa mort?

Je commence à paniquer.

— Un suspect potentiel dans la mort de Diana Hotchkiss – un amant éconduit qui, comme on dit en Amérique, avait le mobile et l'occasion de passer à l'acte – écrit un article sur sa disparition? Est-ce qu'on ne considérerait pas ça comme un conflit d'intérêts ?

Ces types me mettent la pression. Dans quoi je me suis fourré ?

Le chauve plante son nez à un poil du mien.

— Il n'y a pas d'article, répète-t-il.

Il se redresse et fait les cent pas.

— Et s'il y en a un, les choses pourraient commencer à… disons, sentir mauvais pour vous, Benjamin Casper. Votre propre vie et ses péripéties passionnantes pourraient se retrouver étalées en public. Y compris certains événements de votre enfance…

— Ben, tu te souviens de moi, pas vrai ? Inspectrice Amy LaTaglia.

— Mon papa dit que je ne dois pas vous parler.

— Je sais, Ben. Alors ne dis rien. C'est moi qui vais te parler. Je voulais juste te dire que nous avons reçu les résultats d'analyse des empreintes digitales. Tu savais qu'on a trouvé des empreintes sur le pistolet que ta maman tenait dans la main ?

— Ces archives sont classifiées, dis-je entre mes dents.

Le chauve remue la main.

— Le fait qu'on y ait accès vous donnera peut-être une idée des moyens dont nous disposons.

— Tu devines à qui appartiennent les empreintes qu'on a retrouvées sur cette arme, Ben ?

— Mon papa dit que je ne dois pas…

— Ce sont les tiennes, Ben. Les empreintes digitales sur le pistolet correspondent aux tiennes.

— D'un autre côté, Benjamin, j'imagine que l'on peut décider d'oublier cette histoire si vous oubliez vos accusations délirantes et infondées contre M. Liu.

J'incline la tête, m'efforce de contrôler mes émotions, englouti par une avalanche de souvenirs.

— *Tu vas avoir de gros ennuis, Ben. Tu dois nous dire ce qui s'est passé dans cette salle de bains avec ta maman.*

— Si mes accusations sont tellement délirantes, réponds-je en détachant chaque syllabe, alors qu'est-ce que je fous ici ?

Le chauve éclate d'un rire hideux.

— Oh, Benjamin ! Vous n'avez jamais mis les pieds ici. Et, croyez-moi, mieux vaut pour vous que ça continue comme ça.

30

Ils me ramènent dans le Connecticut et me balancent non loin du siège de la société de John Liu. Après ma visite non sollicitée à l'ambassade de Chine, je savoure l'air épais et la liberté. Maintenant, j'ai la conviction que les Chinois sont, d'une façon ou d'une autre, mêlés à cette histoire, en particulier Liu. Mais comment ? Comment ma Diana a-t-elle attiré l'attention du gouvernement chinois et du président américain ?

Je roule jusqu'à Idaho Street Northwest où se trouve le poste du deuxième district du Metropolitan Police Department. Je demande à voir Ellis Burk, un inspecteur dont j'ai signé le portrait il y a quelques années, lorsqu'il venait d'élucider le meurtre de la fille d'un membre du Congrès. Depuis, nous sommes restés en contact, parce que c'est un type plutôt sympa et parce que c'est mon travail d'avoir des amis partout.

J'ai un certain talent pour ça, avoir des amis : bavardage, resto ou bar, plaisanteries, faux compliments pour les pousser aux confidences et toujours partir sur une bonne impression afin qu'ils soient réceptifs la prochaine fois que j'ai besoin d'eux. J'ai même une base de données de mes relations. J'y note les circonstances de la rencontre, les événements significatifs qui nous lient (dans le cas d'Ellis, le meurtre de Dana Manchester), la carotte à utiliser si je leur demande un service (pour lui, des cigares cubains) et s'ils me sont redevables d'une faveur (un portrait flatteur de l'inspecteur qui a résolu le meurtre de Manchester).

Les amis superficiels, voilà ma spécialité. Mais je ne m'approche jamais trop d'eux, et je ne les laisse jamais trop s'approcher de moi. Ne posez pas vos doigts sur la cage et tout se passera bien.

On m'annonce que l'inspecteur Burk sera à moi dans quelques minutes et on me conduit dans une pièce. Grise, sans fenêtres, avec un miroir horizontal sur toute la longueur d'un mur, une table et quatre chaises. Une salle d'interrogatoire, je suppose, avec glace sans tain pour les observateurs.

Pas de pickles, pas de salade, réponds à nos questions ou c'est l'enculade !

Ben voyons…

— Ben-ja-min Ca-sper ! chantonne-t-il en franchissant le seuil. L'homme qui a survécu à un crash aérien !

Ah, l'Associated Press fait bien son travail.

— Salut, Ellis !

Il me serre la main. Il me regarde de haut en bas et son expression change.

— On dirait que ça vous a secoué… Vous savez, en général on ne sort pas vivant d'un avion qui s'est crashé. Alors maintenant, considérez tout ce que vous allez vivre comme du bonus !

À vrai dire, c'est assez mon état d'esprit.

— Ça va, mec ? Vous avez l'air un peu… stressé.

J'essaie d'afficher un sourire – rien à faire. À quoi bon mettre du rouge à lèvres à un porc ?

— J'ai passé une sale semaine. Une amie est morte. Je crois qu'on l'a tuée. Et, depuis, quelqu'un essaie de me tuer aussi et…

Ellis lève la main pour me calmer. C'est un type grand et corpulent, afro-américain, qui a grandi à Boston à l'époque où ce n'était pas si facile pour un Noir de devenir officier de police. Il me paraît tout de même plus mince que la dernière fois que je l'ai vu, il y a un an environ. Au régime, peut-être, ou bien malade.

— Procédons par étape. Et commençons par le commencement. Parlez-moi de votre amie.

Je laisse échapper un soupir.

— OK. Cette amie travaille comme correspondante de la CIA. Elle habite Georgetown et je crois que quelqu'un l'a poussée de son balcon…

Ellis incline la tête. Un éclair traverse son regard.

— … et j'étais là, dans son appartement, parce que…

— Stop !

Il approche sa chaise.

— Vous parlez d'Hotchchild, ou Hotch-quelque chose…

— Hotchkiss. Diana Hotchkiss.

Il acquiesce.

— Diana Hotchkiss, oui.

— Donc, vous connaissez l'affaire ?

Il me scrute un instant.

— Une affaire à laquelle il ne vaut mieux pas être mêlé. Ça pourrait vous attirer des ennuis, Ben…

Première nouvelle.

— C'est vous qui bossez dessus ?

Il se lève de sa chaise et arpente le bureau.

— Je ne dirigeais pas l'enquête mais elle a été confiée au Deuxième District, oui.

Je note l'usage du passé.

— Plus maintenant ?

Il a un rire dénué d'humour.

— Il y a quelques jours, la CIA débarque chez nous et ces clowns nous annoncent que l'affaire Hotchkiss est une affaire de sécurité d'État, qu'ils vont prendre le relais… Ils ont exigé tous nos dossiers, sur-le-champ. Et ils ont tout embarqué. Littéralement, avec des chariots. En vingt ans de boîte, je n'ai jamais vu un cirque pareil.

Cette histoire devient de plus en plus étrange. Les Feds sont sur le coup. Le président des États-Unis mentionne Diana dans sa conférence de presse hebdomadaire. Les Chinois m'embarquent en douce pour un sympathique numéro d'inquisition/extorsion.

Putain, c'est quoi ce délire ?

— À votre place, je prendrai un peu de fric de votre héritage et je m'envolerai vers une île lointaine pour y rester un ou deux mois.

Sans doute un bon conseil.

— Je ne m'envole nulle part, Ellis. Et j'ai besoin d'un début de piste. Quelque chose. N'importe quoi. La CIA a vraiment tout pris ?

Ellis me dévisage pendant un long moment, inexpressif, avant de lâcher :

— Peut-être pas tout.

31

Ellis réapparaît dans la salle d'interrogatoire avec un mince classeur à soufflets contenant des tirages photo.

— Photos de scène de crime, plus quelques dépositions de témoins. J'ai dû oublier de refiler toutes les copies aux Feds.

J'ai un mouvement de recul quand il lâche le classeur sur la table et que quelques photos s'en échappent. Je ne suis pas spécialement d'humeur à voir le visage et le corps fracassés de Diana.

— Des trucs intéressants dans les déclarations des témoins ?

— Pas grand-chose, répond-il en secouant la tête. À part que les premières personnes à s'être occupées de la victime sont aussi les premières à être parties.

Je mets un moment à m'apercevoir qu'il parle, en partie, de moi.

— Deux femmes d'abord, récite-t-il de mémoire. Elles étaient dans une petite voiture bleue garée près de l'immeuble. Apparemment, elles se sont tout de suite approchées du corps pour voir si la victime respirait encore, elles ont cherché son pouls… Mais elles sont remontées dans leur voiture et ont démarré avant l'arrivée de l'ambulance.

Je me rappelle la première partie, oui : les femmes sortant de leur voiture. Ce qu'elles sont devenues ensuite, je n'en ai aucune idée.

Sans me quitter des yeux, Ellis reprend :

— Puis un homme qui, de l'autre côté de la rue, parlait de sa moto avec des passants, a été le suivant à s'approcher. Après avoir examiné la victime, il est allé vomir un peu plus loin. Puis il a sauté sur sa moto et lui aussi est parti avant que les autorités soient sur place.

Il hausse les épaules.

— Vous voyez qui pourrait piloter une Triumph America 2009 équipée de… attendez…

Il consulte les notes du dossier.

— … de pneus Metzeler ME80 ?

Je rectifie :

— ME880.

— Exact, ME880.

Il a un petit sourire à mon intention.

— On dirait que ces témoins sont experts en moto, dis-je.

— Comme le propriétaire de l'engin. Un type très sympa, à ce qu'ils disent. Très amical.

— Et beau gosse, non ?

— Ouais… selon eux, il ressemblait à… Skeet… Ulrich… aucune idée de qui c'est.

Je ne relève pas cette remarque. Voilà, à tout le moins, une précision déplaisante. Skeet Ulrich ? Diana me trouvait des faux airs de Johnny Depp. Je veux dire, Skeet n'est pas mal dans le premier *Scream* et ils auraient dû le garder dans la série *New York, Unité spéciale*, mais Depp c'est quand même cette bombe de Donnie Brasco, bordel ! En une semaine, je suis passé de Johnny Depp à Skeet Ulrich ? Et après ce sera qui ? Ralph Macchio ?

— Je n'ai rien à voir avec sa mort mais, ouais, j'étais là. Je vous l'ai déjà dit avant que vous me sortiez ce témoignage…

— En effet, en effet…

Il hausse de nouveau les épaules.

— Eh bien, si la CIA ne nous avait pas délestés de l'enquête, moi et mes collègues, je pourrais vous garder un peu ici, le temps d'un interrogatoire. Mais puisqu'on m'a retiré l'affaire…

Un bon gars, cet Ellis. Comme un papillon de nuit attiré par la lumière, mes yeux font des allers-retours vers les photos de Diana étendue par terre, en miettes. Je ne peux pas les regarder. Je ne peux pas *ne pas* les regarder. Celle qui est au-dessus des autres : cheveux auburn – une teinture qu'elle avait faite un mois plus tôt – cascadant sur son visage, sa jambe gauche de travers, le long membre fin, l'escarpin en daim à talon plat épousant parfaitement la courbe de son pied, vision ironique même si j'imagine que Diana serait heureuse de savoir qu'elle portait une jolie paire au moment de sa mort et…

Je fais un bond en arrière. L'adrénaline inonde mes veines.

— Je sais, ça doit être dur, commente Ellis. Vous deviez beaucoup tenir à elle.

Je parviens à hocher la tête et marmonne une réponse incohérente avant de m'excuser et de quitter la salle, direction le parking. Ouais, je tenais beaucoup à elle.

Mais je ne devrais sans doute pas utiliser le passé. Je peux parler au présent.

Car Diana s'est fait tatouer un papillon au-dessus de la cheville gauche et il est invisible sur la photo de la femme morte.

32

Je quitte le commissariat avec une liste de plus en plus longue d'éléments nouveaux. Je les étale sur le bureau de mon cerveau mais je ne discerne aucune logique entre eux. Réfléchis, Ben. Au bout du compte, chaque fait est un maillon d'une chaîne. À moi de les ajuster dans le bon ordre.

Au moment où je saute en selle, j'aperçois une voiture dans la rue face au parking du commissariat. Une Chevrolet sombre avec deux types qui me regardent. Difficile de dire s'ils sont chinois ou non, mais j'imagine qu'il arrive aussi aux Chinois d'employer des Blancs, non ? Pourquoi partir du principe que les Chinois recrutent seulement des Chinois ? Peut-être qu'ils font aussi bosser l'albinos de *La Firme*…

Ils démarrent quand je lance le moteur de ma Triumph. Coïncidence ? Je n'ai jamais cru aux coïncidences.

— Est-ce que c'est une coïncidence, Ben ? Est-ce que ce sont tes empreintes digitales qui ont sauté sur ce pistolet ?

— Je devrais appeler papa.

— On appellera ton papa plus tard, Ben. Pour le moment, tu viens avec nous. On va te placer en détention. Tu vas avoir un avocat, un tuteur, et tu n'auras sans doute pas le droit de vivre avec ton père pendant longtemps. À moins, Ben, que tu n'acceptes de m'expliquer ce qui s'est passé.

En manœuvrant pour s'engager sur la chaussée, la Chevrolet percute une petite Toyota. Pendant ce temps, j'extirpe ma moto de son emplacement sans savoir au juste quelle direction prendre…

La petite voiture. Les deux femmes qui se sont précipitées vers Diana – du moins, celle qui gisait sur la chaussée – sortaient d'une petite voiture bleue. Selon Ellis, elles sont reparties avant l'arrivée de l'ambulance et de la police.

Je m'arrache du parking. Désormais, je sais parfaitement où je vais.

Je prends sur Wisconsin Avenue, passe devant le bar qui a remplacé l'Alliance Tavern, là où Ellis et moi avions pris jadis une cuite au mauvais whisky. Je ne vois pas la Chevrolet me suivre mais ça ne veut pas dire qu'elle ne me file pas. Pour une raison inconnue, la circulation est dense. Je tourne vite à droite sur M Street Northwest puis arrive sur 29 South Street et débouche sur Virginia Avenue. La gifle de l'air, le kiff absolu avec cette moto, me soulage un peu même si un tremblement incessant parcourt mon corps désormais, et l'unique antidote envisageable est la vitesse, la vitesse, la vitesse, mais j'arrive bientôt sur les routes principales. C'est seulement sur la Jefferson Davis Highway que je peux enfin lâcher les chevaux : le compteur grimpe à 145 km/h et je pense aux Jefferson Starship et à tous les autres noms du groupe, à leur tube *We Built This City On Rock'n'Roll* et je suis sur le point de vomir…

Trente minutes plus tard, j'arrive au guichet de la Delta Airlines du Reagan Airport. À l'aide de ma carte de crédit professionnelle, pas personnelle, je prends un aller simple, conscient qu'un vol sans retour réservé à la dernière minute a toutes les chances de me valoir une fouille scrupuleuse aux différents contrôles de sécurité – mais je m'en fous à présent. C'est peut-être ça, mon problème : j'ai trop peur, trop peur de mourir. Peut-être que si je me montrais plus intrépide, plus casse-cou, comme un genre de James Bond, affrontant les dangers mortels avec un sourire nonchalant, je me sentirais mieux. Daniel Craig a redonné du punch à la série. J'essaie un sourire nonchalant mais ça ne marche pas.

On m'annonce que j'ai raté le dernier vol de la soirée. Je vais donc dormir dans le terminal.

Et demain matin, j'embarque à l'aube pour Madison, Wisconsin.

33

Il est à peine plus de 10 heures et les parents de Diana sont chez eux. Chez eux et déjà bien chargés, en tout cas madame. Mais je ne vais certainement pas le leur reprocher. Après tout, ils viennent de perdre leurs deux enfants en l'espace d'une semaine.

Avant de sonner à leur porte, j'ai lu et relu sur mon smartphone tous les articles que j'ai pu trouver sur la mort de Randy. L'histoire classique : bouleversé par la mort de sa sœur, Randy Hotchkiss s'est suicidé en sautant du toit du Van Hise Hall, sur le campus de l'université. Aucun signe suspect. Pas d'enquête criminelle en cours. Dossier clos. Ben voyons.

Les parents ne se rappellent pas vraiment m'avoir vu à la veillée mortuaire et ils n'ont pas l'air ravis d'apprendre que je suis journaliste mais je leur assure que je ne viens pas les interviewer. Quand ils me laissent entrer, j'ai l'impression que c'est plus par épuisement que par envie de me parler.

Ils habitent une vieille maison victorienne. Dans le salon défraîchi, les portraits des enfants s'alignent sur les murs, avec des photos sépia de leurs ancêtres. La pièce est imprégnée d'une odeur de moisi et de café brûlé – même si, à l'évidence, ce n'est pas ce qu'ils ont bu ce matin.

Les yeux de Bonnie, vides et injectés de sang, sont voilés par les brumes de l'alcool et du chagrin. George paraît plus alerte, même s'il souffre tout autant. Mais tous deux deviennent très attentifs quand je leur raconte ce que tout parent ayant perdu un enfant rêve d'entendre : par une sorte de miracle, leur progéniture est en vie.

— Est-ce que… c'est une plaisanterie sadique ? demande George.

— Je n'ai pas fait tout ce chemin pour plaisanter, monsieur Hotchkiss. J'ai vu les photos. Diana a un tatouage au-dessus de la cheville.

— Alors pourquoi ce ne sont pas les policiers qui sont à votre place, en train de nous interroger ? Vous êtes le seul à avoir remarqué cette absence de tatouage ?

— La police de D.C. n'a pas eu le temps de voir ça : les Feds sont immédiatement intervenus pour prendre en charge l'enquête. Les flics du coin n'ont rien pu faire, tout le dossier leur a été retiré d'un coup.

Bonnie secoue la tête.

— Mais enfin, qu'est-ce que ça veut dire ?

J'ouvre les mains.

— Je… je ne suis pas certain. Diana était apparemment impliquée dans quelque chose… Quoi, je l'ignore. Quelque chose dont elle faisait partie ou qu'elle a découvert… je ne sais pas. Tout ce que je sais, c'est que la personne tombée de son balcon n'est pas Diana.

George se tourne lentement vers Bonnie. Ils partagent la même expression incrédule – je ne leur jette pas la pierre – mais l'espoir est un puissant moteur pour accepter l'impossible.

— Et vous dites… que les gens qui l'ont trouvée…

— Les deux femmes dans la petite voiture, oui. Je pense qu'elles étaient là en planque. C'était leur rôle : être les premières sur place. Elles ont dû couvrir le visage de la victime avec ses cheveux. Vous comprenez, on voyait difficilement son visage : il faisait nuit, sous un éclairage faible, elle était tombée tête la première, alors… pardon, je sais que l'image est violente mais de toute façon on ne pouvait pas vraiment l'identifier.

— Mais ceux qui ont fait ça ont quand même pris leurs précautions.

— Ils ont pris leurs précautions, oui. Quand je suis arrivé, son visage était caché par ses cheveux. Elle portait les vêtements de Diana, les chaussures de Diana… la malheureuse avait été habillée pour ressembler à Diana, ça ne fait aucun doute. Mais ils ont oublié un détail : son tatouage.

Bonnie secoue la tête. Des larmes se sont formées au bord de ses yeux mais ne se décident pas à couler. Aussi dingue qu'elle paraisse, la nouvelle que je leur apporte est tout de même bonne.

— Vous saviez que Diana s'était teint les cheveux en brun un mois avant ?

— Non.

Je hoche la tête.

— En y réfléchissant bien, je me dis qu'elle a sans doute fait cette teinture pour correspondre à la couleur de cheveux de la femme morte ce soir-là.

— Vous pensez que Diana aurait été *complice* d'un meurtre ? demande George. C'est ça que vous…

— Non, monsieur. Je doute qu'elle ait été mise au courant. À vrai dire, je n'en sais rien. Écoutez, monsieur et madame Hotchkiss, je sais que c'est complètement fou, mais il existe une façon très simple d'en avoir le cœur net.

Ils me regardent tous les deux. La conclusion est évidente mais leur cerveau ne fonctionne pas à plein régime en ce moment.

— Exiger du gouvernement fédéral qu'il restitue le corps.

34

Deux heures plus tard, me voilà de retour au Dane County Regional Airport. Sans certitude sur l'état dans lequel j'ai laissé la famille Hotchkiss. Il n'existe pas de mode d'emploi sur la façon de réagir quand quelqu'un vous annonce : « Eh, devinez quoi ? Votre fille n'est peut-être pas morte, finalement ! » Si je me suis trompé, je me suis rendu coupable de l'acte le plus cruel qu'on puisse infliger à des parents endeuillés en leur donnant de faux espoirs.

Mon vol retour n'est pas prévu avant une heure. En attendant, j'arpente les salles dallées de beige et d'or, traîne au Wisconsin Marketplace et envisage brièvement de m'offrir un maillot Aaron Rodgers parce que, putain, ce mec est tellement cool, même avec une moustache, puis je mets le cap vers les toilettes les plus proches de ma zone d'embarquement.

En sortant, un type obèse me croise et, toutes les toilettes fermées étant occupées, je me rabats sur les urinoirs. Quand je me lave les mains, je commets l'erreur de me regarder dans le miroir. Le visage qui me scrute a la pâleur d'un spectre et des yeux sombres profondément creusés. Manifestement, j'ai connu des jours meilleurs. Là, je ressemble *vraiment* à Skeet Ulrich. Si je jouais un flic dans une série, je voudrais être un de ces vétérans endurcis et pince-sans-rire qui, devant un cadavre, balancent des punchlines. *On dirait qu'il a croisé la route d'un poignard susceptible. Tant pis, je ne mangerai pas de spaghettis ce soir.* Ce genre de choses…

Ensuite, deux choses se produisent simultanément : la porte d'une des toilettes s'ouvre dans mon dos et quelqu'un entre sur ma droite. Deux hommes, un Noir et un Blanc, baraqués, l'air de ne pas plaisanter, costume noir et chemise blanche, se ruent vers moi. Je lance un coup de coude en arrière, et percute une partie du visage du mec blanc. Je sens le contact de la chair et de l'os – ça a dû faire mal. Si j'avais le moindre talent pour cet exercice, j'enchaînerais en balançant un coup de pied au Noir devant moi.

Mais ça ne part pas. Le coup de coude m'a déséquilibré et le Noir saisit ma veste de sport à deux mains avant que j'aie le temps de dire « embuscade ». Il me plaque contre le mur, juste à côté du sèche-mains, pendant que son acolyte reprend ses esprits.

— Tout doux, tout doux…, dis-je.

Il plante son genou dans mon bas-ventre et je me plie en deux. La définition de *douleur* se trouve dans le dictionnaire mais il faut attendre de se prendre un coup dans les couilles pour en comprendre vraiment le sens. Et ce type sait frapper avec son genou. Les valseuses n'ont jamais mieux mérité leur surnom.

Le Blanc m'attrape par les cheveux et me force à me relever. Mes mains se vrillent au sud, en une pulsion primitive pour protéger ce qui reste de mes bijoux de famille. J'essaie de reprendre mon souffle.

— Dernier avertissement, Benjamin, dit le Noir en rajustant sa cravate face au miroir. Arrêtez de poser des questions sur Diana Hotchkiss.

Entendre son nom me tire de ma torpeur, me rappelle ce que je fais ici.

— John Liu ne me fait pas peur, parvins-je à articuler.

— John Liu ?

Le Noir se met à glousser, regarde son acolyte dans le miroir. Il a le visage en sang.

— Il y a beaucoup de choses que vous ignorez sur John Liu, Benjamin.

De derrière, le type blanc assène le coup suivant, un crochet dans les reins, et je m'effondre en boule sur le sol. Une douleur stridente me déchire le dos, le crâne, de partout les synapses expédient leur message vers mon cerveau. Des points se forment devant mes yeux et je lutte pour ne pas perdre connaissance. Je ne suis pas sûr d'être capable d'uriner de nouveau un jour.

Le Noir s'accroupit devant moi.

— Vous allez rentrer à D.C. et téléphoner aux Hotchkiss. Vous allez leur dire que vous avez fait une grosse erreur, que vous êtes désolé mais que Diana est bien morte et que vous ne les embêterez plus jamais.

— Et… pourquoi… je leur… dirais ça ?

— Parce que sinon, Benjamin, ils vont mourir. Tous les deux.

L'homme se relève, la pointe lustrée de ses richelieus à quelques centimètres de mon nez.

— Vous n'avez pas remarqué, Ben ? Tous ceux à qui vous essayez de parler meurent peu de temps après. On dirait que c'est vous qui pressez la détente.

Détente – le mot sonne bizarrement, après avoir reçu un coup de genou dans les couilles et un crochet sous la ceinture. Mais, en comparaison de ce que j'ai subi cette semaine, c'est une aimable plaisanterie.

Une chose est sûre : ils ne sont pas là pour me buter. Ce ne sont pas les mecs qui ont réduit en miettes ma cabane.

Alors, qui est-ce ?

J'essaie de bouger mais le plus infime mouvement réveille la douleur. Je suis recroquevillé en position fœtale sur le lino des toilettes. Bonne nouvelle : mes doutes quant à ma capacité à uriner s'envolent. Une tache tiède s'élargit sur mon pantalon.

— Je n'ai pas…

Même parler m'est pénible. De toute façon, ils sont déjà partis. Il ne reste plus que moi, moi-même et les chiottes.

— Je n'ai pas l'intention d'arrêter.

35

— George, je vous demande de me faire confiance, dis-je en faisant les cent pas sur le parking couvert près du Reagan Airport.

— *Vous faire confiance?* hurle George Hotchkiss dans mon portable. *Vous me dites que ma fille est encore en vie puis vous me demandez d'oublier toute cette histoire?*

C'est à peu près ça, ouais.

— Pour l'instant seulement, George. Laissez-moi du temps pour y voir plus clair.

— *Et pourquoi je vous laisserais du temps? Pourquoi je devrais attendre une seconde de plus?*

— Parce que votre épouse a déjà perdu un fils et peut-être aussi une fille. Si vous pouvez éviter d'en faire une veuve…

Ma remarque semble le calmer.

— Deux ou trois jours, George. Promettez-moi. Ensuite, vous pourrez faire autant de scandale que vous voulez.

Je raccroche après avoir obtenu du père de Diana la garantie qu'il ne fera rien pendant les quarante-huit prochaines heures. Je ne sais pas si les types bluffaient tout à l'heure mais quelqu'un prend cette affaire très au sérieux et je ne veux pas avoir la mort des Hotchkiss sur la conscience, quelle que soit l'opinion de Diana sur ses parents.

Je sors mes clés et enfourche ma moto quand j'entends crisser des pneus. Une voiture descend à toute vitesse la rampe du niveau supérieur du parking. Une longue limousine noire. Qui s'arrête pile devant moi.

Je me prépare au pire. Ici, je suis une cible vivante : debout sur un parking, cerné par les voitures avec cette limousine qui coupe mon unique issue.

Je n'ai aucune option. Même pas le temps de paniquer.

La vitre fumée côté passager s'abaisse. Un bel Asiatique tiré à quatre épingles me dévisage.

— Tiens, tiens, dis-je.

— Vous vouliez me voir, je crois, dit John Liu.

36

Assis devant moi à l'arrière de la limousine, le célèbre John Liu est accompagné d'un grand gaillard blanc tenant sur ses genoux une arme qui m'a tout l'air d'être redoutable. Pas redoutable comme une baston générale dans un bar ; redoutable comme une opération des Forces spéciales.

Vu de près, John Liu est conforme à tout ce qu'on est en droit d'attendre : un lobbyiste sapé comme un prince, parfaitement lisse. Mais derrière la façade se devine autre chose. Ses mains tremblent, ses yeux s'agitent en tous sens. John Liu a peur.

— Vous allez me tuer ? finis-je par demander.

Quand on y réfléchit, une question stupide.

Liu m'examine un moment.

— Si je voulais votre mort, vous seriez déjà mort.

Plutôt cool. Une vraie réplique de cinéma. Et très convaincante. Mais si je voulais me débarrasser d'un type en évitant qu'il résiste pendant que nous roulons vers une destination connue de moi seul, c'est exactement ce que je lui dirais. *Si je voulais votre mort, vous seriez déjà mort.* Le type baisserait sa garde, je l'emmènerais dans une décharge et je lui dirais JE DÉCONNE ! avant de le plomber.

(Je veux dire, si c'était mon genre de buter un type.)

— Dans ce cas, pourquoi votre ami ne rangerait pas son flingue ?

Liu secoue la tête.

— Ça, c'est pour être sûr qu'à la fin de notre petite conversation, vous partirez.

— Au risque de froisser votre ego, ce n'est pas la première fois qu'on me braque.

Samuel L. Jackson dans *Pulp Fiction.* J'ai toujours adoré cette phrase. Jamais pensé à m'en servir. Jamais cru que j'aurais l'occasion de m'en servir.

John Liu m'observe encore un moment.

— J'ai entendu dire que vous pouviez être borné. Le terme exact était plutôt : obstiné.

Je regarde tour à tour Brutus et Liu.

— Vous l'avez entendu… de la bouche de Diana ?

Il acquiesce en silence. Comme si je parlais de sa famille, j'enchaîne :

— À propos, comment va-t-elle ?

Ma remarque met un certain temps à lui parvenir.

— C'est quoi, cette question de mauvais goût ?

— Allons, John ! Je suis né un jour de pluie, mais pas de la *dernière* pluie.

— Je… ne comprends pas cette allusion.

— Oh ? Maintenant vous nous faites le coup de l'étranger qui ne parle pas notre langue si bien que ça ? Laissez-moi rire, John. Vous la parlez mieux que moi.

Il se penche vers moi, coudes posés sur les genoux.

— Vous ne suggérez tout de même pas que Diana est *en vie* ?

Ce type gagne sa vie comme lobbyiste. Sa description de poste se résume à un mot : baratineur. Yeux dans les yeux, il peut vous assurer que la dérégulation des affaires n'aboutira pas à des malversations, que les cinq cents sociétés les plus riches du pays ont besoin d'aides du gouvernement pour embaucher davantage alors que tout l'argent sert à gonfler les parachutes dorés des patrons. Comme on dit : il pissera sur votre jambe en vous expliquant qu'il pleut.

— Il faudrait l'annoncer à la Maison Blanche. J'ai entendu le président lui rendre hommage pendant dix secondes avant sa conférence de presse.

— Qu'est-ce qui lui a pris de faire un truc pareil ? J'ai couvert des centaines de briefings présidentiels et, sauf pour des morts de chefs d'État ou d'élus, je n'ai jamais entendu un président faire ça. Pour une simple employée ? Pourquoi le gouvernement fédéral considère-t-il la mort de Diana comme si importante ?

Il n'a pas de réponse à ma question. Il a préparé ce rendez-vous avec une idée précise en tête, un message à me faire passer. Je ferais aussi bien d'écouter ce qu'il a à dire.

La limousine atteint le guichet de sortie du parking et nous partons. Mais, au lieu de prendre la voie rapide, le chauffeur qui se cache derrière la paroi de verre teinté gare la voiture.

John Liu se frotte les mains et s'humecte les lèvres, autant de signes révélant, prouvant, trahissant que quelqu'un ou quelque chose a réveillé en lui une peur de tous les diables. Un bon journaliste sait les reconnaître.

— Vous posez la mauvaise question.

— Quelle question je devrais poser, John ? J'en ai une bonne centaine pour vous.

— Vous avez déjà entendu parler de l'opération Delano ?

Jamais. Mon expression fait office de réponse.

— C'est ce terrain-là que vous devriez creuser, monsieur Casper.

— Aidez-moi. Dites-moi où creuser.

Il m'adresse un sourire que, dans un jour habituel, je qualifierais de condescendant. Mais la sueur qui perle à son front me donne un aperçu du combat intérieur qui l'agite.

— Delano, reprends-je. Le deuxième prénom de Roosevelt. Le président est mêlé à cette opération ? C'est à la Maison Blanche que je dois creuser ?

John Liu plante ses yeux dans les miens. Son expression demeure impassible mais il ne dit pas non.

— Nous avons terminé, dit-il. Sortez.

— Non.

— Si. Écoutez-moi bien, monsieur Casper. Vous m'avez attiré beaucoup d'ennuis en débarquant à mon bureau et en m'accusant de toutes sortes de choses. Je pourrais même ne pas y survivre.

— Une seconde, John, j'ai besoin de mon mouchoir… Vous savez, on m'a tiré dessus, l'atterrissage de mon avion s'est soldé par un crash, le fils Hotchkiss a été assassiné et, pour le moment, je ne sais pas ce qui est arrivé à Diana. Et je suis à peu près sûr que vous avez un rapport avec chacun de ces événements…

— C'est faux. Je ne savais même pas tout ce qui vous est arrivé. J'ai appris pour Diana et pour son frère. Pas pour vous. Mais maintenant que je le sais, monsieur Casper, je veux que vous sortiez de ma voiture immédiatement.

— Ah ouais ? Et pourquoi ?

Brutus le garde du corps abaisse le cran de sécurité de son arme. Il ne me vise pas encore, mais ça ne saurait tarder.

— Parce qu'apparemment vous êtes encore plus proche de la vérité que vous l'imaginez.

37

Je rentre à Washington en optant pour une direction inhabituelle, vers K Street Northwest, de peur d'être suivi. La capitale étouffe sous la chaleur aujourd'hui. L'air est si aveuglant qu'il m'oblige à plisser les paupières. Ce qui me complique encore plus la tâche quand je cherche du regard des gens qui m'observent, me suivent, me traquent.

J'éprouve un certain soulagement et un certain réconfort en poussant la porte à tambour des bureaux du *Capitol Beat*. Au chaos des rues se substitue aussitôt la frénésie feutrée d'une salle de presse. Le *Beat* est un petit journal, il occupe seulement le rez-de-chaussée de l'immeuble de trois étages dont j'ai hérité, mais je l'ai truffé de bureaux compartimentés formant un dédale dans lequel s'affairent mes employés.

Un visage inconnu se lève vers moi à l'accueil. Ce doit être la nouvelle réceptionniste.

— Je peux vous être utile, monsieur ?

Au milieu du labyrinthe surgit la tête de Shari, la responsable des maquettes publicitaires – *dummy*, dans le jargon du métier. Elle me lance un large sourire.

— Eh ! s'écrie-t-elle un peu plus fort que nécessaire. Regardez qui nous fait l'honneur d'une visite !

Aussitôt, cinq autres têtes se dressent au-dessus de leur box et les saluts fusent.

— Vous ressemblez à des chiens de prairie quand vous faites ça.

— C'est un petit numéro qu'on met au point, répond Shari. On espère qu'un jour, on sera assez doués pour se cacher sur la pelouse de l'Aile Ouest et se fondre avec la faune.

Elle jette des coups d'œil furtifs autour d'elle, émet quelques grognements de fauve puis disparaît derrière son box.

Je soupire. Ça fait du bien d'être ici.

Nous ne publions rien sur papier mais la rédaction sent tout de même l'encre. On reçoit chaque jour la presse et quelqu'un se charge de lire tous les journaux dans le détail. L'odeur douce de l'encre se mêle à celle des ordinateurs qui chauffent. Un mélange de plastique chaud, de poussière et de papier journal humide. L'odeur du travail honnête et rigoureux.

Le bureau est assez calme. La plupart des articles sont écrits à distance, de nos jours. Les rares employés que je croise en route vers mon box ressemblent à peu près à ce qu'on s'attend d'un journaliste de D.C. : efflanqués, affamés, en retard de sommeil et stressés. Jean, mocassins, aucune tentative pour assortir les couleurs, aucun sens de la mode. Comme moi.

La rédaction est divisée en plusieurs sections. Les chefs de rubrique – Politique, Coulisses, Opinions/ Enquêtes et Photos – ont droit à des box plus grands, derrière des séparateurs plus hauts. Autour de chaque chef de rubrique s'affairent les journalistes, dans des box si petits qu'ils peuvent en toucher les parois quand ils sont assis. De toute façon, la plupart du temps, ils sont sur le terrain, en quête d'infos. Ça ne rimerait à rien de leur donner des bureaux trop confortables. Les relecteurs sont alignés tout au fond de la salle, à gauche, cachés par d'énormes moniteurs où s'affichent les articles prêts à être publiés. Le service des ventes – le seul à recevoir des visiteurs – est au premier plan, dans la zone la plus confortable. La réception est tout de suite à droite dans l'entrée, face à des box équipés de grands écrans pour le service publicitaire.

Je m'arrête devant le box de Kendra Tierney, qui dirige la rubrique Politique et s'occupe de la Maison Blanche avec moi. Je lui ai téléphoné avant de venir pour lui poser *la* grande question.

Elle pivote sur sa chaise quand je passe la tête par le séparateur.

— Jamais entendu parler, me dit-elle. Opération Delano, c'est ça ?

— C'est ça.

— Connais pas. Tu veux que j'aille à la pêche ?

— Pas sûr. Je crois que je te préfère en un seul morceau, Kendra.

Elle a un mouvement de recul.

— C'est sérieux ?

Je tapote son séparateur.

— Je te refais signe.

Mon bureau est au fond de la salle, c'est le seul à avoir des cloisons complètes. Mais comme elles sont en verre, je n'ai pas beaucoup d'intimité. Sur la porte : BENJAMIN CASPER, DIRECTEUR DE LA RÉDACTION. Je n'ai pas besoin d'un titre avec «chef» ou «exécutif». «Directeur de la rédaction», au moins, ça ressemble à un vrai boulot. Évidemment, depuis Diana… bah, disons qu'un des avantages d'être propriétaire de ma boîte, c'est que je peux compter sur Kendra pour la faire tourner en mon absence. Et cet avantage m'arrange bien en ce moment.

Tout le monde me parle du crash – mon téléphone est saturé d'e-mails et de SMS depuis que l'info a été rendue publique – mais je balaie les questions d'un revers de la main. Non seulement je suis fatigué mais ce n'est qu'une fraction de l'histoire de ma vie cette semaine.

J'ai demandé à ma secrétaire de m'acheter des chemises, un pantalon, des sous-vêtements et des affaires de toilette – avec la carte de la société, c'est-à-dire mon argent – pour que je puisse me déplacer facilement. Je prends une tenue de rechange et me rends dans les sanitaires.

Quand j'ai transformé cet endroit en salle de rédaction, j'ai fait casser les murs des toilettes et ajouter des douches, pour cadrer avec le mode de vie des employés à horaires irréguliers. Ça tombe très bien : j'ai justement besoin d'une bonne douche chaude. Je vais me laver, enfiler une tenue propre et foutre le camp avant que ceux qui me traquent me trouvent ici et fassent tout péter. En ce moment, je suis radioactif.

Quand j'ai fini, je me sens mieux, rafraîchi et je rêve de pouvoir poser les pieds sur mon bureau et m'offrir un petit somme.

Le buzzer de mon interphone retentit. C'est la nouvelle à l'entrée. La précédente réceptionniste se contentait de se retourner et de hurler dans ma direction.

Je ne suis même plus sûr de savoir me servir de ce truc. Je presse le bouton.

— Oui ?

— Monsieur Casper ?

Qui d'autre ça pourrait être ?

— Oui.

— J'ai là une dame pour vous, une certaine Anne Brennan. Elle dit que c'est urgent.

Anne Brennan est la meilleure amie de Diana.

— Envoyez-la-moi.

38

J'accueille Anne Brennan à la porte de mon bureau et lui fais signe de s'asseoir. Quelque chose me dit qu'elle en a besoin : elle a l'air fatiguée, à bout. Éreintée, comme disait Diana.

Je ne la connais pas très bien. Je l'ai vue quelques fois seulement, mais Diana était la seule personne, à part son frère, dont elle parlait avec un certain degré d'intimité. À travers elle, j'ai l'impression de connaître Anne.

C'est un joli brin de femme aux cheveux châtains bouclés tombant sur ses épaules, d'une séduction chaleureuse plutôt que menaçante.

— Je ne sais pas vraiment pourquoi je suis ici. Et je ne sais pas vraiment où aller. Diana avait tellement confiance en vous.

— Dites-moi…

Je me demande encore ce que je peux lui dire *à elle.* Qu'elle commence.

— Eh bien… Tout d'abord Diana, et maintenant ces gens qui viennent me poser tout un tas de questions sur elle…

— Quels gens?

— La CIA. Ils veulent tout savoir sur Diana. Pourquoi elle se serait suicidée ? Avait-elle une liaison ? Des choses comme ça…

— Qu'est-ce que vous leur avez répondu ?

Je l'avoue, j'espère qu'elle va me dire : *Elle était amoureuse de vous, Ben.*

— Rien… rien du tout.

Elle se lève et se met à faire les cent pas. Les Feds l'ont bien secouée. Ils savent comment s'y prendre.

— Je ne savais pas quoi répondre. Je ne voulais rien leur dire, vous comprenez ? Respecter sa vie privée. Mais on aurait dit qu'ils savaient que je cachais quelque chose. Alors ils m'ont menacée. Ils m'ont expliqué qu'ils avaient récupéré mes déclarations de revenus des dix dernières années et qu'ils étaient sûrs d'y trouver des irrégularités. « On trouve toujours », voilà ce qu'ils m'ont dit. À cause de ça, je pourrais perdre ma maison, ma société de restauration…

— Anne, Anne. C'est bon. Ça va aller, je vous promets.

Elle éclate en sanglots, le visage entre les mains. Je passe un bras autour de son épaule et l'aide à se rasseoir. Je vais prendre une bouteille d'eau dans le minibar derrière mon bureau et la lui tends.

Elle finit par se ressaisir, avale quelques gorgées et respire profondément.

— C'est vraiment gênant, j'ai l'air d'une folle…

— Il n'y a rien de gênant. Ils vous ont intimidée, c'est leur spécialité.

Je m'accroupis devant elle.

— Écoutez-moi, Anne. Ils ne vont rien vous faire. Ils voulaient juste être sûrs que vous ne leur cachiez rien. Vous leur cachiez quelque chose ?

Elle ne répond pas. Sa non-réponse est une réponse.

— Je ne leur ai pas parlé… d'un ami à elle.

— John Liu.

Elle me regarde.

— John Liu, ils étaient déjà au courant.

J'encaisse la nouvelle.

— Il y en avait *un autre* ?

Ses yeux se détachent des miens. Elle inspire et expire lentement.

— Le Russe. Je ne leur ai pas parlé du Russe.

39

— Il s'appelait Alex. Je ne l'ai rencontré qu'une fois. Je suis tombée par hasard sur Diana, elle était avec lui et ils avaient l'air… très complices. Quelques semaines plus tard, j'ai lu un article sur lui dans le *Washington Post.* J'ai reconnu sa photo. Son nom est Alexander Kutuzov. Il possède une équipe de foot en Angleterre et un tas de librairies spécialisées, notamment une ici, sur 5th Street Northwest. J'y suis déjà allée. *AK Livres Anciens & Rares.* Bref. Il a gagné des milliards grâce au pétrole en Russie et il passe sa vie à sillonner le monde dans son jet. Vous voyez le genre.

Malgré les nombreuses implications de cette nouvelle capitale, je ne peux m'empêcher d'être gagné par la jalousie et la rancune. Diana avait deux chevaliers servants – John Liu et cet Alexander Kutuzov – et je n'étais même pas au courant ? Elle devait me prendre pour son petit caniche, toujours à la suivre, prêt à ronger le moindre os qu'elle me jetait… Elle devait bien se foutre de moi.

Putain de réalité.

— OK. Donc, Alex Kutuzov. Vous n'en avez pas parlé aux Feds.

Elle secoue la tête.

— Je ne sais pas pourquoi au justc. Peut-être à cause de la réaction de Diana le jour où j'ai abordé le sujet avec elle. Du genre : « Eh, devine, j'ai lu l'article dans le *Post*, qu'est-ce que tu fabriques avec ce milliardaire, là ? » Elle a eu l'air mortifiée. Elle m'a fait jurer de ne rien dire à personne. J'ai tenu ma promesse.

Elle m'effleure la main.

— Sauf que je vous en parle, n'est-ce pas ?

— En effet.

— Diana m'a assuré que je pouvais me confier à vous. Elle disait que vous étiez le seul homme en qui elle avait entièrement confiance.

D'accord. Un caniche de confiance. Un caniche quand même.

— Je ne sais pas vers qui d'autre me tourner, Ben. Je ne sais pas quoi faire.

Ça suffit. Je ne sais plus quoi penser de Diana mais je prends une décision sur-le-champ : je vais me battre pour qu'il n'arrive rien à Anne. Il y a déjà eu trop de victimes innocentes.

Je pose une main sur les siennes.

— Je m'occupe de tout ça. Je vais tirer cette histoire au clair. Voilà comment je vais m'y prendre.

Mes paroles semblent la rassurer. J'aimerais pouvoir en dire autant.

Ce soir, j'en aurai le cœur net.

40

Minuit. Un homme sans domicile, sans nulle part où aller, qui se cache dans les cafés et les grands magasins, qui se douche au bureau et dont la garde-robe tient dans un sac, qui a peur d'utiliser son portable et sa carte de crédit, se tient à un demi-terrain de foot d'une gigantesque propriété Tudor dans un secteur résidentiel des quartiers nord-ouest, dont les habitants endormis n'ont généralement pas à se soucier de ne pas être assassinés.

Je m'approche par l'avant mais en marchant lentement, prudemment, mains fourrées dans mes poches. Si je me fais repérer, je n'ai aucune espèce d'explication à ma présence. Un type comme moi n'a pas franchement de raison de se balader dans les rues de Forest Hills en pleine nuit.

Mais puisque je me suis lancé, je dois marcher comme quelqu'un qui n'a pas peur d'être vu. Ce n'est pas la première fois que je fais une chose pareille. Je suis déjà entré au culot dans des buildings, dans des soirées privées et dans toutes sortes d'endroits, en quête d'infos ou dans l'espoir de poser une question piège à quelqu'un qui ne serait pas accompagné d'un de ses assistants payés une fortune pour lui trouver une réponse passe-partout.

D'accord, je ne suis jamais entré par effraction chez quelqu'un. C'est nouveau pour moi. Mais, comme on dit, il faut se montrer à la hauteur de l'enjeu.

L'Enjeu commence plutôt bien. Un flic a besoin d'un donneur de moelle osseuse pour son fils et la seule personne compatible est un tueur récidiviste condamné qui profite du transfert à l'hôpital pour se faire la belle. Le flic doit l'arrêter mais obligatoirement vivant. Un film avec Andy Garcia et Michael Keaton, comment ne pas aimer ?

Stop, Ben ! Calme-toi.

J'avance dans l'allée et mon rythme cardiaque monte d'un cran. Plus je me rapproche de cette maison, moins il est facile de faire demi-tour. Je marche lentement et contourne le bâtiment.

Mon film préféré avec Andy Garcia est *Dernières heures à Denver.* Casting génial. J'ai adoré Keaton dans *Batman*, un peu petit pour jouer ce genre de rôle mais il a quelque chose dans le regard… *Fenêtre sur Pacifique* est un putain de bon film, aussi, mais il y a cette scène avec des insectes et je déteste les insectes.

J'arrive derrière la maison et le terrain doit bien faire un demi-hectare. J'ai trouvé l'annonce sur Internet cet après-midi et elle mentionne « le parc majestueux ». On sait qu'on est riche quand notre jardin de derrière est un « parc ». Si vous êtes propriétaire d'un « parc », vous avez sans doute aussi un domestique âgé à l'accent anglais un peu sec qui répond au nom de Hugh ou Jeeves.

D'ailleurs, je n'ai pas pensé à ce détail. Il est possible qu'il y ait plus d'une personne dans cette maison en ce moment.

Il fait sombre, et je ne m'y attendais pas. Sans doute la propriété est-elle équipée d'une alarme anti-intrusion.

Un système d'alarme, plusieurs personnes sur place… Qu'est-ce qui m'attend encore ?

Je passe en revue les lieux : un étage, véranda, et l'annonce toujours en ligne décrivait le mobilier ornemental. Pas de surprise.

John Liu a payé cette propriété 4,9 millions de dollars il y a onze mois. Représenter des sociétés chinoises, ça rapporte. Pendant toute sa carrière, il a joué sur les deux tableaux. La belle vie.

Mais il ne va pas passer une belle nuit. Cette fois, c'est moi qui ai préparé la petite séance de questions-réponses.

41

J'essaie l'entrée de derrière. Fermée.

J'enveloppe mon poing dans ma chemise et je frappe le carreau. Puis je recule. Chez certaines personnes, briser une vitre suffit à déclencher une alarme.

Rien. Rien d'autre que la pulsation sourde de mon sang.

Je passe la main dans le trou et déverrouille la porte. Chez *tout le monde*, ouvrir une porte déclenche une alarme.

Et les alarmes silencieuses, ça existe, même si leur logique m'échappe. Mon risque est calculé.

La porte s'ouvre avec un déclic. Je retiens mon souffle. Aucun bruit : ni sonnerie déchirante, ni mégaphone. Pour autant que je puisse en juger, j'ai l'impression que John Liu n'a pas activé son alarme.

Les volumes sont impressionnants, comme indiqué dans l'annonce immobilière. Je traverse sur la pointe des pieds la cuisine sublimissime, avec ses plans de travail en stéatite et ses placards de designer, puis la charmante salle d'eau en marbre importé avec son lavabo en ivoire importé et tout le reste également importé, et débouche dans le salon avec ses bibliothèques sur mesure, ses baies vitrées, son plafond cathédrale et sa cheminée en marbre sans doute lui aussi importé, bien que l'annonce ne le précise pas.

J'arrive au pied de l'escalier. Je gravis chaque marche avec précaution, prends bien garde à ma façon de transférer le poids de mon corps d'un pied sur l'autre. Je peux me permettre de prendre deux ou trois minutes de plus. Je ne peux pas me permettre de réveiller en sursaut John Liu, qui se ruerait sur le pistolet dans sa table de chevet…

Arrête, Ben.

Je n'arrive pas à croire à ce que je suis en train de faire. Qu'est-ce que je fous ? Et c'est quoi l'idée ? Le soumettre par étranglement ?

Je monte une marche. Puis une autre. Le sortir de sa zone de confort, c'est ça l'idée. Le prendre par surprise et l'interroger. Voilà. Ça peut marcher.

J'atteins le haut de l'escalier. Je pourrais choisir n'importe quelle direction mais la suite principale semble se trouver sur ma gauche.

Puis je sens une odeur. Je ne la reconnais pas mais elle réveille en moi un souvenir très lointain.

Je suis un petit garçon de huit ans. Je rentre chez moi après l'école mais je n'appelle personne. Je ne sais pas pourquoi, au lieu d'aller dans la cuisine, je monte directement à l'étage. J'entre dans la chambre de mes parents, celle de maman et de papa, et dans le petit coin de salle de bains visible de là où je me trouve, j'aperçois les cheveux de maman sur le sol carrelé.

Puis je vois papa sortir de la salle de bains. Il porte un tricot de corps blanc et tient à la main un sac poubelle rempli.

— Benjamin… tu es… rentré tôt.

Mes pieds continuent de me faire avancer, même si papa tente d'obstruer la vue sur la salle de bains. Je vois maman étendue par terre, la tête dans une flaque de sang. Sur le carrelage, à environ un mètre d'elle, un pistolet…

— Non! Non! Non!

Je le répète tant de fois que je ne compte même plus. Alors, papa m'attrape, il me prend par les épaules pour me regarder droit dans les yeux.

— Il y a eu un accident terrible.

Il me soulève et me porte dans ma chambre où il m'enferme à clé. Je hurle, je supplie, je martèle la porte de coups de poing, je perds mon souffle.

Tandis que j'approche de la chambre de John Liu, mon pas ralentit. Mon cœur se déchaîne, un coup de gong éclate entre mes oreilles.

Ma porte s'ouvre. Papa me laisse sortir mais me tient serré contre lui tout en me ramenant dans sa chambre.

— Comme je t'ai dit, il y a eu un accident terrible. Ben, je suis désolé que tu aies vu ça. J'imagine que c'était inévitable.

Sans me lâcher, il me laisse retourner dans la salle de bains. Les yeux de maman sont sans vie, ses lèvres forment un doux « O », son corps est allongé, membres écartés, sur le carrelage couvert de sang. C'est la même scène que j'ai vue un peu plus tôt.

Sauf que, cette fois, le pistolet est dans la main de maman.

Un joli petit canapé occupe un coin de l'immense suite de John Liu. Il y est assis, menton collé contre le torse, la partie gauche de la tête complètement explosée. Dans sa main droite inerte, un pistolet.

Un meurtre peut être maquillé en suicide, un suicide maquillé en meurtre.

Il y a certainement un message quelque part, dans une écriture qui n'est pas la sienne. Je ne sais pas combien d'indices ont été laissés. Je ne sais pas quelle information John Liu aurait pu me donner.

Tout ce que je sais, c'est que je dois foutre le camp illico. Au lieu de ça, je reste dans la chambre.

42

Je foule lentement le parquet, gorge serrée. Mon pouls résonne dans toute la pièce, mes membres chancellent. Tout ici est d'une propreté remarquable. Le mobilier oriental – deux fauteuils près de la baie vitrée, un buffet – est parfaitement à sa place. Le tapis est disposé au millimètre au pied du lit king-size. Le lit est fait, jusqu'au pli en haut des draps en soie marron. Il ne manque plus que le bonbon à la menthe sur l'oreiller.

Toujours aussi prudent, je pénètre dans la salle de bains attenante. Elle aussi est un modèle de propreté et d'ordre. Les essuie-mains blancs sont accrochés dans une parfaite symétrie, comme après le passage du mari psychotique dans *Les Nuits avec mon ennemi.* Le placard double est vide, à l'exception d'une brosse à dents électrique sur son support et d'un flacon de vitamines avec une étiquette en chinois.

Je retourne vers John Liu en me concentrant moins sur lui que sur la scène au sens large du terme. Le pistolet est sur ses genoux. Je n'ose pas le toucher.

— Tu veux que je te laisse un moment seul avec maman, Benjamin? Avant l'arrivée de la police et de l'ambulance? Si oui, dis-le-moi tout de suite.

— Je peux… la toucher ou l'embrasser ou…?

— C'est ta mère, Benjamin. Tu peux faire tout ce que tu veux. Si tu veux la serrer une dernière fois dans tes bras, lui dire adieu et combien tu l'aimes, vas-y, mon fils. Mais d'abord, retire-lui le pistolet. Fais-le glisser de sa main et pose-le à côté d'elle. Tu pourras le lui remettre quand tu auras fini.

Arrête, Ben. Ça… ne facilite pas… les choses. Papa n'est pas ici et c'est de l'histoire ancienne.

À gauche de John Liu, le sang et la matière cérébrale ont éclaboussé le mur et une mare sombre s'est formée sur le plancher. La balle s'est logée dans le mur juste en dessous du niveau où se trouverait la tête de Liu s'il se tenait bien droit sur son canapé.

Statistiquement, dans moins de 10% des suicides avec une arme à feu pointée sur la tempe, la trajectoire de la balle est descendante.

Je regarde le visage de John Liu. Ses paupières tombent, ses yeux sont vides. Sa bouche est partiellement arrachée. Sa peau a déjà commencé à se voiler d'une teinte cireuse.

Quand John Wilkes Booth a logé une balle dans le crâne de Lincoln, il a crié « *Sic semper tyrannis*[1] *!* » Qu'est-ce qu'ils t'ont dit, John Liu, avant de te tirer dans la tempe?

Allez, Ben! Opération Delano…

1. « Les tyrans finissent toujours ainsi! » (Littéralement : « Toujours pareil pour les tyrans. »)

Je regarde sous le lit. J'entre dans le dressing, ouvre des tiroirs en mettant ma main dans ma manche de chemise pour ne pas laisser d'empreintes. Je regarde derrière les vêtements, les chaussures, les pulls au-dessus…

Rien. Rien dans les placards, rien dans le…

Attends.

Sur un petit bureau collé dans un coin de la chambre, un ordinateur portable allumé. Son économiseur d'écran montre un cube bondissant en tous sens, comme s'il était dépourvu de poids, en orbite. Je l'approche lentement. Ça pourrait être ça. Si John Liu détient des informations sur l'opération Delano, elles sont certainement sur son ordinateur.

Du majeur, je clique sur la souris et l'économiseur d'écran disparaît, révélant le message suivant :

JE NE PEUX PLUS ME SUPPORTER DEPUIS CE QUI EST ARRIVÉ À DIANA.

ELLE MÉRITAIT MIEUX. CECI EST MA JUSTE PÉNITENCE.

Je relis ce texte plusieurs fois. Il ne dit pas grand-chose. Ni si Liu a tué Diana, ni si elle s'est suicidée. En tout cas, il se sent d'une façon ou d'une autre responsable de ce qui lui est arrivé. La personne qui a écrit ce message – qui qu'elle soit – voulait laisser plusieurs interprétations ouvertes.

Mais impossible de croire que Liu en est l'auteur. Celui qui l'a écrit cherche à exprimer un regret. La seule fois où j'ai parlé avec John Liu, il n'était pas rongé par les regrets. Il était tout bonnement terrifié.

J'entends des pneus crisser dehors. Pas tout près, je ne crois pas, mais inutile de traîner ici plus longtemps. Je m'écarte de l'ordinateur et passe une dernière fois en revue la chambre. Aucun signe de combat et une lettre de suicide qui n'a pas besoin de correspondre à l'écriture de John Liu car tapée sur un clavier d'ordinateur.

Quelqu'un veut que la mort de John Liu ressemble à un suicide.

Ou à un suicide *mis en scène.*

Ce qui expliquerait la facilité avec laquelle j'ai pu entrer dans la propriété.

Autrement dit, j'ai encore plus de problèmes que je l'imaginais.

Je sors de la pièce, m'immobilise. Y retourne en courant, détache l'ordinateur de son cordon d'alimentation et de la souris et l'emporte avec moi.

43

Je traverse les jardins et les trottoirs en courant, sans ralentir la cadence, sans me demander si on me voit ou si mes actes paraissent suspects. Je fonce juste vers ma Triumph, l'ordinateur portable de John Liu sous le bras.

Q : Avez-vous pu établir les circonstances de la mort de Mme Casper, la défunte ?

R : Non. La défunte a été tuée d'un coup de feu mortel à la tête. Les indices correspondent à un suicide ou à un meurtre sans que l'une ou l'autre possibilité puisse être écartée.

Q : Mais vous ne pouvez pas déterminer de quelle façon elle est morte à partir de la scène ou du corps ?

R : Normalement, si. La scène de crime, l'autopsie, les analyses toxicologiques et balistiques fournissent d'ordinaire tous les détails nécessaires pour dire comment une personne est décédée. Mais, parfois, la médecine légale peut être manipulée pour tromper, désinformer. Un indice peut être altéré pour cacher la vérité.

Q : Un meurtre peut être maquillé en suicide, un suicide maquillé en meurtre.

R : Absolument.

J'atteins ma moto, garée à huit cents mètres sur Albermarle Street Northwest. Je glisse le portable dans la sacoche zippée sur le porte-bagages et démarre. Ma poitrine est en feu, la sueur coule dans mes yeux mais, au moins, maintenant, je suis motorisé. Le ciel bruyant annonce la pluie, ce qui, dans la liste des choses dont ma vie a besoin en ce moment, se situe en dernière position.

Q : Qui a découvert le corps ?

R : L'enfant, Benjamin. En tout cas, selon son père. Le Pr Casper a engagé un avocat qui ne nous a pas autorisés à interroger Benjamin.

Q : Pouvez-vous nous décrire la scène qu'il a découverte ?

R : Le corps était étendu par terre, un pistolet dans la main gauche. Éclaboussures de sang caractéristiques sur les murs, le rideau de douche, le sol – bref, à peu près partout. La salle d'eau est assez petite. Comme je l'ai dit, Benjamin étreignait sa mère *post-mortem.* Le corps a donc été déplacé, ce qui a pollué la morphologie des traces de sang.

Je descends Connecticut Avenue, passe devant le Van Ness Campus de l'université du district de Columbia, mon esprit examine à toute vitesse les scénarios et les conclusions que je peux en tirer. *Allez Ben, on se concentre maintenant ! Conduis lentement, respecte le code de la route et TIRE AU CLAIR CETTE PUTAIN D'HISTOIRE!*

Oh là. Un flic en vue, qui attend au feu rouge, direction ouest sur Tilden. Ralentis, mais pas trop, ne le regarde pas, traverse le carrefour tranquillement…

Q : Votre analyse des taches de sang a-t-elle permis de localiser l'emplacement de la défunte au moment du coup de feu ?

R : Oui. Voyez-vous, une goutte de sang qui tombe prend une forme sphérique. Quand elle s'écrase contre une surface, elle forme une tache bien délimitée. Dès lors, on peut facilement calculer à quel angle la goutte a percuté le sol. Et si les traces de sang sont assez nombreuses, on peut aussi déterminer l'emplacement de la victime et la position relative de l'arme.

Q : En faisant cette analyse, docteur, vous avez découvert que la zone d'origine – dans le cas présent, l'orifice de sortie – se situait presque quinze centimètres plus bas que vous l'auriez cru, compte tenu de la taille de Mme Casper et de l'emplacement de l'orifice de sortie, n'est-ce pas ?

R : C'est exact.

Q : On pourrait en conclure que Mme Casper était accroupie, penchée en avant, et qu'elle a sursauté – quelque chose comme ça ?

R : Possible.

Q : Ce qui corroborerait l'hypothèse d'un meurtre. Et l'idée que l'enfant aurait pu contraindre sa mère par la force, placer le pistolet contre son crâne et presser la détente ?

R : On peut l'envisager.

Q : Ou se glisser derrière elle tandis qu'elle était penchée vers l'avant ?

R : C'est une possibilité.

Q : Avec les empreintes de l'enfant retrouvées sur l'arme, cette possibilité pourrait devenir probabilité ?

R : En effet.

La pluie se met à tomber. Un vrai déluge. Il faut que je quitte la route. Mon cerveau est embrumé et je n'ai pas le temps d'y voir plus clair – Calvert Street Northwest, l'Omni Hotel… j'ai le temps de tourner ? Je vire in extremis à droite, mes pneus haut de gamme font de leur mieux… mais je suis trop gourmand. La Triumph s'échappe d'entre mes jambes, glisse à travers le carrefour luisant, percute un réverbère. Et je l'imite. Dérapage d'environ trois mètres sur ma droite. Ma jambe va avoir besoin d'exercice, mais je ne sens pas de casse. Une chance, j'avais mon casque. Les gosses, prenez-en de la graine.

À cette heure de la nuit, le carrefour est désert. Bonne nouvelle. Autre bonne nouvelle : la moto a tenu le coup elle aussi, je m'en aperçois en la redressant.

La mauvaise nouvelle ?

L'écran de l'ordinateur de John Liu est en miettes.

44

Quand Anne Brennan sort de son immeuble le lendemain matin, elle croise mon regard de l'autre côté de la rue et met une fraction de seconde à me reconnaître. Elle se pointe du doigt d'un air interrogatif et je hoche la tête.

— Ben, dit-elle en arrivant à ma hauteur.

J'imagine sans peine comment elle me voit. Une nouvelle nuit blanche dans un autre hôtel après avoir tenté en vain de réanimer l'ordinateur de John Liu.

Elle réagit mal quand je lui annonce la nouvelle concernant le lobbyiste chinois. « Mal » comme dans « terrifiée » – une réaction appropriée. Toutes les personnes liées à Diana Hotchkiss semblent tomber comme des mouches depuis quelque temps.

— Mon Dieu, mais qu'est-ce qui se passe ? murmure-t-elle en abritant ses yeux sous sa main.

C'est une gentille fille du Midwest, une bonne vivante sympathique. Elle n'est pas taillée pour ce genre d'histoire.

— Je ne sais pas, Anne. C'est ce que j'essaie de comprendre en ce moment.

Le lieu – un trottoir bondé de U Street Corridor – n'est pas idéal pour une conversation mais toute cette affaire est tellement bizarre que ce rendez-vous ne détonne pas avec l'ensemble.

Je la prends par les épaules.

— Écoutez-moi, Anne. Je croyais connaître Diana, mais apparemment je me trompais. Je n'étais pas au courant de l'existence de John Liu et d'Alexander Kutuzov. Je ne savais pas qu'elle prenait des médicaments pour soigner une dépression.

À en juger par la réaction d'Anne, elle non plus.

— Ce que je veux dire, c'est que je ne sais pas ce que je ne sais pas. Mais Diana était embarquée dans une affaire… Et je crois que vous savez quelque chose que vous ne m'avez pas dit, soit parce que vous me le cachez intentionnellement, soit parce que vous n'avez pas conscience de sa portée.

Elle s'écarte de moi comme si elle se sentait accusée. Elle pose une main à la base de son cou.

— Je ne vous cache rien, je vous le jure. Demandez-moi ce que vous voulez.

J'ai du mal à *trouver* une question.

— La Maison Blanche, dis-je en me rappelant ma discussion avec John Liu. Diana était-elle en rapport avec la Maison Blanche ?

— Mais enfin, Ben ! Elle travaillait pour Craig Carney ! Ce n'est pas un des meilleurs amis du président Francis ?

Je soupire. Elle a raison, évidemment. Craig Carney est directeur adjoint de la CIA et l'un des plus proches alliés du président. Pour lui, la Maison

Blanche doit être comme une résidence secondaire. Pour Diana aussi, sans doute.

— Diana passait sa vie là-bas, confirme Anne. Elle appelait Libby par son prénom.

La First Lady. À l'époque où Blake Francis siégeait au Congrès, il a épousé Libretta Ross, une figure de la vie mondaine, héritière d'une grande société de joaillerie. Libby Rose Francis a soutenu financièrement sa campagne triomphale au poste de gouverneur de New York, et, huit ans plus tard, il était élu président.

— Et vous vous rappelez comme Diana parlait du président ? ajoute-t-elle. La huitième merveille du monde…

Je m'en souviens.

— Est-ce que l'expression « opération Delano » vous évoque quelque chose ?

Les yeux furtifs d'Anne s'immobilisent. Bingo. Sa bouche s'entrouvre tandis qu'elle me regarde, hésitant à me répondre.

— S'il vous plaît.

— Je connais ce mot. « Delano », je veux dire. Pas « opération Delano » mais, un jour, j'ai entendu Diana prononcer ce mot au téléphone. Sur son portable. Je ne sais pas à qui elle parlait. Je m'en souviens parce qu'on ne l'entend pas souvent. C'était le deuxième prénom de Roosevelt, c'est ça ?

— C'est ça.

— Je crois qu'elle avait dit quelque chose comme « Je m'en fiche, de Delano ». Comme sous le coup de la colère, comme pendant une dispute. Quand elle a raccroché, je me souviens de lui avoir demandé si elle avait une liaison avec Roosevelt. Pour blaguer, vous voyez ?

— Comment elle a réagi à votre remarque ?

Le vent soulève la frange sur le front d'Anne. Elle fait plus jeune que son âge. En d'autres circonstances, je pourrais bien… bref, en d'autres circonstances.

— Elle a changé de sujet, voilà tout. Qu'est-ce que ça veut dire selon vous, Ben ? Opération Delano ?

— Je ne sais pas.

Inutile de me lancer dans des spéculations glauques, surtout devant Anne qui a déjà assez peur comme ça. Je ne lui livre pas le fond de ma pensée.

Je ne lui livre pas la conclusion à laquelle je parviens en mettant bout à bout la mort douteuse de Diana, l'implication de la CIA, le gouvernement chinois et ce qui s'apparente à une gigantesque opération de diversion.

Je ne lui dis pas que je soupçonne Diana Hotchkiss d'être une espionne pour le compte du gouvernement américain.

45

Les doigts de l'inspecteur Ellis Burk pianotent sur le volant de sa berline.

— Plus vous m'en parlez, plus cette histoire devient bizarre.

Et il n'en connaît pas la moitié. J'ai décidé de rester silencieux sur mon excursion nocturne dans la maison de John Liu. Les flics peuvent bien découvrir sa mort tout seuls.

— Alexander Kutuzov…

Il hoche la tête.

— … je crois que j'en ai entendu parler.

— Diana était très sensible sur sa relation avec lui. Elle devait représenter quelque chose d'important.

— Selon votre amie Anne Brennan.

— Tout à fait, selon Anne.

— Je pars donc d'un témoignage indirect de quelqu'un qui suppose ce que quelqu'un d'autre pensait à propos de quelque chose. Pas exactement ce que j'appelle une piste solide, Ben.

— C'est pour ça que vous êtes un expert en enquêtes, Ellis. La dernière fois que j'ai vérifié, vous êtes du genre à ne négliger aucune piste. Pas vrai ?

— Pour les affaires dont je me charge ? Toujours.

Il me lance un regard.

— Mais cette affaire ne me concerne pas. Vous vous rappelez, la CIA nous l'a retirée. *Pas vrai ?*

Ellis est un type bien. Quand je lui ai demandé de m'accompagner aujourd'hui, il aurait pu me suggérer d'aller me jeter au fond d'un lac. Il en aurait eu tous les droits et toutes les raisons. Mais il avait flairé quelque chose et Ellis fait partie de ces flics plus soucieux de bien et de mal que de détails techniques comme les frontières juridictionnelles entre les États et le gouvernement fédéral.

Ou bien un seul coup d'œil a suffi pour qu'il ait pitié de moi. Je suis sûr que je fais peur à voir. Ce matin, je me suis regardé dans la glace : on aurait dit un personnage de Tim Burton. Et je n'arrive plus à raisonner clairement. Je vois des ombres là où il n'y en a pas, j'entends des bruits de pas imaginaires. J'ai besoin d'aide.

— À charge de revanche, dis-je.

— Et comment !

Je ne réponds rien. Il me regarde.

— On fera des vérif sur ce type, Ben. Ne vous en faites pas.

Nous roulons jusqu'à DuPont Circle. Comme me l'a dit Anne Brennan, *AK Livres Anciens & Rares* est situé au milieu d'un pâté de maisons sur 5th Street Northwest. L'intérieur ressemble au bureau d'une personne riche : lumières tamisées, rayonnages en chêne foncé, fauteuils en cuir chocolat. Tous les livres sont recouverts d'un film protecteur. Musique classique en fond sonore. Derrière la caisse-enregistreuse, un austère gentleman nous lance un regard par-dessus ses lunettes.

Ellis lui montre son insigne et lui annonce que nous souhaitons nous entretenir avec Alexander Kutuzov. À la réaction d'un caissier, on aurait aussi bien pu demander une entrevue avec le Père Noël ou la Petite Souris. Il décroche son téléphone et chuchote dans le combiné.

Nous faisons les cent pas pendant quelques minutes. J'examine, dans une vitrine fermée à clé, un exemplaire en trois volumes d'*Orgueil et Préjugés.* J'avais une professeure, nommée Jane, qui aimait tellement Jane Austen qu'elle participait à ces conventions littéraires où les fans viennent déguisés en personnages de ses romans. J'aimerais pouvoir être fan de quelque chose. J'aimerais que ma jambe n'ait pas été lacérée lors de ma chute à moto.

J'aimerais aussi ne pas avoir des tueurs à mes trousses.

Je n'ai pas vu le film mais j'ai adoré Keira Knightley dans *Domino*, où elle interprète une chasseuse de primes. Très hot.

— À combien s'élèvent les dégâts ?

J'indique à l'homme au guichet la vitrine contenant *Orgueil et Préjugés.*

De nouveau, il me dévisage par-dessus ses lunettes.

— Quelques roussissures sur la garde arrière du volume 2 et deux ou trois pages du volume 3 ont nécessité une légère restauration.

— Non, je voulais dire : combien ça coûte ?

— Ah. Il s'agit de l'édition originale de 1813.

Écoute, vieux, si c'est confidentiel, dis-le-moi.

— Soixante mille, dit un homme qui surgit par une porte derrière le guichet.

Il parle avec un accent russe prononcé. Âge moyen, calvitie, il porte un costume noir, une chemise noire et une cravate noire. Sa taille a le diamètre d'un tronc d'arbre et son visage semble taillé dans un bloc rocheux.

— Soixante mille quoi ? Roubles ?

Ma naïveté semble l'amuser.

— Vous ne devez pas être collectionneur.

Il regarde Ellis.

— Et maintenant, officier…

— Inspecteur.

— Oui, inspecteur. M. Kutuzov n'est pas là. Je crois qu'il se trouve aux États-Unis en ce moment, même si je ne peux pas vous l'affirmer avec certitude.

— Mais vous savez comment le joindre.

Ellis lui tend sa carte par-dessus le guichet.

Knightley était bien aussi dans un film de la franchise *Pirate des Caraïbes* et dans un des préquels de *Star Wars*.

L'homme prend la carte d'Ellis et lui en donne une. Ellis la prend, la lit. Je fais de même. Ce sont les coordonnées d'un avocat : Edgar Griffin, de Griffin & Weaver.

— Ah, dommage, dit Ellis. J'espérais juste avoir une petite discussion rapide avec M. Kutuzov et passer à autre chose. Mais si vous m'envoyez vos avocats, alors il va peut-être falloir qu'on l'emmène au commissariat pour un interrogatoire. C'est tout de suite plus hostile.

— Hostile.

Le Russe s'autorise un sourire fugace.

— Je croyais qu'en Amérique, demander l'assistance d'un avocat n'était pas un acte répréhensible.

— Vous semblez bien connaître notre procédure pour un type qui gagne sa vie en vendant des bouquins d'occasion.

Ce n'est pas vraiment à moi d'intervenir, mais ce type ignore que je suis journaliste, pas flic. Si ça se trouve, Ellis et moi pourrions être partenaires comme dans *Castle* – sauf que je ne suis pas auteur de polar et que, sauf erreur de ma part, Ellis n'est pas une brunette sexy.

— Dites à M. Kutuzov, ou à son avocat, que si je n'ai pas de ses nouvelles rapidement, je reviendrai le chercher et, cette fois, ce ne sera pas une visite d'agrément.

L'homme fixe sur Ellis un regard incandescent, mais il finit par concéder :

— Comme vous voudrez. Je lui fais passer le message.

— Faites ça, oui.

Une minute plus tard, nous sommes de retour dans la voiture.

— Eh bien, ça n'a pas traîné ! s'exclame Ellis. On franchit à peine la porte et ce gars brandit déjà son avocat…

Il me regarde.

— C'est un début, Ben. On a secoué l'arbre. Maintenant, attendons de voir ce qui va en tomber.

46

— Toujours rien sur l'opération Delano ? me demande au téléphone Kendra Tierney, une de mes principales adjointes au *Beat*. Je n'ai pas encore lancé les recherches, tu veux toujours que je temporise ?

— Je ne veux pas te mettre en danger…

Après ma cascade à moto, je boite et je travaille sans avoir dormi ou presque mais ça me fait chaud au cœur de bavarder avec une amie et collègue. Kendra est de l'aventure *Capitol Beat* depuis le début, voilà cinq ans.

— Danger est mon deuxième prénom.

— Je croyais que c'était Gladys ?

— Tu n'as même pas le droit de le *mentionner*… Hé, Ben, dis-moi au moins un truc : comment tu es tombé sur une « opération Delano » ?

— John Liu y a fait allusion l'autre jour.

— John Liu, le lobbyiste ? Celui qu'on vient de trouver mort chez lui ?

— Celui-là, oui.

Depuis hier soir, une centaine de médias tournent en boucle sur l'info. Blessure par balle, apparemment un suicide selon les rapports, mais rien d'autre d'après la police de Washington.

— Et une des meilleures amies de Diana, Anne Brennan, me l'a confirmé. Elle a entendu Diana mentionner une fois « Delano », pas « opération Delano ».

— C'est kif-kif, estime Kendra.

Je n'ai jamais compris le sens de « kif-kif ». Enfin, je vois ce qu'elle veut dire et, en fin de compte, c'est le but premier de la communication, faire passer un message, mais « kif-kif » ne correspond à rien que je connaisse.

Bref. Retour à notre échange classique :

— Et alors quel rapport avec les Russes? Quand tu m'as appelée, tu m'as expliqué que ce truc Delano a un lien avec les Russes.

Je passe devant un couple qui s'embrasse sur un banc dans le parc et j'éprouve une jalousie intense envers 1) tous ceux qui ne sont pas menacés par des tueurs, 2) tous ceux qui peuvent s'embrasser sur un banc dans un parc.

— Roosevelt a ouvert la voie à la normalisation des relations avec les Russes. Il les a officiellement reconnus et il leur a beaucoup accordé pendant la conférence de Yalta quand, avec Churchill et Staline, ils se sont réparti le butin de la Seconde Guerre mondiale. Ça lui a valu beaucoup de reproches. C'est déjà quelque chose, non?

— Pas vraiment, patron. C'est assez maigre.

— C'est pour ça que je vous rémunère grassement, mademoiselle Tierney : pour trouver des infos.

— Moi, grassement rémunérée? Je ne dois pas bien lire ma feuille de paie.

Notre duo comique est très au point.

— OK, bon, je pars sur l'angle russe. Sinon, euh… patron ? Toujours avec ton sac de sport ? Un hôtel différent tous les soirs ?

— C'est pire qu'être mort. Au fait, si un mec se pointe au journal avec une mitrailleuse, dis-lui que j'ai emménagé dans l'Antarctique.

— Promis. Pour une enquête sur l'accouplement des pingouins. Mais sérieusement, Ben… prudence, d'accord ?

— Prudence est mon deuxième prénom.

— Je croyais que c'était Martin ?

Pas la peine de me le rappeler.

— Je retourne voir Ellis Burk. On a rendez-vous avec l'avocat d'Alexander Kutuzov.

— Ça devrait être fructueux. Les avocats sont toujours très expansifs, prêts à aider…

— Je sais. Je vais juste réviser quelques notions de latin.

— OK. Eh bien, *stare incolumem.*

— Ça veut dire quoi ?

— Voyons… le lycée, ça ne date pas d'hier. Quelque chose comme « reste en vie », je crois.

47

Deux heures plus tard, Ellis Burk et moi sommes en route vers le siège de Griffin & Weaver, un de ces cabinets d'avocats remplis de mâles alpha où, jour après jour, des avocats au bras long et d'anciens politiciens défendent à coups de rouleau compresseur les intérêts de gros clients devant les tribunaux et les législateurs. Mais ce n'est pas cela qui perturbe Ellis : ce qui le perturbe, c'est d'avoir appris hier soir, en même temps que le reste du monde, que John Liu ne respirait plus.

— Ça va à l'encontre de tous mes principes, de vous embarquer avec moi.

— On forme une équipe, non ?

Je ne fais pas allusion à *Castle.* Il ne répond rien. La plupart des flics que je connais n'aiment pas les séries policières. Reste que, équipe ou pas, je me sens plus rassuré en présence d'un inspecteur de la police de Washington. Qui aurait l'idée de me tirer dessus quand je suis en compagnie d'un flic ?

La circulation est fluide en cette fin de matinée. Le ciel est sans nuages, la température devrait grimper à 38 °C aujourd'hui. Les grandes chaleurs estivales. J'ai une pensée pour le schnauzer géant qui doit se trouver en cet instant devant ma maison, occupé à lever la patte sur mon perron et…

Un coup de tonnerre éclate – absurde. Avant que mon cerveau ait le temps de comprendre ce qui se passe, le pare-brise arrière se désintègre, Ellis pousse un gémissement, son épaule pulvérisée dans une gerbe de sang, il s'effondre en avant, sa mâchoire percute le volant, il écrase la pédale d'accélérateur et la voiture fait un bond, fonce vers le carrefour et le feu rouge, les autres voitures pilent, Ellis hurle quelque chose mais je ne comprends pas quoi. Sa main gauche se cramponne au volant, nous sommes tous les deux recroquevillés, bringuebalés à chaque embardée, soudain son pistolet tombe sur le siège, « Prends-le, Ben, prends-le ! », je le ramasse mais je ne sais pas comment tirer, une nouvelle pluie de verre s'abat sur nous, les balles arrosent la carrosserie côté passager, *poc-poc-poc-poc-poc*…

Je crie :

— Ça va ?

— Tire ! hurle Ellis.

Je relève la tête juste assez pour voir un SUV noir, le canon d'une mitrailleuse, je brandis mon pistolet et tire une, deux, trois fois, ma vitre explose, la riposte est immédiate, les balles sifflent au-dessus de mon crâne, soudain quelque chose de chaud asperge mon cou et mes mains, je me retourne et vois le visage d'Ellis, ou ce qu'il en reste…

…alors la voiture braque violemment sur la gauche et quelque chose percute mon visage, ma tête part en arrière avec un craquement et ma seule pensée avant le voile noir est *Pitié, pas Ellis, pas lui aussi, pitié*…

48

L'infirmière termine sa batterie de tests et m'annonce que je vais m'en tirer – à supposer que cela ait un sens. Je suis assis à l'arrière d'une ambulance au milieu de 12th Street Northwest, qui a été fermée après la fusillade.

— Juste une commotion provoquée par l'impact de l'airbag, monsieur Casper. Vous avez eu beaucoup de chance.

Plus que mon ami Ellis Burk.

— Vous feriez mieux de rester à l'hôpital pour la nuit. Je sais que ces policiers veulent vous interroger mais on peut vous garder en observation, si vous voulez…

— Ça ira. Ils ont besoin de me parler.

Elle jette un coup d'œil par-dessus son épaule : une dizaine de voitures de patrouille sont garées à côté d'autres véhicules banalisés.

— Oui… c'est une sale soirée. Vous savez, ils ont perdu un collègue. C'est grave…

Grave, ça je l'avais compris tout seul. Des camionnettes de la télévision bordent le périmètre et des hélicoptères survolent la scène. Ce n'est pas tous les jours qu'une fusillade éclate à un carrefour animé, au cœur de la capitale du pays – en tout cas, de ce côté-ci de la ville. Ce n'est pas tous les jours qu'un flic est assassiné.

Je ferme les paupières, tente d'évacuer tout ça. Ellis était mon ami, quelqu'un qui essayait de m'aider au-delà des attributions de son boulot. Et voilà ce que ça lui a rapporté…

— Monsieur Casper ? Inspecteur Liz Larkin.

J'ouvre les yeux. L'inspecteur Liz Larkin a ma taille, plus d'un mètre quatre-vingts, mais me dépasse en corpulence. Dans un mauvais jour, elle peut avoir une présence écrasante et, comme me le confirme son expression, c'est un mauvais jour.

— Descendez de cette ambulance, tournez-vous et mettez vos mains dans le dos.

Je m'exécute.

— Vous allez… me passer les menottes ?

— Excellente déduction.

Elle referme les menottes sur mes poignets avec la délicatesse d'une cow-girl ficelant un veau.

— Je suis en état d'arrestation ?

— Décidément, vous êtes brillant.

— Pour quelle raison ?

— Je trouverai bien quelque chose.

Elle me conduit vers une voiture, me baisse la tête de force et me pousse sur la banquette arrière.

49

Il s'avère que Liz Larkin n'est pas aussi douce et chaleureuse qu'au premier abord.

Cela fait trois heures que je suis dans cette minuscule pièce du Central du premier district. Mon crâne bourdonne et une gigantesque lassitude m'envahit à force de répondre aux mêmes questions, encore et encore, et de répéter mon histoire en boucle.

Je veux les aider. Je veux qu'ils découvrent qui a fait ça, pour Ellis. Mais, je m'en rends bien compte, Liz Larkin n'aborde pas notre conversation dans le même état d'esprit. On est loin de l'échange constructif.

— Voyons, dites-moi si j'ai bien compris…

Elle pose ses mains sur la table et s'avance, en appui sur ses avant-bras. Elle n'est qu'à une dizaine de centimètres de moi, ce qui ne me pose aucun problème même si une pastille à la menthe ne serait pas du luxe.

— Votre amie Diana Hotchkiss tombe d'un balcon. Tout semble indiquer qu'elle ait été poussée. D'ailleurs, vous pensez qu'il ne s'agit pas de Diana mais de quelqu'un d'autre, une sorte de doublure, comme le prouve l'absence d'un tatouage sur sa cheville.

Exact. Sinon un Tic Tac, un chewing-gum, enfin quelque chose, quoi…

— *Ensuite*, poursuit-elle avec une intonation théâtrale, après cette mort mystérieuse, quelqu'un sabote votre joli petit avion et vous vous crashez – mais, par miracle, vous en réchappez.

Je ne suis pas sûr que je parlerais d'un *miracle*. J'aime à croire que mes talents de pilote…

— Ensuite, quelqu'un vous tire dessus au bord du lac Anna et transforme votre cabane en OK Corral – là encore, vous survivez miraculeusement.

Seulement parce que je les avais sentis venir. Ça s'appelle l'effet de surprise.

— Ensuite, des types vous tombent dessus dans les toilettes d'un aéroport, vous menacent et vous ordonnent d'arrêter de fouiner mais, pour une raison mystérieuse, décident de ne *pas* vous tuer – encore un miracle.

Ouais, sur ce coup je ne comprends pas non plus. Ils auraient pu me tuer mais ils n'ont pas voulu…

— Enfin, un ami chinois de Diana Hotchkiss, le lobbyiste de haut vol John Liu, est retrouvé mort par balle, chez lui. Et vous n'avez rien à voir avec ça.

Elle se penche vers moi.

— J'ai bon ?

En gros.

— Et tout ça serait le résultat d'un vaste complot politique, comme ceux qu'on voit dans les docus d'History Channel ? Et la Maison Blanche serait impliquée ?

Tu brûles.

— Wow.

Elle se gratte le crâne.

— J'ai l'impression que vous êtes tombé sur un truc énorme.

D'après ses yeux inexpressifs et son ton sarcastique, je sens qu'elle a encore du mal à avaler mon histoire. Difficile de lui en vouloir. Moi-même, j'ai du mal à y croire.

— Vous savez quoi, Benjamin ? Il y a quatre heures, je n'en aurais rien eu à foutre, de Diana Hotchkiss ou de John Liu, parce que c'est le problème des Feds. Mais maintenant, toute la merde dans laquelle vous êtes plongé a causé la mort d'un de nos inspecteurs. Quelqu'un que je connaissais depuis quinze ans. Quelqu'un qui a deux filles à Cornell. Alors à présent, Benjamin, j'en ai quelque chose à foutre. J'en ai énormément à foutre.

Elle est très grossière. Mon père disait toujours que la grossièreté est un signe de paresse. Mais bon, c'était un enculé de fils de pute.

Selon moi, le personnage de femme-flic le plus convaincant au cinéma est incarné par Holly Hunter dans *Copycat.* Elle n'essaie pas d'être ce qu'elle n'est pas. Elle est polie, agréable, mais aussi impitoyable quand c'est nécessaire. Et ceux qui pensent qu'Harry Connick Jr est juste un chanteur doivent absolument voir ce film.

— Puisque j'en ai quelque chose à foutre, je veux comprendre. Et vous savez ce que font les flics quand ils veulent comprendre une situation, Ben ?

Ils consultent un plateau Ouija ? Tirent à pile ou face ?

— Ils commencent par l'explication la plus simple, reprend-elle en répondant à sa propre question. Dans cet esprit, permettez que je vous pose quelques questions susceptibles de me faciliter la tâche. Qu'est-ce que vous en dites, Ben ? Vu qu'on est dans le même bateau maintenant, et tout et tout ?

Angie Dickinson était plutôt canon dans cette vieille série télé, *Sergent Anderson.* Et plus encore à jouer les nymphomanes dans *Pulsions* de Brian De Palma ou dans la minisérie *Pearl.* Bref, elle était faite pour jouer les affamées de sexe. Si elle était mariée avec moi, elle n'aurait plus jamais faim.

Du calme, imbécile, reste concentré. Cette flic essaie de te piéger.

— Première question, Ben : est-ce que vous étiez dans l'appartement de Diana Hotchkiss quand elle a été tuée ?

Là, je suis cueilli. Mes ongles deviennent tout à coup passionnants.

— Ah, vous donnez votre langue au chat. Très bien. Passons à la deuxième question : est-ce que, ces dernières quarante-huit heures, vous vous êtes rendu au domicile de John Liu ?

Je détourne le regard. Je sens presque les murs se resserrer autour de moi.

— Vous voyez, Benjamin Casper, j'ai une autre théorie. Une théorie sans mystère étouffé, sans ruelles sombres, sans complot. Ça vous intéresse de l'entendre, Ben ?

Il me faut un avocat. C'est exactement ce que je redoutais, à partir du moment où j'ai découvert John Liu mort dans sa chambre.

— Je suis tout ouïe.

50

Une de mes scènes d'interrogatoire préférées se trouve dans *L.A. Confidential.* Un flic détient deux suspects, chacun dans une pièce différente, et, grâce à un système de haut-parleurs, il peut diffuser les propos tenus dans l'une au suspect qui se trouve dans l'autre. Ainsi, chaque fois que l'un des truands balance son complice, ce dernier l'entend. Mais la meilleure scène reste celle d'*Usual Suspects.* Tout le film n'est d'ailleurs qu'un gigantesque interrogatoire. Je place ces deux titres au sommet de la filmographie de Kevin Spacey même si aucune analyse sérieuse de son travail ne peut faire l'impasse sur *American Beauty* et *Seven.*

— Vous paraissez nerveux, Ben. Tempête sous un crâne, c'est ça ?

Vous n'avez pas idée.

— Je vous comprends. Je veux dire, d'abord Diana Hotchkiss, une mort qui ressemble à un suicide. Ensuite John Liu, une mort qui ressemble à un suicide. Et *aussi*…

Je ne la regarde pas m'assener le coup de grâce.

— … votre propre mère. Un meurtre déguisé en suicide. Vous avez appris ce tour de passe-passe très tôt, pas vrai ? C'est ce qu'on appelle un *modus operandi*, Benjamin. Vous avez échappé à une condamnation pour meurtre quand vous étiez tout gosse mais vous n'avez jamais oublié ce petit numéro, hein ? Vous l'avez mis de côté au cas où…

— Vous ne savez rien de ma vie.

— Oh, si, je sais *tout* de votre vie.

Elle soulève un dossier posé sur la table.

— Votre père était un historien reconnu, enseignant à l'American University et spécialiste des présidents américains. Apparemment, vous êtes devenu à votre tour incollable sur les locataires de la Maison Blanche. Une façon, j'imagine, de vous rapprocher de papa ?

— Ne parlez pas de mon père.

— Votre mère a été tuée quand vous aviez huit ans. Vous avez échappé à la condamnation car le tribunal pour enfants ne pouvait pas totalement exclure le suicide. Mais vos empreintes ont été retrouvées sur le pistolet, qui a ensuite été placé très opportunément dans la main de votre mère. Vous l'avez tuée et vous avez maquillé ce crime en suicide, Ben.

— Non.

— Après cela, vous avez pour ainsi dire passé dix ans chez vous. Vous aviez droit à de gentils professeurs privés ainsi qu'à un accompagnement psychologique. Quand papa vous a laissé sortir suffisamment longtemps, vous avez décroché un diplôme de journalisme à l'American University, où il pouvait garder un œil sur vous. Aujourd'hui, même si vous êtes assez riche pour ne plus avoir à travailler un seul jour de votre vie, vous dirigez un minable journal *online* que personne ne lit et qui aurait déjà fait faillite si vous ne puisiez pas dans votre fortune personnelle pour le maintenir à flot.

Je proteste :

— On a dix mille connexions par jour !

Les mains de Larkin s'abattent sur la table, qui chancelle.

— Si vous continuez à m'interrompre, je connais un poing qui ne va pas tarder à se connecter à votre menton.

Elle se replonge dans le dossier.

— Vos collègues et amis vous décrivent comme sympathique et aimable en surface mais personne ne vous connaît vraiment. Une expression revient souvent dans leurs témoignages : à l'écart. Vous vivez dans votre monde. Aucun ami vraiment proche, aucune relation sentimentale durable, juste des aventures. Vous êtes foutu, Benjamin. Vous avez passé les dix-huit premières années de votre vie à regarder par la fenêtre et, maintenant que vous êtes dehors, vous ne savez pas comment fonctionner.

— C'est faux.

— Un jour, Diana Hotchkiss entre en scène. Vous tombez amoureux d'elle. Amoureux fou. Elle vous comprend mieux que personne, c'est un régal pour les yeux, au pieu c'est un festival, vous n'avez jamais connu ça – la totale. Votre rêve est devenu réalité. Mais ce rêve vole en éclats quand vous découvrez qu'elle a un autre homme dans sa vie. Un riche lobbyiste, John Liu. Alors, vous faites tuer Diana. Vous ne vous salissez pas les mains. Vous vous arrangez même pour discuter avec des passants dans sa rue pour qu'ils puissent se souvenir de vous plus tard. Excellent alibi. Mais vous prenez bien soin d'être sur place, n'est-ce pas ? Vous êtes un malade, un cinglé, vous voulez voir son corps en bouillie sur la chaussée. Ensuite, vous foutez le camp avant l'arrivée de la police. Mais vous roulez si vite qu'un flic vous dresse une contravention pour conduite imprudente sur Constitution Avenue.

Je savais que cette amende me reviendrait dans la figure.

— Vous essayez de faire diversion avec ces conneries de sabotage d'avion, vous mitraillez votre propre cabane – et une fois ces histoires montées de toutes pièces, vous tuez également John Liu. Comme vous avez fait pour maman : meurtre par balle maquillé en suicide.

— Non.

— Ensuite vous courez voir Ellis Burk, vous lui racontez votre histoire à faire pleurer dans les chaumières et, pour rendre ça plus plausible, vous demandez à vos amis de vous tirer dessus en présence d'Ellis pour qu'il puisse confirmer votre scénario. C'est ça, Ben, d'avoir plus de fric que Dieu lui-même : vous pouvez engager n'importe qui pour faire tout ce que vous voulez.

Elle se lève, avance vers moi.

— Seul problème : l'inspecteur Burk meurt dans l'opération. Et ça, vous ne l'emporterez pas au paradis, je vous le garantis.

— Je n'ai tué personne.

— Bien sûr que si, Ben. Et John Liu aussi.

— Non.

Elle me regarde comme si elle savait quelque chose que j'ignore. J'ai l'impression de deviner ce que c'est.

— Pourquoi on a trouvé vos empreintes digitales sur la souris de l'ordinateur dans la chambre de John Liu ?

Je pose mes mains bien à plat sur la table. La pièce commence à tourner. J'aurais dû m'y attendre.

Nous interrompons ce programme pour un scoop : le piège vient de se refermer sur Benjamin Casper !

Ils savaient que je me trouverais chez Diana quand ils l'ont assassinée. Ils savaient que j'irais chez John Liu, alors ils ont fait en sorte que je trouve son cadavre. Et ils l'ont tué exactement comme ma mère a été tuée.

Moi, je leur ai facilité la tâche. J'ai été vu par des témoins en bas de chez Diana. Et, encore mieux, j'ai fouillé dans la chambre de Liu et laissé une trace de mon passage sur la souris.

Depuis le début, je suis leur marionnette. Et je ne sais même pas qui *ils* sont.

Liz Larkin s'approche, tel un fauve reniflant sa proie blessée.

— J'aurai les preuves de tout ça, c'est juste une question de temps. Ensuite, je vous remettrai aux Feds. Vous serez reconnu coupable de meurtre au premier degré et vous recevrez un agent paralysant par intraveineuse. Vos jours sont comptés, mon ami.

Ses paroles résonnent dans la pièce qui rétrécit un peu plus seconde après seconde. Je ne sais pas qui ils sont ; je sais qu'ils ne ménagent pas leur peine pour me tuer. Et maintenant, si je survis, ça ne fait que prouver ma culpabilité.

Dans un cas comme dans l'autre, ils m'ont bien baisé.

51

La salle est sombre et brumeuse, comme je l'espérais. Comme j'en ai besoin. Je suis calé dans un box au fond d'un bar lounge mais je préfère ne pas dire lequel, ni à quel endroit. Apparemment, ceux qui me poursuivent n'ont pas seulement piraté mon téléphone portable : ils lisent aussi dans mes pensées.

Après tout, ils ont réussi à prédire chacun de mes déplacements et à se trouver dans plusieurs endroits en même temps. D'ailleurs, je pense qu'il y a plusieurs « ils ». Les « ils » qui ont déchargé leur fusil d'assaut sur moi en trois différentes occasions et qui ont saboté mon avion. Et les « ils » qui m'ont accosté dans les toilettes de l'aéroport et qui – comme Liz Larkin l'a démontré avec éloquence – auraient pu facilement me liquider au lieu de me balancer un coup de genou dans les couilles en guise d'avertissement.

J'avale une gorgée de scotch et laisse le sirop brûlant et amer réchauffer ma gorge. Je manque trop de sommeil pour prendre le risque de boire beaucoup et de perdre connaissance, mais j'ai les nerfs en pelote et j'ai besoin d'un bref répit. Je parcours du regard l'assistance – des gens de mon âge pour la plupart, look étudié, dont le seul souci en ce moment est d'écouter du bon jazz et, plus tard, de s'envoyer en l'air – puis regarde la télé au-dessus du comptoir.

Sur l'écran, le président Blake Francis, la First Lady Libby Rose Francis et Bono, le chanteur de U2. Ils sont sur un podium, sans doute en train de parler de la dette mondiale, de la paix dans le monde ou de toute autre initiative à l'échelle du globe. Le président Francis ne s'est jamais distingué par sa générosité envers le tiers-monde mais c'est toujours bon pour l'image de partager une estrade avec Bono – et le président est un expert en image.

Idem pour sa femme Libby Rose Francis qui semble éprouver plus d'affection pour les flashs des photographes que pour son époux. J'ai toujours perçu leur mariage comme un arrangement : une riche héritière en quête d'un futur président, un futur président désireux d'être financé par une riche héritière. En public, ils jouent plutôt bien leur rôle – de toute façon, devant une caméra, tout le monde paraît tellement faux qu'on ne peut plus vraiment savoir – mais je ne suis jamais arrivé à les considérer comme de vrais tourtereaux. On est loin de Ron et Nancy Reagan.

« Flocon de neige », c'est comme ça que les gars du Secret Service l'appellent. Je ne sais pas pourquoi ils divulguent leur nom de code au public, mais c'est le cas. Le président, c'est « l'Araignée ». Ça lui correspond assez. Mais « Flocon de neige », notre First Lady ? On s'en rapproche côté température mais, selon moi, « Glaçon » aurait été une description plus fidèle.

L'épouse de Woodrow Wilson avait fait de l'amélioration du logement urbain son cheval de bataille. Rosalyn Carter s'est battue pour la santé mentale. Nancy Reagan nous a juste conseillé de « DIRE NON[1] ». Le truc de Libby Rose Francis, c'est « RESTEZ À L'ÉCOLE ». Difficile de s'opposer à un tel mot d'ordre, mais voir cette mondaine élitiste couverte de bijoux et de petites cuillères en argent parmi les marginaux du centre-ville est à peu près aussi naturel qu'assister à la traite d'une vache par Donald Trump.

Bono, lui, il est cool. Musicalement, il a dû se réinventer une bonne vingtaine de fois comme leader de ce qui était sans doute le meilleur groupe de rock de ma génération. Et, dorénavant, il s'est mis en tête de nourrir les affamés et de soigner les malades. Je me demande si j'aurais pu connaître le même succès que lui. Je crois bien. Il m'aurait suffi d'avoir un talent musical gigantesque, de l'ambition et des couilles. Et aussi des lunettes aux verres teintés.

Peut-être dans ma prochaine réincarnation. Arrivera-t-elle rapidement ? Selon les dernières probabilités, le temps qui m'est imparti dans cette vie-ci s'amenuise à toute vitesse.

Mon téléphone sonne. Je n'y suis pas encore habitué. Je l'ai acheté aujourd'hui dans un drugstore avec un forfait de cent quarante minutes.

---

1. « Just Say No » était le slogan de la campagne antidrogue menée par Nancy Reagan auprès des jeunes Américains.

— Désolée d'avoir loupé ton appel tout à l'heure, commence Kendra Tierney, mon associée. Mon téléphone n'a pas reconnu le numéro.

— Je n'utilise plus mon portable perso. C'est mort.

— Je t'entends mal… ton portable est mort ?

— Ils l'ont piraté, dis-je en haussant la voix tout en essayant de ne pas attirer l'attention. Je ne peux pas l'utiliser. J'ai acheté un téléphone prépayé.

— Piraté ? Tu es sûr, Ben ?

Une serveuse plus jolie que n'importe laquelle des filles avec lesquelles je suis sorti dans mon existence passe devant moi. Un instant furtif, le désir me traverse, puis je me reprends.

— Je ne suis plus sûr de rien.

À la télé, Bono et le président brandissent les poings en un geste triomphal. J'aimerais être tellement heureux de quelque chose que je brandis les poings triomphalement. Et même – oublions heureux : dans l'immédiat, je me contenterais de « moyennement satisfait ».

— Bon… comment tu vas ? me demande Kendra.

— C'est une belle journée.

— Ah ouais ? Tu es où ? Dans un club, on dirait. J'entends du jazz.

— Un boîte qui s'appelle le Vertigo.

— Connais pas. C'est où ? U Street ?

— Là où les rues n'ont pas de nom.

— Là où les… ? OK, peu importe, tu ne veux pas me dire. Comment ça se passe, ton enquête sur l'opération Delano ?

— Je n'ai pas encore trouvé ce que je cherche.

La porte du club s'ouvre. Un couple d'Asiatiques entre, ils sont jeunes et beaux, ils scrutent la salle d'un regard inexpressif. Ça pourrait être des tueurs. Pourquoi pas ? Je me fais tout petit sur mon siège.

— J'ai l'impression que tu es nerveux, remarque Kendra. Tu as peur.

— Pourquoi tu dis ça ?

— Parce que tu me réponds par des titres de chansons de U2[1], Ben. Tu as tendance à faire ça quand tu es nerveux. Maintenant, tu vas sûrement me réciter la liste des présidents américains amateurs de jazz.

— Clinton, sans doute, en premier. Le président de la République tchèque lui a même offert un saxophone ténor. À part lui, je dirais…

Soudain, je me rappelle ce que l'inspectrice Liz Larkin a dit à propos de mes connaissances sur nos présidents – une façon de me rapprocher de papa – et je me tais. Fini tout ça. Je ne cherchais pas à me rapprocher de papa. Je l'emmerde.

La porte s'ouvre de nouveau et les deux hommes qui pénètrent dans le club pourraient être des basketteurs professionnels : grands, larges, l'allure menaçante. Mon estomac fait un salto, une vague de *comment ils m'ont trouvé* déferle en moi, la sueur couvre mon front avant que je m'aperçoive que ce sont *effectivement* des basketteurs des Wizards[2].

Ma pulsation cardiaque met un moment à redescendre à un rythme humain. Je ne vais pas pouvoir

1. *Where the Streets Have No Name* et *I Still Haven't Found What I'm Looking For.*

2. Franchise NBA de Washington D.C.

tenir longtemps comme ça. La moindre ombre me fait tressaillir.

— Donne-moi de bonnes nouvelles, Kendra.

— OK, j'ai ça : l'ordinateur explosé que tu as confié à nos experts ? Ils pensent qu'ils peuvent récupérer les données. Ça va leur prendre quelques jours, mais d'après eux c'est jouable.

Elle a raison : c'est une bonne nouvelle. La première depuis longtemps.

— Dis-leur de se dépêcher. Parce que mes jours sont comptés.

52

Ce matin, Garfield Park est rempli d'enfants surexcités qui se défoulent dans l'aire de jeux, tapent dans des ballons de foot ou, tout simplement, courent en tous sens sans but précis. Je me mêle aux mères pilotant leurs poussettes sur l'allée centrale du parc mais, comme chaque fois que je viens jeter un coup d'œil chez moi, j'essaie autant que possible de rester au sud, côté Southeast Freeway. Si quelqu'un surveille ma maison et espère me tendre une embuscade, il est forcément posté au nord, côté F Street Southeast.

C'est dans cette direction que je marche à présent. Il y a quelques jours, j'ai pris le risque d'aller y chercher mon courrier. Ça a duré soixante secondes mais ça m'a exténué – j'étais persuadé qu'on allait me tirer dessus. Après cela, j'ai choisi de faire suivre mon courrier au siège du journal.

Reste que j'ai tout de même besoin de passer chez moi. Ça me donne presque l'impression d'être normal. Les gens normaux ont un domicile. Les gens normaux y passent beaucoup de temps. Je reconnais tout de même l'ironie puisque, comme Liz Larkin l'a justement rappelé, j'ai passé la majeure partie de mon enfance enfermé chez moi, à regarder dehors, et me voilà obligé de rester dehors, à regarder ma maison. Peut-être la vie a-t-elle le don d'équilibrer les plateaux de la balance, comme dans cet épisode de *Seinfeld* où Jerry s'aperçoit que tout s'équilibre toujours dans sa vie…

Stop. Il est là, à même pas dix mètres : Oscar, le schnauzer géant, avec ses longs poils gris, sa queue raccourcie et, à l'autre bout de sa longue laisse, ma voisine Mme Tooley. Je ne peux rien prouver, mais j'ai une théorie : quand Satan reviendra sur Terre, il prendra la forme d'un schnauzer géant. Si ça se trouve, c'est déjà fait. Peut-être est-ce mon père qui l'a envoyé. Il a fait une pause dans sa partie de poker avec Hitler, Staline, Jeffrey Dahmer et l'inventeur du disco, et il est allé voir Lucifer pour le conseiller sur la meilleure façon de me torturer.

Je remonte le trottoir vers l'est, toujours en direction de ma maison et le plus loin possible d'Oscar. Selon moi, le meilleur épisode de *Seinfeld* est celui avec le lieutenant Bookman, le flic de bibliothèque, qui est aussi le meilleur caméo parmi toute une série de caméos plutôt réussis. Je le placerais légèrement au-dessus de J. Peterman mais, je le reconnais, ça se joue à trois fois rien. Et suis-je le seul à trouver que le cuistot nazi n'est pas aussi drôle que les autres personnages ? Je veux dire, il n'y a jamais eu de mauvais épisode de *Seinfeld* mais…

Oh là. Qu'est-ce qui se passe ?

En approchant de F Street Southeast, je remarque un petit attroupement dans le parc, des gens qui regardent en direction de ma maison.

Puis je vois une voiture de patrouille du MPD.

Et la porte de ma maison s'ouvrir.

Et qui descend mon perron avec l'air satisfait d'un chat qui vient de manger un canari ? L'inspectrice Liz Larkin en personne.

53

Je me colle derrière un arbre comme si j'avais quelque chose à cacher, comme si c'était un crime de se trouver dans la rue et de regarder la police fouiller sa maison.

J'ouvre mon téléphone à clapet et compose le numéro de Kendra.

— Deux questions en vitesse, dis-je avant qu'elle ait le temps de parler. Quel est ton épisode préféré de *Seinfeld* et comment tu comprends l'expression « avoir l'air d'un chat qui vient de manger un canari » ?

— Moi aussi, j'ai une question pour toi.

— Les miennes d'abord.

— OK, bon… avoir l'air d'un chat qui vient de manger un canari ? Je dirais avoir l'air coupable.

— Coupable, ce n'est pas plus tôt « être pris la main dans le sac » ?

— Hum… Le truc, c'est que le chat n'est pas censé manger le canari. D'où l'air coupable, non ?

Sur le trottoir juste devant ma maison, l'inspectrice Larkin discute avec deux hommes en blouson et jean, ainsi qu'avec deux officiers en uniforme.

— Je croyais que ça voulait dire avoir l'air suffisant. Satisfait. Le chat est content parce qu'il vient de se taper un bon gueuleton. Enfin, il a réussi à attraper le canari.

— Hum… Bon, bref. Et mon épisode préféré de *Seinfeld*? J'en ai forcément plusieurs ex-æquo.

— Ex-æquo interdit.

— Il va falloir faire avec, Ben. Alors : l'épisode où chacun parie pour savoir qui restera le plus longtemps « maître de son domaine »; celui où Elaine croit que son petit ami est noir et lui qu'elle est espagnole et aucun des deux n'ose en parler; celui où ils parlent d'homosexualité en répétant tout le temps « il n'y a rien de mal à ça ».

Ça se défend. Tous ces épisodes pourraient figurer dans mon top 10. Elle a oublié celui où Kramer récupère des accessoires du décor du Merv Griffin Show et organise son propre talk-show dans son appartement. Ou celui où George est victime d'un « rapetissement » et porte un T-shirt trop petit de trois tailles.

L'inspectrice Larkin sort son téléphone et compose un numéro. Les quatre autres flics entrent chez moi.

— Et maintenant, c'est quoi ta question?

— Tu n'as pas dormi depuis quand, Ben?

— La semaine dernière.

— Il faut que tu dormes. Tu as un comportement bizarre. Tu m'as vraiment appelée pour m'interroger sur *Seinfeld* et sur une expression stupide?

— Une expression ou une locution?

— Quelle différence?

— Pourquoi tu réponds à ma question par une question ?

— Et toi ?

Un des officiers en uniforme ressort avec mon ordinateur, un de ses collègues avec un carton. Contenu inconnu.

— Je t'appelais pour une *autre* raison. J'ai besoin du numéro d'Eddie l'Éclair.

— Eddie Volker ?

— Lui-même.

— Pourquoi tu veux parler à Eddie l'Éclair ?

Un des inspecteurs en civil sort la tête et appelle Larkin. Elle raccroche, gravit prestement mon perron et disparaît à l'intérieur de ma maison.

Apparemment, ils viennent de tomber sur un truc génial. Génial pour eux. Nettement moins pour moi.

— Parce que le moment est venu de prendre un avocat.

54

Le Hart Senate Building est le troisième immeuble à avoir été construit pour abriter les bureaux du Sénat. Situé au nordest du Capitole, il jouxte le Dirksen Building sur Constitution Avenue et donne sur le siège de la Cour suprême.

La réception au deuxième étage est entièrement dans des tons terreux. Je suis assis sur une chaise que je décrirais comme «orange lever de soleil» (je viens de l'inventer) pendant qu'une femme d'âge moyen partage son temps entre répondre au téléphone et me lancer des regards par-dessus ses verres double foyer.

Son interphone bourdonne, elle décroche un combiné puis m'indique d'un signe de tête que je peux entrer.

À l'intérieur du bureau, la palette de couleurs est nettement plus patriotique. Même le drapeau de l'État de l'Iowa, à côté de la Bannière étoilée, est assorti – encore que, pour parler franchement, il ressemble surtout au drapeau français. Assez ironique quand on sait que Craig Carney, alors membre du Congrès, avait lancé la charge pour rebaptiser

Freedom Fries les traditionnelles *French Fries*[1] à l'époque où les Français n'étaient que modérément enthousiasmés par notre projet d'invasion de l'Irak.

Je ne sais pas au juste pourquoi je rencontre le numéro deux de la CIA dans le bureau d'un sénateur. Carney représentait l'Iowa au Congrès et c'est un proche du sénateur de l'Iowa qui occupe ce bureau mais pourquoi ne m'a-t-il pas tout simplement proposé de le retrouver au siège de la CIA ?

C'est un bel homme, mâchoire carrée, yeux bleu acier, épaisse chevelure sombre finement liserée de gris. Certains politiciens, loin des caméras, sont coiffés n'importe comment. Je n'ai jamais vu Craig Carney coiffé n'importe comment. Je ne sais pas s'il est compétent mais, aujourd'hui, il est toujours aussi impeccable : chemise d'un blanc éclatant, cravate bleu marine parsemée de minuscules étoiles rouges, boutons de manchette ornés du drapeau américain.

Carney est en grande partie considéré comme responsable de la victoire de Blake Francis dans le caucus de l'Iowa, victoire qui l'a sorti du milieu du peloton pour le propulser favori des primaires du Parti républicain. Il a même figuré parmi les derniers candidats envisagés au poste de vice-président. Autrement dit, pour employer un euphémisme, le président et Carney sont extrêmement proches.

Le directeur adjoint Carney pivote sur son fauteuil en cuir et me fait signe de prendre place de

1. Les Américains appellent « frites françaises » les frites classiques, rebaptisées « frites de la liberté » par les partisans de l'invasion de l'Irak au printemps 2003.

l'autre côté de son bureau en ronce de noyer. Mon siège n'est pas aussi confortable que le sien en a l'air.

Carney consulte ostensiblement sa montre avant de me prévenir :

— Mon emploi du temps est plein à craquer aujourd'hui.

Je note que ça ne l'a pas empêché de trouver un créneau pour moi. En temps normal, il faut compter une semaine au minimum pour décrocher un rendez-vous.

— Alors, qu'est-ce que vous voulez savoir sur l'opération Sunshine ?

C'est le nom de l'opération humanitaire lancée par les États-Unis pour venir en aide au peuple bolivien à la suite d'un tremblement de terre dévastateur. C'est aussi mon prétexte pour demander un entretien à Carney.

Il sourit. Moi aussi.

— Nous savons tous les deux que ce n'est pas pour ça que je suis ici, dis-je.

Il n'aurait pas tout laissé en plan et ne m'aurait pas donné rendez-vous loin de son bureau pour parler de l'opération Sunshine.

Il ne révèle rien d'autre que ses dents nacrées.

— Si c'est pour autre chose…

— Diana Hotchkiss, monsieur le directeur adjoint.

Il acquiesce d'un geste discret et adopte l'expression préoccupée – sourcils dûment froncés – que les politiciens de Washington apprennent à maîtriser dès leur première semaine de formation.

— Elle va nous manquer.

Je me retiens d'éclater de rire. Sa réplique est presque crédible.

— Vous lui avez parlé récemment ?

Ma question vise seulement à tester sa réaction. Si Craig Carney est capable de sincérité, je n'en ai pas encore été témoin. En revanche, je vois bien ce type devenir président un jour. Dans ma bouche, ce n'est pas un compliment.

Il prend quelques amandes dans une coupelle et les soupèse dans la paume de sa main tout en m'examinant. Je me demande si le sénateur qui occupe ce bureau est au courant que Carney tape dans ses amandes.

— Dites-moi une chose, Ben... C'est bien Ben, n'est-ce pas ?

Voilà le genre de truc que je déteste dans cette ville. Les petites humiliations, cette façon de rabaisser poliment son interlocuteur. Ce fils de pute sait très bien qui je suis. Sinon, je ne me serais pas retrouvé assis en face de lui aussi rapidement.

— Oui, c'est Ben.

— Ben, pourquoi me posez-vous une question aussi provocante ?

— Pour vous provoquer.

— Oui, bon... J'imagine que c'est un truc de journaliste : secouer l'arbre.

Ellis Burk avait utilisé la même expression.

— Mais quelqu'un qui secoue un arbre doit être prêt à recevoir ce qui va en tomber, vous savez ?

— Oh, je suis prêt, monsieur le directeur. Et si vous veniez de passer la même semaine que moi, vous seriez prêt vous aussi.

Carney prend son temps avec les amandes, les mâche une par une sous mon regard.

— Eh bien, dit-il enfin entre deux mastications, vous semblez avoir des informations que j'ignore. J'aimerais pouvoir vous aider.

Comment ne pas aimer les hommes politiques? Voilà encore quelque chose qu'on doit apprendre une fois passées les portes du Capitole : comment donner l'impression de parler sans jamais répondre aux questions. Pour l'instant, ce type n'a pas avoué que Diana est en vie; il ne l'a pas nié non plus.

— Je pense que Diana travaillait comme espionne pour le compte du gouvernement américain. Sans doute au sein de la CIA. Je pense qu'elle tentait d'infiltrer un milieu quelconque et qu'elle a été démasquée, repérée – bref, que sa couverture a été grillée. Alors vous avez simulé sa mort pour tromper les méchants. Peut-être que vous la protégiez. Ou que vous protégiez des infos top secret. Je ne sais pas. Et pour être tout à fait sincère, je m'en fous. Le *Capitol Beat* n'a jamais tenté de divulguer des informations classées confidentiel. Ce n'est pas ça, notre métier.

— Et je vous en remercie.

Quand il dit «je vous en remercie», j'entends nettement «je vous emmerde».

— Seulement voilà, poursuis-je. Quelqu'un doit penser que *je* sais ce que Diana savait, parce qu'on a essayé de me liquider. On essaie de me faire porter le chapeau pour la «mort» de Diana et pour la mort de John Liu, le lobbyiste. Peut-être même aussi pour la mort du flic dans le guet-apens sur 12th Street Northwest – un bon ami à moi, soit dit en passant.

Alors maintenant, je ne m'en fous plus, monsieur Carney. Et pour sauver ma peau et laver ma réputation, je suis prêt à passer au rouleau compresseur tout ce qui se mettrait en travers de ma route.

Le directeur adjoint s'étend dans son siège en cuir et plisse les yeux. Ce que je viens de lui balancer est énorme. Pourtant, il n'a pas l'air surpris.

— Tout cela me semble très intrigant. Mais je ne vois absolument pas en quoi je pourrais vous aider.

— Oh, mais vous pouvez m'aider. Et vous allez m'aider. Je vais vous expliquer pourquoi…

55

— Oh, dans ce cas dites-moi tout, Ben.

Le directeur adjoint de la CIA semble s'amuser.

— Je retiens mon souffle en attendant de savoir pourquoi et comment je vais vous aider, vous, un journaliste d'un torchon que personne ne lit, avec un scoop auquel personne ne croira.

J'aimerais tellement foutre mon poing dans la gueule de cet abruti. Je vais me contenter de lui faire peur.

— Monsieur Carney, vous vous souvenez de Gary Condit ?

Il ne bouge pas d'un millimètre – c'est son style – mais un léger tic nerveux au niveau de l'œil le trahit.

— Condit n'a pas tué Chandra Levy[1], poursuis-je. Il couchait juste avec elle. Ce genre d'histoires arrive tous les jours. Elles font des dégâts sur le plan politique, mais on s'en remet presque toujours. Il suffit d'une jolie conférence de presse, d'une épouse

1. Homme politique américain (Parti démocrate), élu au Congrès en 1988 et accusé du meurtre d'une stagiaire, Chandra Levy, avec qui il avait une liaison.

stoïque à côté de vous et de quelques déclarations aussi humbles que vagues du genre «j'ai commis des erreurs» ou «je n'ai pas été parfait». Ajoutez une référence à Dieu et, au besoin, la promesse d'un accompagnement psychologique ou d'une thérapie – et voilà, vous êtes réélu! Gary Condit, lui, n'a pas eu de chance : sa maîtresse a été retrouvée assassinée. Même s'il n'avait rien à voir avec sa mort, elle lui a porté préjudice car…

— Où voulez-vous en venir, monsieur Casper?

Tiens : maintenant, c'est *monsieur Casper.*

— Oh, je me demandais juste quelle tournure prendrait votre carrière quand on découvrira que vous aviez une liaison avec une femme qui s'est suicidée.

Carney s'humecte les lèvres. Son visage rougit mais il imite du mieux qu'il peut un mannequin de cire. Ce n'est pas difficile pour lui : il s'est beaucoup entraîné.

— Vous vous retrouvez entre l'enclume et le marteau, non, monsieur Carney? Je veux dire, supposons que la théorie du suicide soit retenue, vous allez devoir vous y tenir vous aussi, pas vrai? Ça donnerait : Craig Carney, ancien membre du Congrès et actuel directeur adjoint de la CIA, avait une liaison avec une femme qui a sauté de son balcon. Dans cette histoire, vous allez avoir quel rôle, monsieur le directeur? Le bon? La brute? Le truand?

(Ici, digression possible sur Clint Eastwood, mais je suis un peu occupé, là.)

Il serre les mâchoires. Je sais qu'il meurt d'envie de répondre : *ma liaison avec Diana s'est terminée il y a des années.* Mais lui et moi savons que c'est juste un détail. S'il veut établir cette distinction, il avoue implicitement que liaison il y a eu.

— Vous me faites penser à un chat qui vient d'avaler un canari, monsieur le directeur.

Il cligne rapidement des yeux, digère ma remarque. Bon sang. Je croyais que mon interprétation était la bonne et que Kendra se trompait. J'aurais dû m'en tenir à « pris la main dans le sac ». Une autre leçon pour vous : toujours suivre son instinct.

Après une longue pause, que je considère comme les trente meilleures secondes de toute ma semaine, Carney se racle la gorge et s'avance sur son fauteuil.

— Jeune homme, commence-t-il d'une voix égale où perce tout de même un tremblement, vous avez la moindre idée de ce que vous risquez en faisant chanter le directeur adjoint de la CIA ?

Je hausse les épaules.

— C'est pire qu'une aiguille dans le bras pour meurtre ? Rappelez-vous, monsieur le directeur, vous vous êtes tellement bien débrouillé pour foutre ma vie en l'air que je n'ai plus grand-chose à perdre.

Je me lève et reboutonne ma veste. Elle est toute neuve : je l'ai achetée dans la boutique J. Crew sur M Street Northwest, puisque je continue à mener une vie de nomade. Elle est en jean, look décontracté qui convient mieux à Benjamin Casper, le journaliste-devenu-fugitif.

— J'ai des preuves de votre relation et je les publierai, dis-je en cadrant avec mes mains mon article à la une. « Un politicien conservateur, défenseur des valeurs familiales et de nos forces de l'ordre, aujourd'hui garant de nos services d'espionnage, impliqué dans une liaison sulfureuse avec une assistante qui s'est suicidée par désespoir. » Ah, et la police enquête sur la possibilité qu'elle n'ait pas sauté de son balcon mais ait été *poussée*. Bon sang, qui peut bien être le suspect ? Dix secondes, peut-être douze, suffiront pour que tous les médias du pays diffusent l'info. Vous êtes prêt pour ce genre de publicité ? Et votre femme ?

Je me penche sur le bureau, histoire de lui dire adieu dans le blanc des yeux.

— Possible aussi que je réussisse à glisser les mots « opération Delano » dans mon papier. D'ailleurs, il est déjà écrit. Me tuer n'empêchera pas l'info de sortir.

Je me redresse, salue d'un mouvement de tête un Craig Carney visiblement secoué, puis me dirige vers la porte.

— Vous avez vingt-quatre heures, monsieur le directeur adjoint. Je veux des réponses, ou vous êtes bon pour retourner à Des Moines vendre des tracteurs à des fermiers. Et le président n'aura plus qu'à chercher un nouveau nom pour son prochain directeur de la CIA.

56

En sortant du Hart Senate Building, je cours dans la First Street jusqu'à la station de métro Capitol South. Je regarde derrière moi, guettant le moindre signe d'hommes-en-noir lancés à ma poursuite ou de voitures qui me suivent, mais je ne remarque rien. Prendre rendez-vous avec Craig Carney était risqué depuis le début mais, avec un peu de chance, mes menaces vont le calmer pendant au moins quelques heures, le temps qu'il réfléchisse au prochain coup à jouer.

Je passe une heure dans le métro, sautant de rame en rame dans l'espoir de semer quiconque me filerait. Tout le monde est suspect : la gentille grand-mère, la jeune femme habillée pour un entretien d'embauche, le SDF à la barbe jonchée de nourriture. Ne faire confiance à personne.

Entre les rames, je trouve un distributeur de billets et retire cinq cents dollars. Puis je saute dans un train avant qu'on ait le temps de localiser la transaction.

Je passe la soirée dans un snack sur la 14th Street Northwest et relis mes notes pour mon article sur Craig Carney et Diana Hotchkiss. Évidemment, je bluffais quand je prétendais avoir un article prêt à la publication ; il faut que je le finisse. Ce que j'avance est largement infondé : j'ai menti également en assurant que je détenais des preuves de la liaison entre Diana et Carney. Je n'en ai aucune. J'ai juste la parole de Diana. Si je raisonne en termes de valeur purement journalistique, jamais je ne signerais ce papier sans davantage de confirmations. Mais l'intégrité journalistique n'est pas au cœur de mes préoccupations en ce moment. Je pense surtout à sauver ma peau.

Est-ce que je suis capable de publier ça si Craig Carney ne se laisse pas berner ? Je ne sais pas. Le *Capitol Beat* n'est peut-être pas le site d'infos le plus populaire mais nous n'avons jamais versé dans le sensationnalisme. Jamais transigé avec nos standards. Est-ce que je suis prêt à y renoncer ?

Inutile de s'inquiéter de ça pour l'instant. Écris ton papier, Ben.

Je ponds un premier jet, me l'envoie par e-mail pour le sauvegarder et referme mon ordinateur. Je me force à avaler un sandwich au rosbif parce qu'un Ben en manque de sommeil *et* affamé est une cible facile.

Il est presque 21 heures. Le soleil s'est couché mais mon humeur, elle, est à la hausse grâce à mon article. C'est juste du bavardage. Mais c'est quelque chose.

Je prends mon téléphone – l'original, pas la merde prépayée que j'utilise. De mon autre poche, je sors la batterie. J'ai vu dans un film qu'un téléphone dont on a retiré la batterie ne peut pas être localisé. Je la remets en place le temps de vérifier ma messagerie puis je foutrai le camp dans un autre coin de la ville avant que des hélicoptères noirs se posent en tournoyant devant moi.

Ma boîte vocale indique quatre messages. L'un provient d'un numéro inconnu. Deux autres de George Hotchkiss, dans le Wisconsin.

Le dernier remonte à un quart d'heure et a été laissé par Anne Brennan. Je clique dessus et porte le téléphone à mon oreille.

« Ben… c'est Anne. J'ai… ils viennent de… j'ai besoin que vous veniez, Ben. Ils… ils m'ont dit que si… ils disent que la prochaine fois, ils me tueront… Par pitié, je ne sais pas qui appeler d'autre… »

Je bondis de ma chaise, attrape mon sac et cours vers la porte.

57

— C'est Ben, dis-je à la porte. C'est moi. Ouvrez.

Quand Anne apparaît dans l'embrasure, mon cœur se serre. Sa chemise, en jean à boutonnière, est déchirée au col et la plupart des boutons ont été arrachés. Ses yeux sont injectés de sang, son visage barbouillé de maquillage, sa lèvre en sang. Derrière elle, le salon semble avoir subi le passage d'une tornade.

Elle referme rapidement la porte derrière moi et la verrouille à double tour.

— Asseyons-nous, lui dis-je de la voix la plus calme dont je sois capable, mais mon cœur est en lambeaux et mon sang bouillonne.

— D'acc… d'accord.

Mais elle s'effondre par terre avant d'avoir atteint le canapé. Elle éclate en sanglots, son corps si frêle est secoué d'un tremblement incontrôlable. Je m'assieds par terre, la prends dans mes bras et la berce comme un enfant que j'essaie d'endormir. Un long moment passe avant qu'elle soit capable de parler et je ne la brusque pas. Je répète sans cesse « ça va, je suis là », comme si ça pouvait la réconforter.

— Ils étaient... deux, articule-t-elle entre deux sanglots. Ils m'ont dit qu'ils... travaillaient pour le gouvernement... et qu'ils... voulaient juste discuter...

— Ils avaient des papiers ? Des insignes ?

Elle secoue la tête.

— Vous les avez laissés entrer sans...

Je m'interromps. La dernière chose dont elle ait besoin, c'est que je lui fasse la leçon. Je ne la connais pas bien mais, d'après ce que j'ai entrevu d'elle, elle est tout à fait du genre à faire suffisamment confiance pour laisser des inconnus entrer dans son appartement.

— Continuez... Dites-moi ce qui s'est passé.

Son récit est entrecoupé de pleurs et de profondes respirations. Elle a du mal mais finit par se faire comprendre. Ils sont entrés de force. Ils lui ont collé un couteau sous la gorge. Ils lui ont arraché sa chemise et sa culotte. Elle balbutie :

— Et ils ont dit... que la prochaine fois, ils... ils... ils me violeraient et me trancheraient la gorge. Que si Benjamin Casper n'arrête pas de foutre son nez où il ne faut pas, ils me le feront payer... à moi !

Je la serre contre moi un long moment encore, la mâchoire crispée, mon corps tremblant de rage. Je lui demande à voix basse :

— Vous voulez que je reste ? Je peux dormir sur le canapé...

— Je veux que vous arrêtiez, me lance-t-elle. Je veux que tout ça... *s'arrête*.

Une porte se ferme dans l'appartement du dessus. J'imagine que les fous furieux qui ont laissé ce message ne repasseront pas ce soir. Mais peut-être savaient-ils que je viendrais.

Anne lève les yeux vers moi.

— Je sais que je n'ai pas le droit de vous demander ça. Je sais l'importance qu'elle avait pour vous. Et pour moi aussi. Mais est-ce que ça en vaut vraiment la peine ?

Elle a raison. Risquer ma vie, c'est une chose. Ce n'est pas vraiment mon choix. Mais je mets en danger des gens auxquels je tiens. D'abord Ellis Burk, maintenant Anne, des victimes innocentes punies pour m'avoir simplement écouté et avoir essayé de m'aider…

— Je vais essayer de trouver une solution, lui dis-je, et c'est sans doute la promesse la plus creuse que je pouvais trouver.

58

Je reste toute la nuit chez Anne, assis sur le canapé, somnolant par intervalles mais passant l'essentiel de mon temps à surveiller la porte d'entrée et à essayer de trouver une issue à ce bordel.

Au matin, ma tête est embrumée, mes membres flageolants et une douleur sourde s'est durablement installée dans mon estomac. J'utilise mon téléphone prépayé pour rappeler George Hotchkiss, qui a essayé de me contacter deux fois hier sur mon ancien smartphone sans laisser de message.

— George ? Ben Casper. Je sais que vous êtes impatient d'avoir des nouvelles de votre fille mais j'ai besoin de plus de…

— Vous ne savez pas ce que je vais vous dire, m'interrompt-il. Ce que je vais vous dire, c'est d'oublier tout ce que vous nous avez raconté. Je ne veux pas de remous autour de Diana. Je veux lâcher l'affaire.

Lâcher l'affaire ?

— George…

— Elle est morte, Ben. Et le plus tôt mon épouse et moi parvenons à l'accepter, le plus vite nous pouvons reprendre le cours de notre vie. En l'espace d'une semaine, nous avons perdu deux enfants.

Je soupire. Je comprends son point de vue, bien sûr. Mais s'il restait une chance que mon enfant soit encore en vie, je me raccrocherais à cet espoir de toutes mes forces. Pourquoi George Hotchkiss ne fait-il pas de même ?

Oh. Évidemment.

— Ils sont passés vous voir, pas vrai, George ? Ils…

— Personne n'a rien fait !

Sa voix monte dans les aigus, comme sous le coup de la panique.

— Personne n'a rien fait, vous comprenez ? J'ai encore ma femme et je ne veux pas la perdre elle aussi. Alors je ne vais pas réclamer au gouvernement le corps de Diana pour pratiquer un test ADN ou quoi que ce soit d'autre, et je ne vous autorise pas non plus à en faire la demande. Et je vous le redis : je vous interdis de poursuivre vos recherches. Lâchez l'affaire. Diana est morte, compris ? Elle est *morte.*

Merde. Ces types sont bons. Ils mettent la pression exactement là où il faut. Ils sont allés menacer George.

— J'ai *besoin* que vous arrêtiez tout, insiste George. S'il vous plaît, monsieur Casper.

59

— Ça ne sent pas bon, Ben.

Eddie Volker me lance cette phrase avant même de dire bonjour. Je suis dans son bureau, après avoir choisi le trajet le plus alambiqué possible pour me rendre à son cabinet.

— Pas bon du tout.

Eddie est l'avocat du *Beat*, pour les rares occasions où quelqu'un déciderait de nous poursuivre en diffamation ou aurait une dent contre un de nos articles. Mais son cœur de métier est le droit pénal, raison pour laquelle je lui ai demandé de contacter hier l'inspectrice Liz Larkin afin d'évoquer mon cas. Aujourd'hui, je viens l'écouter me faire son rapport et ses premiers mots ne sont pas ceux que j'espérais.

Son bureau est celui d'un avocat très occupé : piles de papiers partout, jolis diplômes et prix encadrés au mur, tasse de café Starbucks bouillante à portée de main. Depuis quelque temps, il perd son combat contre la chute de cheveux et la prise de poids mais sa présence n'en demeure pas moins impressionnante. Le savoir dans mon camp me procure un léger réconfort.

— Comme tu le sais, ils ont fouillé ta maison hier. Ils avaient un mandat, la procédure a été respectée. Pas de quoi les attaquer là-dessus. Maintenant, ce qu'ils ont trouvé n'est pas bon pour nous, Ben.

Je ne réponds pas. Ma maison est remplie de choses susceptibles de me plonger dans l'embarras mais je ne vois pas ce qui pourrait prouver que j'ai tué Diana ou John Liu – surtout compte tenu de ce petit détail : je n'ai tué ni l'une ni l'autre.

— Je leur ai fait une grande scène hier à propos du Premier Amendement, les flics n'ont pas le droit de voler les notes de travail et les documents appartenant à un journaliste, j'ai menacé d'aller réclamer à un juge une ordonnance conservatoire... Je ne les ai pas vus trembler dans leurs bottes. Et franchement, Ben, à leur place, je ne tremblerais pas non plus.

— Pourquoi ça ?

Eddie tapote quelques feuilles sur son bureau. Stratégie d'évitement. Le genre de choses qu'on fait quand on ne veut pas annoncer de mauvaise nouvelle.

— Ils ont trouvé des fibres de la moquette de l'appartement de Diana Hotchkiss sur tes chaussures.

— Et alors ? Je suis souvent allé chez Diana.

— Et des fibres de la moquette au rez-de-chaussée de la maison de John Liu sur une autre paire de chaussures.

— C'est impossible !

Depuis que je suis parti de chez John Liu, je ne suis pas rentré chez moi. J'ai été constamment en cavale.

Eddie hoche sèchement la tête. Ce n'est pas la première fois de sa carrière que quelqu'un assis à ma place nie les actes qui lui sont reprochés. Sans doute même pas la première fois de la journée. Les mots « ce n'est pas moi » ont résonné si souvent entre ces murs qu'ils sont pratiquement gravés dans le plâtre.

— Ben, ils disent que tu as tué John Liu de la même façon que tu as tué ta mère. Ils disent que tu t'es faufilé derrière lui, ou que tu l'as physiquement neutralisé, avant de lui pointer un pistolet sur la tempe et de presser la détente. Puis tu as tout maquillé pour faire croire à un suicide.

Je fixe le plafond.

— Ils n'ont aucune preuve ! Ils n'ont même pas la preuve que j'étais chez lui quand il a été assassiné. Des fibres de moquette…

— Et tes empreintes digitales sur la souris de son ordinateur.

— … D'accord, entendu, ça prouve que j'étais là à un moment donné, mais pas quand il a été tué.

Eddie me dévisage comme s'il ne m'avait pas tout dit. Comme si le « Mauvaises Nouvelles Express » n'était pas encore arrivé au terminus.

— Vas-y, balance, lui dis-je.

Il soupire.

— Ben. Ils ont trouvé le portefeuille de John Liu dans ta chambre.

— Conneries. C'est des conneries !

— Et il s'était acheté un billet d'avion avec sa carte bancaire le soir où il a été tué. Donc, celui qui lui a piqué sa carte a forcément agi après. En gros, ça veut dire qu'ils peuvent prouver que tu étais dans sa maison à l'heure où le légiste a estimé sa mort.

Je bondis de ma chaise.

— Je n'y crois pas ! Ils ont foutu chez moi le portefeuille de Liu et les fibres de moquette. C'est un piège, un putain de piège !

— Je te crois et je vais me battre pour toi. Mais la situation est très mauvaise. Ils veulent te voir pour t'interroger. Et si je ne t'amène pas à eux d'ici la fin de la journée, ils lancent un mandat d'arrêt.

Je plaque les mains sur mon visage et appuie ma tête contre le mur. Finalement, ils ont réussi à me coincer.

Eddie s'approche et pose une main sur mon épaule.

— Il faut limiter la casse, maintenant, mon ami. Je t'emmène les voir. Ils vont te garder, ils vont prendre tes empreintes, et je verrai si on peut s'arranger pour une caution.

J'ai un petit rire amer.

— Une caution pour un double meurtrier ? Il y a vraiment une chance pour que ça arrive ?

— Pas vraiment, non.

Eddie m'a toujours parlé franchement.

— Prépare-toi à une longue détention en attendant ton procès. Mais je vais faire tout ce qui est en mon pouvoir pour…

— Je n'aurai jamais de procès. Ils ne le permettront pas. Si je vais en taule, je n'en ressortirai pas.

Je marque un temps et hoche la tête.

— Je te fais signe, Eddie.

— Ils vont lancer un mandat contre toi, Ben. Ils vont te traquer. Ça ne va pas être joli.

Pitié, arrêtez ça, disait Anne.

S'il vous plaît, arrêtez tout, suppliait George Hotchkiss.

Rends-toi à la police, me conseille Eddie.

Je dégage mon épaule de sa main.

— Laisse-moi quelques heures pour y réfléchir, dis-je. Je te fais signe.

60

— Directeur adjoint Carney, s'il vous plaît, dis-je dans le téléphone prépayé que j'ai acheté voilà une heure.

— De la part de qui, je vous prie ?

— Son journaliste préféré.

Je respire profondément et me blinde. *Tu peux y arriver, Ben. Montre-toi confiant. Ne laisse pas voir que tu es mort de trouille. Garde la main.*

Un instant plus tard.

— Craig Carney, j'écoute.

— Bonjour, directeur. Les vingt-quatre heures sont écoulées. Vous vous rappelez, j'avais fixé un ultimatum.

— Je me rappelle.

— Vous avez lu l'article que je vous ai envoyé ?

— J'ai lu un document qui n'entretient aucune espèce de rapport avec la vérité, monsieur Casper.

— Peu importe, directeur. Je claque des doigts et c'est en ligne, pleine page de une, gros titre. Alors, directeur, je claque des doigts ou vous avez quelque chose à me dire ?

— J'ai quelque chose à vous dire.

— Ça va me plaire ?

— Si j'étais vous, ça me plairait, oui. Mais pas par téléphone. Venez à mon bureau.

C'est à peu près la chose la moins surprenante qu'il pouvait dire.

— Votre bureau ? Je ne pense pas, non, directeur. Laissez-moi réfléchir une seconde…

J'avale une gorgée d'eau minérale. Ma bouche est aussi sèche qu'un bac à sable. Mon cœur cogne si furieusement dans ma poitrine que j'ai du mal à m'entendre parler.

Je respire par à-coups rapides. L'attente joue pour moi : il s'imagine que je suis en train de chercher un lieu de rendez-vous, alors que j'en ai déjà un.

— Le Washington Monument. Dans une heure. Rendez-vous côté est, face au Capitole. Et, directeur : nous deux et personne d'autre, compris ?

— Bien sûr.

Je répète en l'imitant :

— Bien sûr. Si on est plus de deux, monsieur Carney, je claque des doigts. Vous comprenez ce que je veux dire ?

Carney soupire.

— Ce sera juste nous deux, monsieur Casper.

— OK. Je vous retrouve là-bas. Mettez une casquette des Nationals.

— Mettre quoi ?

— Une casquette des Nationals. Pour que je vous reconnaisse.

— Vous me reconnaîtrez, voyons.

— Mettez une casquette des Nationals et, pendant que j'y pense, prenez aussi un fanion des Nationals. Vous savez, ces petits drapeaux qu'on agite ?

— Pourquoi je prendrais ça ?

— Parce que je ne me montrerai pas tant que je ne vous aurai pas vu. Et, de loin, je ne vous reconnaîtrai pas. Alors n'oubliez pas : la casquette des Nationals et remuez votre fanion !

— Je n'ai ni l'un ni l'autre.

— Vous êtes un des hommes les plus puissants du pays, monsieur Carney. Je vous fais confiance pour arriver à en trouver. Faites ce que je vous dis ou, dans une heure, nous publions l'article. Oh, je me suis aussi créé une nouvelle adresse e-mail, sous un faux nom bien sûr, en programmant l'envoi de mon article au *Post*, au *Times* et à une dizaine d'autres journaux dans quatre-vingt-dix minutes. Sauf si j'annule le processus, bien sûr.

Il ne répond pas. Bien. Il me laisse mener le jeu.

— Dans une heure, dis-je. Et donnez-moi votre numéro de portable.

Il s'exécute. Je raccroche. Essuie la sueur sur mon front, me plie en deux et vais vomir dans un buisson.

61

Une heure plus tard, je compose le numéro de portable que Craig Carney m'a donné.

— Bonjour, monsieur Casper. C'est bon, je suis devant le Washington Monument, comme vous pouvez le voir. Où êtes-vous ?

Où je suis ? Parmi les quelque cinq cents passants qui arpentent la partie ouest du National Mall, devant l'un de ses nombreux mémoriaux. Mais il n'a pas besoin de le savoir. Comme presque tout le monde autour de moi, j'ai un appareil photo mais je m'en sers comme de jumelles : je zoome sur toutes les zones qui m'intéressent, en essayant de ne pas être trop visible.

— Vous allez vous déplacer de l'autre côté du monument, directeur. Côté ouest, face au Lincoln Memorial.

— OK, je fais le tour de l'autre côté du monument.

J'ai l'impression qu'il ne dit pas ça pour moi. Je pense qu'il transmet l'info à quelqu'un du FBI ou de la CIA, de la police du Capitole, peu importe. Il porte sans doute un micro. Je m'y attendais à peu près autant qu'à une journée chaude en août.

— Vous n'agitez pas votre fanion, directeur. Je vous ai demandé de l'agiter.

D'accord, ce n'est ni justifié ni nécessaire, mais un peu de compréhension : je suis nerveux, là. J'essaie de me convaincre que c'est moi qui dicte le jeu. C'est du poker de haut vol et je ne connais pas d'autre jeu que la réussite.

— OK, ça vous va comme ça ?

— Je plaisante, directeur. Je ne sais pas si vous agitez votre fanion ou pas. Je ne suis pas sur le Mall en ce moment. Désolé. Il y a eu un léger changement de programme.

Le genre de phrase qu'on entend souvent au cinéma, dans les scènes de dépôt de rançon ou de réunion. *Il y a eu un léger changement de programme*, balancé d'un ton ironique que je suis incapable d'adopter pour l'instant, trop occupé à essayer de maîtriser ce foutu tremblement dans ma voix. Putain, j'essaie même de ne pas me pisser dessus.

— Vous allez vous rendre à la station de métro Foggy Bottom. De là, prenez la ligne Orange et descendez à Landover.

— Landover ? C'est ridicule.

— Obéissez ou devenez une honte nationale. L'heure tourne.

Je raccroche et écoute un guide touristique m'expliquer, ainsi qu'à une dizaine de personnes, ce que chacune des colonnes du mémorial de la Seconde Guerre mondiale représente. Fascinant.

Encore plus fascinant ? Ce qui va suivre. À l'est du Washington Monument, Craig Carney parle dans son col de veste. Confirmation qu'il est équipé d'un micro et qu'il annonce à d'autres types qu'il doit se déplacer.

Carney se met en marche vers l'est puis le nord, en direction de Foggy Bottom. Plusieurs personnes déguisées en touristes perdent soudain tout intérêt pour les monuments qu'elles sont censées admirer et partent toutes dans la même direction. Un homme en costume bleu marine avec des lunettes de soleil près du mémorial de la guerre de Corée met brusquement le cap sur le Washington Monument et suit Carney de loin. Un autre en T-shirt gris et jean au Lincoln Memorial part en petites foulées, ce qui signifie soit que lui aussi couvre Carney, soit qu'il aime faire son footing en jean. Deux femmes, l'une en tailleur bleu, l'autre en robe estivale marron, cessent de longer le miroir d'eau pour pivoter nonchalamment dans la direction opposée. Un couple en tenue décontractée, à vingt mètres à peine de moi, se figent sur-le-champ, se touchent rapidement l'oreille et emboîtent le pas à Carney tandis qu'il passe devant eux. Juste à côté, le sosie de Patricia Arquette dans *Goodbye Lover* se baisse pour ajuster la sangle de son escarpin. Je ne pense pas qu'elle soit avec Carney mais Patricia Arquette était hyper sexy dans ce film.

Je rappelle Carney. Et, dès qu'il décroche :

— Autre chose, directeur. Je vais vous poser une question et si vous ne me dites pas la vérité, alors c'est terminé, je publie l'article. Vous êtes prêt ?

Il s'immobilise et attend un moment avant de répondre :

— Allez-y.

— Est-ce que vous êtes venu seul, comme je vous l'ai demandé ?

Il regarde autour de lui. Il se demande si je suis là ou pas. Je lui ai dit que non, mais il ne peut pas en être sûr.

— Non, Ben. Je suis le numéro deux de la CIA et j'ai rendez-vous avec un homme recherché pour deux meurtres qui essaie de me faire chanter. Impossible de me laisser vous rencontrer sans surveillance. Mais ils ne font rien de plus, Ben. Personne ne va vous arrêter ou tenter de vous faire du mal.

Ça me va. Il a avoué. Il a dit la vérité. C'est un début. On n'a jamais vraiment de garanties, dans la vie.

— Retournez-vous, monsieur Carney. Vous êtes passé devant moi il y a quelques minutes.

— Ah, vous êtes là. D'accord. Où ça ?

— Mémorial de la Seconde Guerre mondiale. La visite guidée près de l'Arche Atlantique. Je suis en fauteuil roulant.

62

Quand je me lève de mon fauteuil de location, des cris de surprise s'élèvent dans le groupe.

— C'est un miracle ! dis-je. Je marche !

Je m'éloigne et rejoins Craig Carney, resplendissant dans son impeccable trois-pièces gris avec cravate cramoisie. Il s'est débarrassé de son fanion et de sa casquette. Nous nous mettons en marche le long du miroir d'eau. Par cette chaleur étouffante, il transpire légèrement, ce qui me réconforte car, en ce moment, mes vêtements sont trempés.

J'essaie de me forcer à respirer mais c'est difficile. Ça fait longtemps que j'attends ce moment mais j'ai la déplaisante impression que je ne vais pas repartir satisfait. Et je ne vois pas des tonnes d'autres options pour moi.

— Je sais tout ce qu'il y a à savoir sur vous, Ben, commence Carney. Votre enfance. Votre père et votre mère. Je sais que vous avez lancé ce site d'informations par passion, pas pour payer vos factures. Et c'est pour cette raison que je sais que vous ne publierez jamais un article divulguant de fausses informations. Vous ne feriez pas une chose pareille à votre bébé.

— La peur de mourir peut avoir des répercussions surprenantes sur votre intégrité.

— Oh, inutile d'aller nécessairement jusque-là.

Il dit cela comme si je dramatisais. J'espère qu'il a raison sur ce point.

— Vous savez, Ben, quand mon père était sénateur, il avait une expression : « Ne te mets pas devant une balle qui dévale une colline. » Autrement dit : choisis bien ce pour quoi tu veux te battre. Si tu ne peux pas lutter contre quelque chose, alors ne perds pas ton temps.

— J'imagine qu'il ne devait pas être fan de, je ne sais pas, Martin Luther King ou Susan B. Anthony[1].

Carney laisse échapper un petit rire.

— Vous vous comparez avec un leader de lutte pour les droits civiques ?

— Je ne suis pas un héros. Loin de là. Mais nous avons un point commun : nous nous battons tous les deux pour notre gouvernement. Je ne m'en suis pas aperçu avant qu'on se mette à me tirer dessus et à me coller des meurtres sur le dos.

Nous approchons du Lincoln Memorial. Impossible de ne pas aimer « Honest Abe[2] » mais je ne suis pas fan du côté « temple grec ». En même temps, comment ne pas être impressionné ? J'ai bien dû venir ici une cinquantaine de fois et j'ai le frisson chaque fois que je lève les yeux vers lui.

1. Susan B. Anthony (1820-1906), féministe et militante des droits civiques, cofondatrice en 1869 de la National Woman Suffrage Association.

2. « Abe l'intègre », un des surnoms d'Abraham Lincoln.

— Le gouvernement américain ne tue pas ses citoyens, dit Carney. Si quelqu'un essaie de vous éliminer, ce n'est pas nous.

Dans la mesure où il cache un micro, qu'est-ce qu'il peut dire d'autre ?

— Je n'ai jamais eu de liaison avec Diana Hotchkiss, Ben. Si elle a prétendu le contraire, alors elle vous a dit un mensonge, et ce n'est pas le seul.

On tourne à gauche au sud – autour du bassin.

— Pourquoi vous ne me l'avez pas dit plus tôt, directeur ? Toute cette affaire est un terrible malentendu. C'est ma faute. Pardon de vous avoir importuné.

Carney ne s'embarrasse même pas d'un sourire. Il n'est pas d'un naturel que l'on pourrait qualifier de fantasque.

— Vous êtes angoissé, vous êtes paumé. Je ne vous en veux pas. Vous êtes visé par des accusations pénales graves. Votre vie pourrait s'achever très prochainement. Mais vous savez quoi, Ben ? Vous ne mesurez pas la chance que vous avez.

— La chance de savoir que vous aviez une liaison avec Diana.

Il ne relève pas ma remarque. Nous contournons de nouveau le miroir d'eau et marchons vers l'est.

— Vous connaissez bien la Seconde Guerre mondiale, Ben ?

— Pas trop mal, je crois.

J'ai vu *Il faut sauver le soldat Ryan* et aussi cette minisérie signée Tom Hanks pour HBO[1]. Ça compte ?

---

1. *Band of Brothers* (Frères d'armes), série de dix épisodes relatant le destin des hommes de l'Easy Company, de la 101e Division

— Vous avez entendu parler du bombardement de Coventry, en Angleterre, par les nazis ? Beaucoup de gens pensent que Churchill était au courant de ce raid grâce aux messages codés interceptés et décryptés par les services secrets anglais. Vous le saviez, Ben ?

— Je sais que certaines personnes pensent que Churchill était au courant mais qu'il n'a rien fait pour ne pas révéler aux nazis que leur clé de chiffrage avait été cassée. Il a préféré laisser une ville se faire raser pour préserver ce secret et garder l'avantage. Coventry a été sacrifié pour obtenir une victoire plus grande : gagner la guerre.

— Exact. C'est exact, Ben.

— Mais la majorité des gens pensent que ce sont des conneries.

— Peut-être. Peut-être pas.

Je prends alors conscience que je suis en train de discuter avec un gros poisson de la CIA, et qu'il sait sans doute si cette histoire est réelle ou imaginaire.

— Mais je suis sûr que vous voyez où je veux en venir, Ben. Parfois, il faut prendre de la hauteur pour avoir une vue d'ensemble. Viser une victoire plus grande, comme vous l'avez dit.

— OK, mais quel rapport avec Diana ? Ou avec moi ?

Carney s'arrête et me dévisage.

— Tout simplement qu'il y a des choses que j'aimerais vous dire, si je le pouvais, qui clarifieraient

---

aéroportée américaine, depuis le débarquement en Normandie jusqu'à la prise du Nid d'aigle de Hitler.

toute la situation. Mais, pour des raisons de sécurité nationale, je ne peux pas.

— Dans ce cas, je ne vous suis pas… en quoi est-ce que j'ai de la chance ?

Il acquiesce.

— Vous avez de la chance parce que je veux que ça se termine. Par conséquent, je vais vous faire une proposition que vous ne pourrez pas refuser.

63

— Vous allez échapper à tous vos problèmes criminels, dit Carney. Toutes les enquêtes vous concernant seront classées. La mort de Diana : un suicide. La mort de John Liu : un suicide. Votre responsabilité dans la mort de cet inspecteur de police ? Effacée. Cette petite tentative de me faire chanter ? Tout est pardonné, Ben.

Il remue l'index vers moi.

— Vous n'allez pas trouver une meilleure proposition que celle-là.

Je m'efforce de rester de marbre et d'afficher un air sceptique. Mais, je ne peux pas le nier, j'ai prié pour que ce genre de chose m'arrive. L'occasion de récupérer ma vie. D'aller de l'avant. Idem pour Anne Brennan et les parents de Diana. Il n'y a pas que moi dans cette histoire.

— Et les types qui essaient de me tuer ?

Il me scrute longuement. Je jurerais déceler un sourire mais c'est peut-être une illusion d'optique. Si on fixe un mur assez longtemps, on croirait le voir bouger.

— Je vous l'ai dit, Ben : le gouvernement n'a rien à voir avec ça.

— Bien sûr.

— Mais peut-être que nous savons de qui il s'agit. Et peut-être que nous pouvons trouver un moyen de régler aussi ce problème.

Impossible de garder plus longtemps mon air imperturbable. Je ne suis pas comme Carney, programmé pour ça. Je me remets en marche le long du miroir d'eau, côté sud, en direction du Washington Monument. La sueur goutte dans mes yeux, glisse sur ma joue. Carney sait que je suis en terrain inconnu, à présent. Dépassé, totalement dépassé.

— Et pour obtenir tout cela – l'immunité contre les poursuites judiciaires comme contre les attaques à la mitrailleuse –, qu'est-ce que je dois faire ?

— Rien, Ben. Littéralement : rien. Plus de questions. Plus d'enquête. Vous oubliez cette histoire, purement et simplement. Du point de vue de la sécurité nationale, c'est la meilleure chose à faire. Et, dans la foulée, vous vous sauvez la vie. Tout le monde en sort gagnant.

Bizarrement, je ne me sens pas tout à fait dans la peau d'un gagnant, pour l'instant. J'hésite sur la marche à suivre. Tous mes instincts me hurlent d'accepter ce marché, de dire immédiatement « oui ». C'est ce qu'Anne veut. C'est ce que George Hotchkiss veut. C'est…

C'est ce que je veux.

— Vous allez dire oui, m'annonce Carney.

— Hein ?

— Oui, Ben. Pour plusieurs raisons. D'abord, si vous publiez cet article bidon, vous allez ruiner la réputation de votre site d'info. Je vous attaquerai en justice et je gagnerai. Car vous et moi savons parfaitement que Diana n'a jamais été ma maîtresse. Ensuite, même si vous reprenez vos recherches, et en imaginant que vous tombiez sur quelque chose qui vaille le coup d'être publié, tout ce que vous réussirez à faire, c'est rendre ce pays moins sûr en révélant certains avantages stratégiques que nous avons acquis contre nos ennemis. En *supposant*, bien sûr, que vous ayez réussi à éviter la prison et que vous ne soyez pas poursuivi pour double meurtre. Et en supposant *aussi* que vous soyez parvenu à rester en vie, ce qui, si j'ai bien compris, relève d'un espoir très ténu.

Nous marchons un moment et j'essaie de déchiffrer tout ce que ce type me raconte. Ç'aurait été bien que je puisse enregistrer cette conversation pour la réécouter plus tard.

Raison pour laquelle je suis content d'être en train d'enregistrer cette conversation : je pourrai la réécouter plus tard.

— Diana est-elle encore en vie ?

Carney sourit.

— Ce n'est pas dans notre marché. Notre marché stipule que vous arrêtez de poser des questions.

— Qui a tué John Liu ?

— Eh bien, vous, Ben.

— Et l'opération Delano, c'est quoi ?

Il réprime un rire.

— Ça suffit, Ben. J'ai besoin de votre réponse. Ici, maintenant. Est-ce que vous passez les derniers jours de votre existence à vous battre contre des moulins à vent, ou est-ce que vous récupérez votre vie d'avant ?

Je m'écarte de lui pour m'accorder un instant de réflexion. Mon regard se porte vers l'extrémité ouest du National Mall. C'est devant le Lincoln Memorial que Martin Luther King a prononcé son célèbre « J'ai fait un rêve… ». Les manifestations contre les guerres au Vietnam et en Irak, les marches pour défendre les droits des femmes et des travailleurs – toutes se sont déroulées sur le Mall. Chaque mémorial, ici, rend hommage aux esprits courageux qui ont lutté contre les forces du Mal – visibles ou invisibles – pour contribuer à rendre notre pays et notre monde meilleurs.

Je ne suis pas un héros. Je ne l'ai jamais été. J'ai mené une existence prudente et protégée. Pourquoi vouloir en changer ? Surtout que Carney a raison : persévérer dans la voie actuelle ne mènerait qu'à deux choses, m'envoyer en prison ou me faire tuer.

— J'ai besoin d'une réponse tout de suite, insiste le directeur adjoint. Allons, Ben. Vous savez qu'il n'y a qu'une réponse possible.

— Vous pouvez attendre vingt-quatre heures, dis-je. Ne m'appelez pas. Je vous appelle.

64

L'air est doux, ce soir, comme si Mère Nature nous accordait un bref répit après cette chaleur étouffante. Idaho Avenue Northwest est fermée à la circulation de Macomb Street à Newark Street Northwest. Le soleil s'est couché et l'obscurité est trouée par la lumière de centaines de bougies tenues par des officiers en uniforme d'apparat, des femmes et même des enfants rassemblés pour rendre hommage à leur collègue disparu, l'inspecteur Ellis Montgomery Burk.

Il y aura une cérémonie funéraire privée un peu plus tard dans la semaine, comme l'ont souhaité Delores, la veuve d'Ellis, et leurs filles Jody et Shannon. Ce soir, c'est une veillée publique.

Une estrade a été dressée juste devant le Central de la police. Un pasteur a pris la parole. Suivi du commandant du Deuxième District. Puis une chorale d'église a interprété une version émouvante d'*Amazing Grace.*

Ensuite, le silence se fait et la voix de Delores Burk résonne.

— Ellis aimait son travail. Il aimait tout ce qu'il représentait. Il aimait résoudre des problèmes ; il aimait aider les gens. Mais, par-dessus tout, il vous aimait tous. Il vous considérait comme des membres de sa famille, chacun d'entre vous. Il aurait été heureux de vous voir réunis ici ce soir. Comme je le suis. Mon mari avait une expression simple : « Il faut avoir la force de faire les choses bien. » Une phrase qui lui ressemblait, pour ceux qui le connaissent. Pour lui, tout se rapportait à ça : « Faire les choses bien. » Dans le monde, il y a le bien, il y a le mal, et Ellis a toujours su où se trouvait la ligne de séparation. Il ne l'a jamais franchie. En tant que membre du Metropolitan Police Department, il s'en était fait un devoir. Un devoir comme père et comme mari. Un devoir comme homme.

Je me tiens de l'autre côté de la barricade. Ce ne serait pas une bonne idée que je la franchisse et que je me fraye un chemin parmi la foule. Pas parce que je pourrais être reconnu et arrêté – bien que ce soit une éventualité très nette – mais parce que cela risquerait de parasiter cette veillée. Et Ellis mérite cet hommage.

Je suis responsable de la mort de cet homme. J'ai fait appel à lui quand je n'avais plus d'autre choix. Et il m'a aidé bien que mon affaire se situe hors de sa juridiction. Il m'a aidé parce qu'il pensait que c'était la bonne chose à faire.

Delores Burk a raison : le bien et le mal existent. Comme le noir et le blanc. Washington est une ville qui vit dans un gris moyen. Ce n'est pas une raison pour que je l'imite.

Je dois bien ça à Ellis. C'est moi qui l'ai entraîné dans cette bataille, je dois à tout prix tirer cette affaire au clair. S'il se révèle qu'il est mort pour une noble cause, sa famille a le droit d'en être informée. Tout comme elle a le droit de savoir s'il est mort à cause d'une minable magouille du gouvernement.

Une fois la cérémonie terminée, je prends la 39th Street Northwest puis Massachusetts Avenue Northwest vers le sud. Une nouvelle longue nuit m'attend dans un nouvel hôtel. L'espace d'un instant, j'ai vraiment cru que ma cavale allait toucher à son terme.

— Monsieur Carney, dis-je dans mon téléphone. Je refuse votre marché. Je vais élucider cette affaire, et tant pis si j'y perds la vie. Alors attachez votre ceinture, Craig. À partir de maintenant, c'est le grand huit !

65

J'ai besoin de tuer le temps avant ma prochaine halte. Je trouve un bar sur la 15th Street Northwest et me réconforte avec une bière en regardant CNN à la télé au-dessus du comptoir. Le volume est coupé mais les titres défilants m'apprennent que les Russes détiennent un prisonnier présenté comme un espion de la république voisine de Géorgie et ont déposé une protestation officielle. Un conflit armé a opposé Russes et Géorgiens en 2008 et, apparemment, on redoute que les braises se rallument.

En règle générale, je préfère la paix à la guerre mais je me dis que si une nouvelle guerre éclate là-bas, les Russes rappelleront peut-être les types armés de mitrailleuses qui me courent après. On peut toujours rêver.

À minuit, je rejoins rapidement à pied le carrefour entre la 15th Street et Caroline Street Northwest. Anne Brennan habite au rez-de-chaussée d'un immeuble en brique à deux étages. Les lumières sont allumées : j'imagine qu'elle est réveillée.

Je commence par inspecter les environs. Je ne pense pas être suivi pour le moment mais ils surveillent peut-être le domicile d'Anne, espérant m'y trouver. Je me jette peut-être dans la gueule du loup.

Mais impossible d'en avoir le cœur net. Je ne distingue personne dans les voitures garées le long de la rue et les passants alentour paraissent tous se diriger dans d'autres directions. Aucun ne porte de pancartes indiquant « Surveillance » ou « Méchant », c'est toujours ça de pris. Maintenant, si quelqu'un est embusqué devant l'immeuble d'Anne Brennan, je n'ai aucun moyen de le savoir. Et je dois parler à Anne en face à face. Donc, je dois prendre le risque.

Pour autant, je ne suis pas obligé d'être idiot. Je descends vers Caroline Street, m'éloignant du domicile d'Anne, et décris un large cercle qui m'amène dans la rue de derrière. Là, j'emprunte une allée débouchant à l'arrière de l'immeuble. Le tout me prend vingt minutes mais c'est le prix à payer pour ma tranquillité d'esprit.

Pour accéder au rez-de-chaussée, il faut franchir la clôture de deux mètres cinquante de haut qui entoure la propriété. Je pourrais certainement y grimper si je le voulais, mais je ne le veux pas. Je compose le numéro d'Anne sur un de mes téléphones prépayés.

— Je suis dans l'allée derrière chez vous. Je peux entrer une minute ? S'il n'y a pas de lampe allumée à l'arrière de votre appartement, laissez comme ça. Mieux vaut ne pas attirer l'attention.

Moins de cinq minutes plus tard, elle sort de chez elle et vient m'ouvrir. Elle paraît plus nerveuse que moi. Beaucoup plus mignonne, aussi. Elle porte une veste de pyjama boutonnée trop large qui lui descend jusqu'aux genoux et des sandales.

En entrant dans son appartement par l'arrière, j'aperçois sa chambre pour la première fois et mon cœur s'arrête brièvement de battre. Sa cuisine est petite mais impeccable. Elle me conduit dans sa tanière, là où des inconnus l'ont agressée hier soir.

Elle s'assied sur son canapé en repliant une jambe sous elle et ses grands yeux chocolat me dévisagent. Avec ce haut de pyjama en forme de tente, on dirait plus une ado qu'une jeune trentenaire. Elle a aussi l'air d'une épave, nerveusement parlant. Difficile de le lui reprocher.

— Je serai bref.

Je lui prends la main, qu'elle m'accorde volontiers.

— Anne, je veux que vous quittiez cette ville. Je veux que vous preniez des vacances. L'avion et l'hôtel sont pour moi. Je peux me le permettre, donc pas de discussion.

— Pourquoi vous…

— Parce que je n'ai pas l'intention d'abandonner mon enquête et que je ne veux pas qu'il vous arrive du mal. Je ne sais toujours pas ce qu'il se passe mais je sais que c'est énorme et explosif. Je ne peux pas vous protéger, Anne.

Elle réfléchit un instant puis pose sa main libre sur la mienne.

— Et vous, qui vous protège?

— Ça ira, dis-je avec une confiance que je ne ressens absolument pas. Un journaliste a toujours une boîte à outils prête à servir…

Elle sourit presque en me jaugeant du regard.

— Ce n'est pas très convaincant, Ben. Vous n'êtes pas en sécurité, n'est-ce pas?

— Je ne le suis pas plus en restant assis ici. Je n'ai pas le choix. Vous, si. Vous n'êtes pas mouillée dans cette affaire. Votre unique crime est d'être l'amie de Diana.

Elle baisse les yeux sur nos mains jointes. Je me demande ce que ça signifie pour elle. Je me demande ce que ça signifie pour moi. Je perçois un parfum de lavande et, contre tout jugement raisonnable, je sens que je me rapproche d'elle sur le canapé.

Puis elle se rapproche de moi.

Nous nous rapprochons.

Rien ne se passe comme j'avais prévu.

66

— Ce n'est pas grave de dire « maintenant ça suffit », Ben.

Anne lève les yeux vers moi. Nous sommes si près que je sens sa respiration sur mon menton.

— Quoi que vous pensiez devoir à Diana, vous ne lui devez pas votre vie. Moi non plus, je ne veux pas qu'il vous arrive du mal.

Elle me touche la joue et ma résistance commence à flancher. Non. Mauvaise idée. Tu la mets en danger, Ben. Ta seule présence ici l'expose.

Elle se penche vers moi. Ses lèvres sont douces et humides, délicates et prudentes. C'est le plus tendre baiser que j'aie jamais reçu.

— Mon dieu, vous tremblez, murmure-t-elle.

Faute – contact illégal. Coup franc.

OK, l'action reprend. Ma bouche s'ouvre et nos langues trouvent un terrain d'entente. Ma main se faufile sous sa veste de pyjama et Anne émet un petit halètement qui se mue en un gémissement rauque.

Main dans la surface.

Penalty. Je me prépare pour la… pour le tirer.

Elle lève les bras et je retire sa veste, elle arrache ma chemise et la chaleur de notre désespoir, de notre peur et de notre désir allume un brasier primitif entre nous. Nous ne sommes pas deux êtres humains en danger, mais deux êtres humains qui n'ont plus qu'une chose à quoi se raccrocher : le moment présent, *maintenant.* Elle est agressive, désespérée et vorace. Sa langue envahit ma cavité buccale, ses ongles fouaillent mes cheveux, elle saisit mon index et le fourre dans sa bouche, elle se cambre, lève les jambes et les arrime autour de moi, elle me chuchote à l'oreille *plus fort, plus fort*, elle serre les dents, elle plisse les paupières, elle crie *plus fort, plus fort*…

C'est-mal-c'est-mal-c'est-mal mais je ne peux pas m'arrêter et je ne veux pas m'arrêter, je veux me rappeler que je suis encore en vie, que je peux encore éprouver quelque chose pour quelqu'un, et s'il me reste seulement une poignée d'heures ou de jours en ce bas monde, je veux au moins en profiter un peu avec quelque chose, *quelqu'un* qui me fait du bien, car ce monde peut encore me faire du bien…

— Wow.

Je m'allonge sur le dos et fixe le plafond. Je ne sais pas combien de temps cela a duré, sans doute plus d'une heure. À bout de souffle, nous redescendons des hauteurs et je pense « sexe fugitif », et à cet épisode de *Seinfeld* où George sort avec une prisonnière, et cette relation lui plaît tellement qu'il sabote son audition de libération conditionnelle – comment ai-je pu l'oublier dans mon top 10 ?

— On devrait plus souvent être en danger de mort, commente Anne en posant la tête sur mon torse.

— Tu étais gymnaste ou quelque chose dans le genre, avant ?

Ça lui plaît. Ses cheveux chatouillent mon ventre. Mes membres sont des élastiques usés. Ma tête un nuage brumeux. Je ne me suis jamais senti aussi bien.

Interruption de programme le temps d'un petit retour à la réalité : nos vies sont *vraiment* en danger.

— Ça ne change rien, dis-je à mi-voix. Il faut que tu partes. Tu n'es pas en sécurité ici.

Elle change de position et, le menton appuyé sur mon torse, me regarde droit dans les yeux.

— Je ne vais nulle part. Si tu continues, moi aussi. Alors, mon bonhomme, accroche-toi…

67

Je passe la nuit chez Anne pour veiller sur elle. Assurer sa protection. Pas d'autre raison. Après tout, il y a des méchants qui rôdent, pas vrai? Et même, je devrais revenir ce soir pour vérifier qu'elle est toujours en sécurité.

En attendant, je pars. Mes mollets, mes triceps, mes abdos et ma nuque sont des blocs de douleur indescriptible. Apparemment, je manque d'exercice. Dans le feu de l'action, cette nuit, j'ai oublié combien ma jambe me faisait mal après ma récente cascade en Triumph. Par chance, le matin se charge de me rafraîchir la mémoire.

Dans le sac de sport que je me trimballe depuis plusieurs jours, j'ai pris soin d'ajouter à mon ordinateur et à quelques vêtements et articles de toilette toute une collection de casquettes de baseball qui me permettent de tromper la vigilance de quiconque me suivrait dans la rue.

Mais je ne suis pas dupe : je sais qu'ils finiront par me coincer. Washington, ce n'est pas Manhattan. Il leur suffirait de se poster à différents points stratégiques, sans avoir besoin de bouger d'un pouce, pour que je leur tombe dessus tôt ou tard. Alors, je baisse la tête, je mets ma casquette et j'espère pouvoir découvrir la vérité avant qu'ils me trouvent.

En attendant, je dois trouver ce que je suis censé découvrir.

Tout en redescendant T Street Northwest, j'appelle ma fidèle Kendra Tierney, qui dirige pour ainsi dire le *Capitol Beat* en mon absence.

— Du nouveau sur le disque dur de John Liu ?

— Ils sont toujours dessus, Ben. Je leur ai dit que c'était hyper urgent mais cet ordinateur était complètement bousillé. Tu as fait quoi, tu l'as fracassé par terre ?

Quelque chose comme ça.

— Autre chose, Ben. Un type est passé, il te cherchait. Du genre qui en impose.

— Il portait des lunettes de soleil, un imper et il se déplaçait en rasant les murs ?

— Rien de tout ça. Il s'appelle… je l'ai noté… Sean Patrick Riley.

— Sean Patrick Riley ? C'est quoi, ça ? Pakistanais ? Somalien ?

— Vénézuélien, je dirais.

— OK, Sean Patrick Riley. Et qu'est-ce qu'il a dit, l'Irlandais ?

— Qu'il est détective privé.

— Et sur quoi il enquête, le privé ?

— Eh bien, apparemment c'est privé. Dis donc, tu as l'air de bonne humeur, Ben. Tu as tiré ton coup cette nuit, ou quelque chose dans le genre ?

Elle a raison. Quand je marchais ce matin, j'ai remarqué un sautillement inhabituel. Peut-être que l'horizon se dégage. Peut-être aussi que je n'avais plus couché avec une fille depuis très longtemps.

— Tu l'as senti comment, ce type ? Je veux dire, il avait l'air bizarre ?

— Un détective privé, bizarre ?

— OK, je veux dire : plus bizarre que la moyenne des détectives ? Est-ce que tu as eu l'impression qu'il avait plus envie de me mettre une balle dans le crâne que de me poser des questions ?

— Non, pas de vibrations *tueur.* Chauvin, peut-être. Connard, sûrement. Mais pas tueur. Je crois qu'il cherche une personne disparue.

Une personne disparue.

J'arrive sur Vermont Avenue. Au carrefour, un attroupement. Je reste à l'écart – mieux vaut ne pas trop se fondre dans une masse de gens que je ne connais pas.

— Tant qu'il n'a pas l'intention de me tuer, je veux bien lui parler. Donne-moi son numéro.

68

Je vois Sean Patrick Riley assis près de la vitrine du café avant qu'il me voie. Pas trop dur de repérer un type en costume à motifs de harpe celtique en train de mâcher des trèfles à trois feuilles.

Bon, d'accord : un type d'âge moyen à l'épaisse tignasse blonde, au visage buriné, au nez d'ivrogne, portant une chemise à col boutonné et un jean. Pas de trèfles à trois feuilles, même si je suis sûr que c'est délicieux ; cet après-midi, ce sera un petit cappuccino.

Ouais, ma bonne humeur de type qui a passé la nuit à baiser ne m'a pas encore quitté.

Nous nous serrons la main.

— Jolie monture, dit-il.

Et voilà : ma bonne humeur s'envole. En temps normal, je prendrais sa remarque comme un compliment car, en temps normal, elle s'adresserait à ma Triumph qui, *c'est vrai*, est une jolie monture. Mais ma Triumph est dans un garage d'Adams Morgan[1]. Ma monture du moment est un VTT

1. Quartier de Washington.

Rockhopper d'occasion loué chez City Bikes. Plus adapté aux chemins de terre qu'aux rues de la ville mais, qui sait, il me sera peut-être utile un jour pour des acrobaties du genre virage à l'arrache en terrain accidenté…

Quoi qu'il en soit, je n'en suis pas vraiment content. Ma moto me manque. Mais avec la Triumph, impossible de passer inaperçu. Avec le Rockhopper, plus un casque et un coupe-vent fluo, je ressemble plus à un de ces coursiers qui sillonnent la capitale, risquant leur vie et leurs membres en slalomant entre les voitures.

— Vous êtes le Ben Casper qui dirige ce journal ?

— C'est moi.

À voir ma dégaine, il doit penser que je suis le *livreur* de journaux.

— Et je suis pressé.

Il ne relève pas. Je le soupçonne d'être un ancien flic et, à sa façon de parler, un flic de Chicago. Si je me rappelle bien, il y a quelques Irlandais dans la police, là-bas[1].

« Ils vous expédient un mec à l'hosto, vous leur en expédiez un à la morgue ! » Sean Connery est peut-être écossais mais, dans *Les Incorruptibles*, il est mortel dans le rôle du flic irlandais. Mortel.

— J'ai été engagé par les Jacobs, une famille de la banlieue de Chicago. Leur fille Nina a disparu il y a un peu plus d'une semaine.

Nina… Jacobs. Je connais ce…

---

1. Chicago abrite l'une des plus importantes communautés irlandaises d'Amérique du Nord.

— Une amie de Diana, dis-je d'un coup.

J'ai rencontré Diana dans un club. Elle était aussi grande, même silhouette élancée, bien dessinée. Mais pas blonde comme Diana : Nina était bru…

Oh, merde. Nina était brune.

Et je parie qu'elle n'avait pas de papillon tatoué sur la cheville gauche.

— Diana… Hotchkiss, c'est ça? demande Riley en feuilletant un calepin.

Je respire profondément et revois Nina. Une belle fille, en soi, sans les traits parfaits du visage de Diana mais attirante quand même. Un peu plus jeune que Diana. De près, impossible de les confondre mais de loin, on pourrait avoir du mal à les distinguer l'une de l'autre. Surtout si Nina porte les vêtements de Diana.

Et surtout si, un mois auparavant, Diana s'est teint les cheveux de la même couleur que ceux de son amie.

Je me rappelle ce soir au club. Je m'étais fait la réflexion que Nina prenait Diana comme modèle, qu'elle la copiait. Quelle ironie, rétrospectivement.

Sean Patrick Riley cherche une femme qui est morte.

— En ce moment, je m'occupe des connaissances lointaines. J'ai interrogé tous ses amis proches et je suis dans l'impasse. Comme elle avait votre carte de visite dans son Rolodex… Je me demandais si vous n'auriez pas en tête quelque chose qui pourrait me servir? Une idée, même, de ce qui a pu lui arriver?

Ses parents doivent être à l'agonie en ce moment. Je les aiderai à ce que justice soit faite pour leur fille.

Je ne lâcherai pas cette affaire. Je leur raconterai tout ce qui lui est arrivé.

Mais pas tout de suite.

— Dites-moi ce que vous avez déjà découvert, pour commencer. Peut-être que ça me rappellera quelque chose.

69

— Une semaine avant sa disparition, commence Sean Patrick Riley, Nina Jacobs a demandé à la poste de ne pas distribuer son courrier pendant sept jours, et elle a prévenu le service abonnés du *Washington Post* de ne pas lui livrer son journal pendant la même période. Elle a aussi branché les lampes de son domicile sur des minuteries. Pourquoi faire un truc pareil ? Parce que vous partez en vacances pendant une semaine. Du coup, vous ne voulez pas que le courrier s'empile devant votre porte et vous allumez vos lampes pour simuler une présence qui dissuadera les cambrioleurs. Sauf que Nina n'est pas partie en vacances. Elle était présente tous les jours à son travail – elle bosse pour Public Face, une agence de relations publiques sur la 17th Street. Donc, elle était bien en ville mais elle habitait à une autre adresse.

— Elle surveillait peut-être l'appart d'une amie ?

— Effectivement. C'est le meilleur scénario. Mais je ne sais pas qui. Elle a trois ou quatre amies proches avec qui elle passe l'essentiel de son temps libre. Je leur ai parlé à toutes. Elles étaient chez elles toute la semaine, Nina ne surveillait pas leur domicile. Enfin, quand je dis que je leur ai parlé à toutes… sauf à Diana Hotchkiss. Je ne sais pas si vous en avez entendu parler ? Elle est morte.

— J'ai appris, oui. Vous travaillez avec la police d'ici ?

Il grogne.

— Les Feds ! Ils ont raflé l'affaire aux flics du coin. Autant dire que, pour ce qui est de coopérer, je récupère tout un tas de rien du tout.

Je ne sais pas quoi penser de ça. Nina Jacobs a été piégée. Piégée pour jouer le rôle de Diana Hotchkiss : vivre chez elle, porter ses vêtements pour finir balancée de son balcon. Mais piégée par qui ?

Diana ? Diana aurait été capable d'un truc pareil ?

— Quelles amies de Nina vous avez interrogées ?

— Voyons voir…

Il tourne une page de son calepin.

— Lucy Arangold, Heather Bilandic et Anne Brennan.

— Anne vous a dit quoi ?

Il hausse les épaules.

— La même chose que les autres. Elles ne savent pas si Nina gardait une maison. Elles se sont juste dit qu'elle était partie quelque part. Selon elles, Nina était du genre… impulsif, oui, elles ont utilisé ce mot.

Ce que j'entends continue de m'ébranler. Je n'arrive pas à croire que Diana aurait accepté que son amie Nina soit poussée de son balcon à sa place. La CIA peut-être, ou bien un agent du gouvernement devenu incontrôlable – mais pas Diana.

— J'ai besoin de votre aide. J'ai épuisé toutes mes pistes et vous êtes journaliste. J'aimerais que vous fassiez un grand papier sur cette histoire. Peut-être que quelqu'un le lira et décidera de m'aider ?

— Une minuscule site d'infos comme le *Capitol Beat* ?

Il joue carte sur table.

— Mon histoire n'a pas intéressé le *Post* ou le *Times*, admet-il. Les Feds ont dû les enfumer, même si je n'ai aucune preuve. Bref, comme vous la connaissiez, j'ai pensé que vous accepteriez de me donner un coup de pouce…

— C'est possible.

Il me fixe.

— Ce qui veut dire ?

— Ce qui veut dire que j'ai besoin de vos devoirs. Et qu'à partir de maintenant, monsieur Riley, nous faisons équipe.

70

La traversée de Massachusetts Avenue Northwest prend plus de temps que d'habitude, puisque je suis à vélo. Mais ça fait du bien d'éliminer l'acide lactique de mes muscles encore endoloris par ma nuit d'exercices physiques avec Anne. Le soleil de midi me carbonise sur ma selle mais, tout bien considéré, j'ai connu pires journées.

— OK, Nina Jacobs…, dit Kendra Tierney dans l'écouteur relié à mon téléphone prépayé (le quatrième en une semaine de paranoïa légitime – est-ce un oxymore ? Peut-on vraiment parler de « paranoïa » si elle est légitime ?).

Bref, c'est une bonne chose d'avoir assez d'argent pour collectionner les téléphones et les chambres d'hôtel. Ça me fait penser que je suis à court de liquide. Il faut que je trouve un distributeur, ce qui, pour moi, n'est pas une mince affaire.

Je soupire. Retirer de l'argent implique que je vais être filmé par la caméra de surveillance, je dois donc retirer ma tenue de cycliste, sans quoi ils comprendront que c'est mon camouflage. Ensuite, il va falloir que j'enfile des vêtements normaux, tire de l'argent, puis foute le camp le plus loin possible de l'automate avant que des hélicoptères noirs tombent du ciel – ou quoi que ce soit d'autre – et de remettre ma tenue de cycliste.

Ça commence à me fatiguer. Ils m'épuisent. Je ne sais pas comment Harrison Ford a réussi à tenir le coup dans *Le Fugitif.* Bien sûr, la technologie était très différente ; à l'époque, c'était sans doute beaucoup plus facile de se cacher et de rester caché. Et puis, c'était un film. Moi, ça m'arrive *pour de bon.*

Tommy Lee Jones est fantastique dans ce film et son Oscar est tout à fait mérité mais, franchement, cette année-là, ils auraient dû décerner deux Oscars du meilleur second rôle, car John Malkovich incarne un tueur fabuleux dans *Dans la ligne de mire.* (Oui, je suis d'accord, Ralph Fiennes aussi est formidable dans *La Liste de Schindler* mais Malkovich crève l'écran à chaque apparition.)

(Pourquoi est-ce que je mets mes pensées entre parenthèses ? Et après, ce sera quoi, des notes de bas de page ? Je perds la tête ou quoi ?)

— Donc, je mets l'article à la une, confirme Kendra. Et tu veux une grande photo de Nina Jacobs. Et je cite plusieurs fois le nom de Sean Patrick Riley.

— Avec une photo de lui.

— Pourquoi ça ? Il ne m'a pas plu quand je l'ai vu.

— Ça le rassure. S'ils le coincent en train de fouiner et veulent se débarrasser de lui, il sera plus dur à tuer une fois médiatisé. Il sera plus visible.

— Et tu crois que des gars qui te mitraillent en plein jour dans un carrefour bondé du centre-ville en ont quelque chose à foutre, de la visibilité ?

— Je fais de mon mieux, là, gamine.

Je m'arrête à un carrefour avec Idaho Avenue et la 39th Street Northwest et en profite pour avaler une rasade d'eau de ma gourde.

— Si les journaux commencent à parler de la disparition de Nina, alors ils auront plus de mal à étouffer l'affaire en tuant des gens ou en magouillant.

— Eh bien, pourquoi tu ne t'appliques pas ce raisonnement ? insiste-t-elle. Tu as écrit ce texte sur Diana Hotchkiss, pourquoi tu ne le publies pas pour la même raison ? Comme une assurance-vie ?

Bonne question. J'ai déjà menacé Craig Carey de le faire, d'étaler toute l'affaire sur la page d'accueil de mon site : le lien entre Diana et Carney, le meurtre de John Liu, l'opération Delano, etc. Si je n'ai pas encore pressé la détente, il y a deux bonnes raisons. La première, Kendra la connaît.

— Toi et tes scrupules de journalistes…, gémit-elle.

Oui, c'est presque ça. Je n'ai ni femme ni enfants et je n'en aurai sans doute jamais. Le *Capitol Beat* est mon unique famille. La seule chose que j'aie jamais créée. Si je publie quelque chose que je ne peux pas prouver, je souille ce que j'aime. Je risque des poursuites judiciaires lourdes et la réputation du *Beat* ne s'en remettra pas. On n'est peut-être pas le *Washington Post* mais on est percutants, sans esprit partisan, et on ne craint personne, ce que bien des organes de presse pourraient nous envier. Alors si, un de ces jours, je suis descendu en flammes, je veux être certain que je laisse derrière moi au moins une bonne chose dans le monde. Et ils peuvent toujours publier le papier après ma mort.

Mais il y a aussi une autre raison.

— Je n'ai pas encore été inculpé. Ils n'ont pas lancé de mandat d'arrêt contre moi.

— OK. Et alors ?

— Alors… Carney m'a menacé de le faire, pas vrai ? Apparemment, les Feds contrôlent la situation, le directeur adjoint m'a quasiment promis que, si je refusais son marché, les flics me colleraient dans la minute un mandat d'arrêt. Mais ils n'ont rien fait. Ils temporisent. Alors, pour l'instant, je fais comme eux.

— Ta logique m'échappe, dit Kendra.

— Je pense qu'ils me craignent autant que je les crains. Ni eux ni moi ne voulons tirer en premier parce qu'on sait que la partie adverse va répliquer.

— Comme pendant la guerre froide, entre nous et les Russes. Ils ne nous ont pas balancé leurs missiles nucléaires parce qu'on ne leur a pas balancé les nôtres. Destruction mutuelle assurée.

Malkovich était envoûtant dans *Les Liaisons dangereuses* et hilarant dans le rôle d'ex-agent de la CIA mal embouché dans *Burn After Reading*. À chacun de ses jurons, je hurlais de rire.

Le feu passe au vert. Les voitures reprennent leur route vers le nord. Je me remets en selle et traverse le long carrefour.

— Donc, tu es sûrement tout près d'un truc énorme, commente Kendra.

J'accélère mon pédalage. Je ne suis plus qu'à dix minutes de ma destination.

— Et si j'ai vu juste, je ne vais pas tarder à être encore plus près.

71

Assis sur un banc devant la bibliothèque Bender, j'observe le Quad où j'ai passé quatre ans de ma vie à prendre mon déjeuner, à lancer des frisbees ou à jouer au footbag entre les cours. Le Quad est en quelque sorte le cœur du campus principal de l'American University : une pelouse rectangulaire bordée à une extrémité par la bibliothèque et à l'autre par le Kay Center. Au centre, une esplanade en béton avec des bancs, et tout autour des allées piétonnes. Les autres côtés sont flanqués de bâtiments universitaires. Je ne suis plus revenu ici depuis, oh ça doit remonter à 2008, quand j'ai couvert une manifestation d'étudiants contre le génocide au Darfour. Ils avaient organisé un faux camp de réfugiés et un *die-in*, où tous les manifestants s'allongeaient sur l'herbe pour symboliser l'hécatombe.

Après avoir écouté mon interminable monologue – les aventures de Benjamin Casper depuis deux semaines –, le professeur Bogomolov, assis à côté de moi, pose sa main frêle sur mon épaule.

— Voilà un récit fort troublant, dit-il.

Et il s'y connaît en récits troublants. Andreï Bogomolov est né à Leningrad – la Saint-Pétersbourg soviétique –, où il a étudié la psychiatrie et l'histoire. Mais il voulait vivre libre, en Occident. En 1974, engagé comme psychiatre sur un navire de guerre soviétique, il a plongé au large de la Côte d'Ivoire et a rejoint le rivage à la nage. Poursuivi par le KGB à travers le Ghana, il a été caché par les volontaires du Corps de la Paix américain et, plus tard, exfiltré vers l'ambassade des États-Unis à Accra. Là, il s'est vu accorder l'asile politique. Toute cette affaire a provoqué un bras de fer durant la crise la plus brûlante de la guerre froide (une crise brûlante en pleine guerre froide, c'est possible ?).

Finalement, Andreï est entré à l'American University où il a décroché un PhD en histoire de la Russie. Il n'en est jamais reparti. Depuis, c'est un pilier du département d'Histoire. C'est le genre de profs qui aiment s'asseoir sur le Quad et déjeuner avec les étudiants en profitant du soleil – et dans son cas, je suppose, de la saveur particulière de la liberté.

J'ai suivi ses cours quand j'étais en premier cycle mais, en réalité, je connaissais Andreï depuis mon enfance. Lui et mon père ont été collègues pendant plusieurs décennies. Andreï venait souvent dîner à la maison, toujours avec un petit cadeau, en général une pièce de monnaie russe avec une histoire particulière.

Après la mort de maman, il s'est montré particulièrement gentil avec moi. Je me rappelle ses récits des hivers impitoyables en URSS, les crampes dont la faim nouait son estomac, l'impression qu'il n'avait pas sa propre destinée en main, et comme il avait réussi à traverser ses épreuves grâce à sa foi en Dieu. *Si tu crois en toi et en Dieu, Benjamin, tu peux supporter n'importe quelle souffrance*, avait-il coutume de me dire.

Je n'ai pas parlé à Andreï depuis des années, sans doute depuis l'enterrement de mon père, mais je me souviens de lui comme d'un homme de discernement. Après avoir expérimenté ce qu'il avait expérimenté, j'imagine que la plupart des choses lui semblaient bien pâles en comparaison.

— Un récit *fort* troublant, répète-t-il.

— L'opération Delano, Andreï.

Il acquiesce. Il a deviné que j'allais lui en parler et sa réaction me laisse penser que j'ai frappé à la bonne porte. Depuis que j'ai entendu cette expression et que j'ai appris l'existence d'Alexander Kutuzov, je pense aux Russes. Et si quelqu'un s'y connaît sur ce sujet, c'est Andreï.

— Très bien, finit-il par dire. Opération Delano, donc.

72

— Marchons un peu, dit Andreï. Il paraît que c'est bon pour ce que j'ai.

Je ne saisis pas l'allusion et je voudrais l'interroger, mais pas tout de suite. Andreï a toujours été un homme peu disert, une discrétion certainement cultivée de longue date par quelqu'un qui, dès l'enfance, prévoyait déjà de passer à l'Ouest mais devait composer avec le système soviétique en attendant le bon moment. S'il veut m'expliquer de quoi il souffre, il me le dira.

Andreï arrache du banc sa petite carcasse rabougrie. Il fourre ses mains dans ses poches de pantalon – complétant ainsi l'allure professorale que lui confère sa veste en tweed – et indique d'un mouvement de tête la statue en bois d'un aigle qui décore le jardin juste derrière nous.

— J'adore cet oiseau. Tu sais pourquoi, Benjamin ?

L'aigle a été sculpté dans le bois d'un arbre centenaire du Quad qu'on a dû abattre. Ce sont des étudiants qui l'ont réalisé pour l'offrir à l'université. Je hasarde une réponse :

— Parce que c'est l'emblème de notre pays ?

Il parvient à sourire. Andreï m'attendait sur ce banc quand je suis arrivé et, à le voir debout, luttant pour se tenir sur ses deux jambes, je suis frappé par son aspect maladif.

— Parce qu'une belle chose est née d'une chose mourante.

Je le laisse ouvrir la voie. Nous suivons le périmètre du Quad, passé le Graydon Center. Je me rappelle les réunions hebdomadaires des Jeunes Démocrates à cet endroit. Je n'étais pas démocrate, pas plus que républicain d'ailleurs. J'étais entré dans ce groupe pour la même raison que la plupart des étudiants rallient d'autres groupes : parce que j'y avais repéré une jolie fille. J'ai couru après Cassandra Richley pendant deux ans. Ça valait le coup d'attendre.

— Yalta a été une époque de grande incertitude.

Il parle de la conférence de Yalta où Staline, Roosevelt et Churchill se sont partagé le butin de la guerre après la débâcle nazie.

— Bien sûr, tu l'as étudiée…

— Bien sûr.

— Staline était en position de force dans la négociation. Il occupait déjà la plupart des pays qu'il voulait rattacher au bloc soviétique et ses troupes étaient deux fois plus nombreuses que celles des Alliés. Pourtant, il ne savait toujours pas si Roosevelt lui faisait confiance. Il était à peu près sûr que Churchill se méfiait de lui. Il cherchait un moyen de faire pression sur les négociations.

Je m'arrête. Andreï ne s'en aperçoit pas tout de suite, puis s'arrête à son tour et me fait face.

— Qu'est-ce que vous voulez dire, Andreï? Que l'opération Delano était une tentative de faire pression sur Roosevelt?

Ses yeux lourds et fatigués se lèvent vers les miens.

— Rien de tout cela n'a été prouvé. Ce ne sont que des rumeurs.

— Alors parlez-moi de ces rumeurs, Andreï.

Il détache son regard du mien et contemple un point au loin. Je me rappelle qu'il avait souvent cette attitude. À l'époque, il se dégageait de lui une force tranquille. Épaules en arrière, large torse, menton arrogant. Aujourd'hui, il est fragile, ses épaules sont rentrées, sa silhouette voûtée, sa peau flasque semble mal ajustée à son visage usé, quelques mèches de cheveux blancs couvrent son crâne. Mais ces yeux, ce regard vitreux, n'ont pas changé. Personne sans doute ne saura jamais ce que contient ce regard. Des souvenirs, je suppose. Le souvenir de choses qu'il vaut mieux oublier.

— Selon la rumeur, l'opération Delano est le nom donné à la tentative de chantage par les Soviétiques du président des États-Unis.

73

— Il y a toujours eu des rumeurs à propos de Roosevelt, poursuit Andreï. Certaines sont même devenues des faits à force d'être imprimées mais, pour moi, elles restent des rumeurs. Bien sûr, Roosevelt était un homme de privilèges. Ce genre d'hommes… a tendance à ne pas considérer les liens sacrés du mariage avec toute la solennité requise.

J'ai lu ça quelque part. Mon père a écrit sur Roosevelt, qui passait pour avoir eu pendant des années une liaison avec la secrétaire de sa femme Eleanor. Quand Eleanor s'en est aperçue, elle a proposé le divorce à son mari. Il a rompu avec sa maîtresse, mais leur liaison a repris lors de sa dernière mandature. Il y eut une autre femme, aussi, selon la rumeur : la propre secrétaire du président. Andreï a raison : réelles ou inventées, ces informations ont toutes été rendues publiques depuis.

Mais pas à l'époque, après la fin de la Seconde Guerre mondiale.

— Staline voulait faire chanter Roosevelt à propos de ses aventures extraconjugales ?

Nous reprenons notre promenade, passons devant le Battelle-Tompkins où se déroulaient la plupart de mes cours de premier cycle. Nous nous déplaçons lentement. Andreï a de toute évidence des difficultés à marcher.

Il agite la main.

— Cette opération Delano est peut-être une pure fiction, un racontar de bonne femme… Tout ce que je peux dire avec certitude c'est que, si Staline est revenu grand gagnant de Yalta parce qu'il a fait chanter Roosevelt, jamais personne n'en a parlé. Et beaucoup de choses ont été dites, et écrites, sur Yalta.

Paroles dignes d'un professeur, qui ne se risque pas à la moindre déclaration si elle n'est pas soigneusement étayée. Pour l'instant, il a multiplié les précautions oratoires – rien de tout cela n'a été établi comme un fait avéré – mais ça ne signifie pas qu'il n'y croit pas.

— Je dois m'asseoir, dit Andreï.

Il trouve un banc sur l'esplanade du Kay Center.

— Pardonne un vieillard fatigué…

Je m'assieds à côté de lui.

— Je vous pardonne, mon vieil ami. Est-ce que ça signifie que les Russes essaient de faire chanter le président Francis ?

Andreï reprend son souffle pendant une minute. Il tousse péniblement, s'excuse. Il ne va pas bien, pas bien du tout.

— Je ne peux en aucune manière dire une chose pareille. Je ne sais rien de ce président-ci.

Moi non plus, mais je le surveille sans doute de beaucoup plus près qu'Andreï. Blake Francis et

Libby Rose Francis sont à peu près aussi compatibles que le pape et Paris Hilton. Leur mariage m'a toujours eu l'air d'un échange de bons procédés. Le président, infidèle à Libby ? Ce n'est vraiment pas dur à avaler.

— Mais vous connaissez *bien* les Russes. Pourquoi ils voudraient faire chanter Blake Francis ?

Andreï laisse échapper un petit gloussement que je prends d'abord pour une toux.

— Pourquoi ne le *voudraient-ils* pas ? suggère-t-il. Contrôler le chef du monde libre…

Certes. Il a sans doute raison.

— Mais tu as vu juste, Benjamin : ce genre de manœuvre n'est pas envisageable sur le long terme. Même un président en position de faiblesse ne peut se permettre de laisser une puissance étrangère le contrôler à sa guise. Il y a forcément des limites.

— Alors, ce serait juste sur… le court terme ?

Il penche la tête sur le côté. Je brûle.

— Quelle serait cette manœuvre à court terme ? Qu'est-ce que les Russes essaient de faire ?

74

Mon ancien professeur me regarde comme si nous avions repris nos anciens rôles : moi étudiant de premier cycle, lui en train de me faire cours.

— Les Russes font-ils chanter notre président ? Est-ce qu'ils essayent ? Je n'en ai pas la moindre idée. Mais j'ai une assez bonne intuition de leur fonctionnement. Supposons donc qu'il y a bien chantage.

Il ouvre les mains.

— Quelle est *la* chose que la Russie veut par-dessus tout ?

Je hausse les épaules.

— Le pétrole ? L'énergie ?

Andreï me dévisage, impassible. Je me sens dans un épisode de cette vieille série, *Kung Fu*, avec Andreï en Maître Po et moi incarnant le personnage de David Carradine. *Tu me déçois, scarabée. Pourtant ce n'est pas moi qui suis dans l'erreur. C'est toi. Regarde en toi, scarabée.*

— La terre.

— La terre, confirme-t-il.

C'est bien, scarabée.

— Et si les Russes voulaient une terre, où la chercheraient-ils ?

Andreï agite son index dans ma direction.

— L'Histoire est le meilleur professeur, Benjamin.

— L'Afghanistan.

Mais je sais tout de suite que je me trompe. Ce qui était vrai dans les années 1970 et 1980 ne l'est plus de nos jours. Depuis l'implosion de l'Union soviétique, plusieurs pays indépendants séparent désormais la Russie de l'Afghanistan : le Kazakhstan, l'Ouzbékistan, le Turkménistan aussi, je crois, ainsi que d'autres noms difficiles à prononcer.

— L'histoire plus récente, Benjamin.

Oh, oui. Bien sûr.

— La Géorgie.

Pendant des années, la Russie a soutenu les mouvements indépendantistes dans diverses républiques de Géorgie. En 2008, un conflit armé a opposé la Géorgie et deux de ses républiques dissidentes en Ossétie du Sud. Pour les observateurs, les deux véritables adversaires étaient la Russie et la Géorgie.

Comme j'ai vite oublié ce que j'ai vu hier soir sur CNN, avant de débarquer chez Anne et de sombrer dans la lubricité la plus délirante !

— Hier à Moscou, les Russes ont arrêté un espion géorgien.

Andreï acquiesce.

— Soi-disant. Comme par hasard. Prochaine étape : un attentat terroriste dans une grande ville russe attribué aux Géorgiens.

Ah. Donc, les Russes préparent le terrain pour une guerre contre la Géorgie.

— Si la Russie voulait vraiment prendre la Géorgie, Benjamin, est-ce que ce serait difficile ?

— Militairement ? Non.

— Et diplomatiquement, Benjamin ?

— Diplomatiquement, oui. La Géorgie s'est rapprochée de l'OTAN.

— Ce qui pose un problème, reconnaît-il. Maintenant dites-moi, Benjamin : l'opinion publique américaine risque-t-elle de s'émouvoir si la Russie envahit la Géorgie et l'annexe ?

Je soupire.

— Eh bien, ceux d'entre nous qui ont un peu de bouteille reverront des images de l'ancienne Union soviétique. Mais, ces derniers temps, notre armée est plutôt en sous-effectif…

— Certes.

— … et nous avons probablement d'autres soucis plus importants.

— Probablement.

Il hoche lentement la tête.

— Mais est-ce une certitude ? Les Russes peuvent-ils anticiper avec *certitude* notre réaction ? Rappelle-toi, Benjamin, l'OTAN joue un rôle dans cette partie. Le président américain pourrait être incité à s'opposer à cette agression. Pas nécessairement par la force, mais par le biais de sanctions, au minimum…

— Donc, les Russes veulent se garder sous le coude des moyens de pression.

— Tout à fait. Si les États-Unis se contentent de prendre acte de cette agression, qui osera défier la Russie ?

— Personne.

— Personne d'important, en tout cas. Donc, si les Russes ont les moyens de compromettre le président américain, ils peuvent mener à bien leur plan.

Les Russes découvrent les infidélités du président Francis. Ils parviennent à réunir des preuves. Puis ils ont une petite conversation avec lui. Ils lui proposent un marché : restez muet pendant que nous envahissons la Géorgie et nous resterons muets sur les photos que nous détenons ; résistez-nous et vous vous retrouverez empêtré dans un scandale qui pourrait vous coûter votre réélection.

Wow. Audacieux. À l'image des Russes.

Je réfléchis pendant un moment.

— Vous pensez que la Russie pourrait faire tout ça juste pour prendre le contrôle d'un petit pays frontalier ?

Andreï me scrute. De nouveau, son expression est impassible, avant qu'un petit rire jaillisse de ses lèvres.

— Bien sûr que non ! L'Histoire, Benjamin, l'Histoire.

Je lève les mains.

— Aidez-moi, Andreï ! Ma semaine a été longue…

— Tu es tout excusé, mon ami.

Il me tapote le genou.

— La Géorgie ne sera sûrement qu'un ballon d'essai pour tester la réaction internationale. Et quel exemple la réaction de l'Amérique peut constituer. Ce sera certainement le début, pas la fin.

Ma tête retombe sur mes épaules. Le ciel s'assombrit, promesse de pluie.

— Rassurez-moi, Andreï : vous n'êtes pas en train de me dire ce que je pense que vous me dites ?

— Je le regrette mais si. Oh, Benjamin, je n'ai presque aucun doute : les Russes ont décidé de reformer l'ancien bloc soviétique, pays par pays.

75

Je quitte le campus à vélo, submergé par l'adrénaline. Je dois trouver un distributeur de billets mais je ne cherche même pas, je pédale tandis que mes pensées explosent dans toutes les directions. Les questions fusent en circonvolutions vertigineuses…

Mais, au moins, j'ai l'image globale. Enfin. Les Russes ont épousseté leur vieux manuel de l'ère stalinienne, ils ont même baptisé leur opération du même nom – ce sont de grands sentimentaux. « Opération Delano » ou le plan russe pour faire chanter le président Blake Francis afin qu'il s'aplatisse quand la Russie se mettra à envahir ses voisins. Première phase de la manœuvre : l'invasion de la république de Géorgie. Mais alors… le chantage a-t-il déjà commencé ? Leur plan fonctionne ? Ou sont-ils encore dans les préparatifs ? Manifestement, notre gouvernement est au courant. Alors que se passe-t-il en ce moment ? Le président va-t-il laisser tout cela se dérouler ? Et quelle place occupe Diana dans le stratagème ? Je l'ai prise pour un agent de la CIA. Donc… quoi ? Elle essayait de les arrêter et… mais pourquoi quelqu'un simulerait-elle sa mort et…

Oh.

Oh, merde.

Je freine si brusquement que mon VTT dérape. Je manque passer par-dessus le guidon.

Non. Non, ce n'est pas possible.

Toutes ces soirées passées à la Maison Blanche en tant qu'assistante de Craig Carney, le plus proche soutien du président. Une manœuvre de chantage. Et maintenant, le gouvernement américain veut à tout prix faire croire à sa mort. Autrement dit, Diana est un fardeau.

Alors, ce serait vrai ?

Diana serait la maîtresse du président ?

76

J'ai de quoi me triturer les méninges mais chaque chose en son temps. Priorité du moment : le fric.

Après avoir mis une distance considérable entre le campus et moi, je repère un distributeur à l'angle de Columbia Road et d'Euclid Street Northwest. Je dois en passer par ma routine obligatoire : j'entre dans les toilettes d'un Burger King, en ressors en tenue normale – chemise à col boutonné et jean – et m'approche du distributeur en ayant pris soin de garer le Rockhopper plus loin pour que la caméra de surveillance ne le repère pas. Les Russes ou la CIA cherchent un Ben Casper en vêtements civils pilotant une fabuleuse moto. Aucune raison de leur montrer que je porte une tenue de vététiste et que je me déplace à vélo.

Si Diana est la maîtresse du président, alors que lui est-il arrivé sur le balcon l'autre nuit ? Le gouvernement américain a-t-il simulé sa mort afin de court-circuiter le chantage ? Par conséquent, notre gouvernement aurait-il assassiné Nina Jacobs ? Il y a tellement de permutations possibles. Mais au moins, je me rapproche. Gaffe, monsieur Carney, j'arrive.

Au distributeur, tout en évitant de croiser le regard de la petite caméra qui me surveille, j'insère ma carte et je passe les étapes de la procédure habituelle : code secret, montant du retrait, mille dollars, «nous contactons votre banque». Je jette un coup d'œil par-dessus mes épaules et ne vois rien qui me hérisse le poil.

C'est quand je regarde l'écran du distributeur que mon poil se hérisse.

« Fonds insuffisants. »

— Foutaises, dis-je.

J'ai transféré plus de dix mille dollars sur mon compte courant en début de semaine pour pouvoir régler toutes mes dépenses en liquide. Pendant tout ce temps, je suis conscient que l'horloge tourne. Quiconque surveille mon compte en banque connaît déjà précisément ma localisation.

Je recommence toute la procédure, code secret, montant du retrait, vérification, mais cette fois je demande juste cinq cents dollars

« Fonds insuffisants. »

Non, non, non, non! J'opte pour une nouvelle transaction : transfert de fonds d'épargne sur compte courant. C'est absurde mais, après tout, j'ai plein d'économies…

« Transaction refusée. »

Je hurle à la machine :

— Refusée ? *Refusée !*

Il faut que je parte. Je mémorise le numéro de téléphone du service clients, cours jusqu'à mon vélo et pédale de toute mes forces sur Columbia pour mettre le plus de distance possible entre moi et le distributeur. Je fiche l'écouteur dans mon oreille et compose le numéro sur mon téléphone prépayé. Je tombe sur un message enregistré.

Je raccroche et continue de creuser la distance. Je tourne à gauche sur Quarry Road puis à droite sur Lanier Place Northwest. Je m'arrête au milieu d'un paisible quartier résidentiel et descends de selle. Debout sur le trottoir, je rappelle.

La poitrine dilatée, le souffle court, je navigue à travers le serveur vocal et tombe enfin sur une voix humaine. Elle me remercie de mon appel, me donne son nom à une vitesse incompréhensible et me demande mon nom et mon numéro de compte. Comme je ne connais pas le second, je dois donner le nom de jeune fille de ma mère (Mapes) avant de pouvoir exposer mon problème. Mais la conversation est brève.

— Bon dieu, pourquoi la machine me dit « fonds insuffisants » ? Et pourquoi je ne peux pas transférer mes économies sur mon compte courant ?

L'homme se tait, puis m'annonce qu'il va me passer quelqu'un des « Services spéciaux », qu'est-ce que c'est encore que ce bordel, puis j'entends *Train in Vain* de The Clash, ce qui redouble ma frustration car The Clash est l'un des meilleurs groupes de tous les temps et *London Calling* est ma chanson préférée de tous les temps mais les radios passent uniquement ce sirupeux *Train in Vain* et *Rock the Casbah* et PUTAIN DE MERDE POURQUOI ILS METTENT TOUT CE TEMPS ?

— Monsieur Casper, Jay Rowe des Services spéciaux à l'appareil. Comment allez-vous aujourd'hui ?

— Si vous voulez la vérité, Jay, j'ai un peu mal au cul, là.

— Monsieur, votre compte a été désactivé.

— Désactivé ? Alors réactivez-le. Revalidez-le. Quel que soit le putain nom de l'opération, faites-la !

— C'est impossible, monsieur.

— C'est mon argent ! Vous n'avez pas le droit de le bloquer !

— Nous avons le droit et le devoir, monsieur.

Je comprends : il suit les ordres. La décision n'a pas été prise par ma banque.

— Monsieur, votre compte a été bloqué sur ordre du Département de la sécurité intérieure des États-Unis.

77

Je raccroche et pulvérise mon téléphone prépayé en vingt-cinq morceaux. Je shoote dans le tas sur le trottoir et déverse un torrent d'obscénités qui feraient rougir un chauffeur routier avant de réussir à me ressaisir. Je me sens comme Keanu Reeves dans *Speed* quand il apprend que son associé Harry a été liquidé par Dennis Hopper. Je me sens comme Dennis Hopper dans… merde, je ne sais pas, il pète un câble dans un tas de films, choisissez le vôtre.

Craig Carney est réticent à jouer son atout – me faire inculper de meurtre et arrêter – mais il a d'autres façons d'exercer une pression. Il vient d'éliminer mon unique avantage : l'accès libre à l'argent. Ma poche contient exactement soixante-deux dollars et un peu de monnaie.

J'appelle Kendra sur un autre de mes téléphones. Je m'efforce de garder la tête froide mais les eaux de l'angoisse commencent à monter autour de moi, allez Kendra, décroche, décroche, DÉCROCHE CE PUTAIN DE…

— Allô ?

Voix précipitée de mon associée.

— Kendra, j'ai besoin de…

— Ben, Dieu merci, c'est…

— … ton aide, je suis dans la merde là…

— … toi, c'est le bordel ici…

Merde ! Arrête de parler, laisse-la en placer une pour qu'on puisse discuter. D'autant que ça s'annonce sympa.

— Ben, c'est le bordel au bureau. La compta me dit que notre compte a été gelé. Des gars de la CIA viennent de partir, ils m'ont bombardée de questions. Apparemment, tu fais l'objet d'une enquête pour espionnage et toute personne qui te viendrait en aide serait considérée comme complice. Ici, tout le monde flippe…

— Calme-toi, Kendra. On peut…

— Ils ont pris nos ordinateurs, Ben. Ils ont tout pris. Et ils… ils…

— Kendra…

— Ben, ils ont fermé le site !

Kendra ne peut plus se contrôler : elle éclate en sanglots.

Non. *Non.*

— Tu as appelé Eddie Volker ?

Je distingue le mot « oui », entre deux halètements.

Eddie aura peut-être envisagé quelque chose. Mais si les Feds parlent d'espionnage, alors c'est une affaire de sécurité intérieure. C'est le Patriot Act.

Ils peuvent m'infliger à peu près tout ce qui leur passe par la tête.

Il fait près de 30 °C dehors aujourd'hui mais le frisson qui parcourt mon corps est glacé. Ils ont tout mis en œuvre pour me briser et, maintenant, ils font encore pire. Ils détruisent mon journal, menacent mes employés. Des gens qui comptent sur moi pour vivre.

Je dois agir. Je dois sauver mon journal et l'équipe qui l'a bâti. Mais quoi ? Où trouver la confirmation de mes soupçons ? Je ne suis même pas capable de distinguer les bons des méchants, encore moins de me trouver de l'aide. Et, maintenant, me prêter cinq dollars ou répondre à une question peut valoir la prison à mes amis ! Je n'ai pas le droit de les compromettre. Mais si je les sors de l'équation, il me reste quoi ? Je n'ai même plus de journal.

Plus d'argent, plus de moyens, plus d'amis.

Et sans doute plus de temps.

Une dernière chose me vient à l'esprit. Je respire profondément et me prends à espérer – contre toute attente.

— Et l'ordinateur de John Liu ?

Si je peux trouver quelque part la preuve de ce qui se trame – pas une supposition, une preuve –, c'est bien dans ce disque dur.

Kendra observe un long silence.

— Ils l'ont emporté.

78

La Mercedes d'Eddie Volker est garée dans le parking situé au sous-sol de son cabinet juridique. Il y fait chaud et moite mais c'est un endroit sombre, discret, parfait donc pour l'intercepter quand il sort de l'ascenseur à 19 heures, après sa journée de travail.

Je lève les mains en surgissant d'entre les rangées de voitures. Comme le ferait n'importe qui, il s'immobilise, recule, puis scrute la pénombre et se détend quand il me reconnaît.

— Tu veux me filer un infarctus, Ben ?

Il desserre son col de chemise et reprend son souffle.

— On peut se parler dans ta voiture ?

Nous nous retrouvons dans sa Mercedes. Le siège passager est couvert de serviettes en papier, d'emballages de nourriture et de factures en retard. On dirait l'intérieur de ma propre voiture, que je ne conduis presque jamais.

— Il faut que je t'explique tout, Eddie. Avant que nous décidions quoi faire, il faut que tu aies une image complète de la situation.

Je récapitule toute l'affaire en un quart d'heure, depuis le moment où quelqu'un a sauté du balcon de Diana. Ça fait beaucoup à digérer, mais il en connaît déjà une partie et, peu importe ses manies et sa clientèle habituelle, Eddie a un esprit vif.

— J'ai eu toutes sortes de clients, commente-t-il avec un rire nerveux, mais je crois que tu remportes le premier prix pour ce qui est de te foutre dans la merde.

— Mais bon dieu, Ed, qu'est-ce que je peux faire…

— Commençons par le commencement, Ben. Quand on se connecte au *Beat*, on tombe sur un message expliquant que des opérations de maintenance sont en cours. C'est un truc que j'ai négocié. D'accord, ce n'est pas l'idéal, tu perds tes revenus publicitaires et tes lecteurs, mais ce n'est pas un coup fatal. Tu évites l'annonce de la fermeture du site par le Département de la Justice, les accusations d'espionnage et tout le reste. La réputation du journal est préservée.

— Pour le moment.

— Pour le moment, oui. Mais si j'étais toi, je chercherais d'abord à résoudre mes problèmes personnels qui, je te l'accorde, sont considérables.

Il pianote sur le volant.

— Donc… le président trompe sa femme et les Russes sont au courant. Ils le font chanter pour qu'il fasse profil bas pendant qu'ils envoient leurs chars dans les pays de l'ancien bloc communiste, c'est bien ça ?

— En gros, oui.

— Et Diana Hotchkiss est sa maîtresse.

— C'est ce que j'en déduis. Ça se tient.

— C'est pour ça que le gouvernement américain a annoncé au monde entier que c'est bien Diana, et pas une doublure, qui est morte.

— Ouais. Le président en a parlé au début de sa conférence de presse. La police de Washington dit la même chose. Ils ont même intimidé les parents de Diana pour reprendre le même refrain. Les Russes sont donc censés croire à la mort de Diana. De cette façon, la CIA doit espérer contrecarrer leur tentative de chantage. Diana éliminée, le président peut tout nier sans être contredit.

Eddie enregistre tout ce que je lui dis. Puis il me regarde.

— Mais alors, si le gouvernement a réglé le problème en simulant la mort de Diana, pourquoi a-t-il encore peur de toi, Ben ?

— Parce que je n'accepte pas de croire qu'elle est morte.

Il hausse les épaules.

— Ouais, et après ? Tu n'es qu'un journaliste sans preuve. Le président niera, les parents de Diana nieront, fin de la discussion.

Je réfléchis.

— Donc, je te le redemande : pourquoi le gouvernement américain te considère comme une menace ?

Bonne question. La question importante. Si j'essayais d'étouffer une relation extraconjugale, la première urgence serait de retirer la maîtresse du problème. Ils l'ont fait. Ils se sont arrangés pour que tout le monde croie à la mort de Diana. Alors quel autre…

Oh. Mais bien sûr.

Bon sang, je crois que j'ai compris.

Mais, tout bien considéré, pour le moment, il vaut mieux que je le garde pour moi.

— Eddie, il faut que je file mais, écoute… Ça m'embête de te le demander mais… j'ai besoin de fric.

— De fric ?

Il semble peser le pour et le contre.

— Je… je ne suis pas sûr de pouvoir t'aider, Ben.

— C'est bon, je comprends : tu n'as le droit de me fournir aucune assistance. Et je ne veux pas t'envoyer en prison. Je me disais juste que tu avais peut-être de la monnaie sur toi, je ne te demande pas de me signer un chèque.

Eddie reste silencieux un instant.

— Sûrement qu'en sortant ma clé de contact, je vais faire tomber un peu d'argent de ma poche sans m'en rendre compte.

— Ce sont des choses qui arrivent.

— Une centaine de dollars.

— C'est déjà plus que ce que j'ai.

Eddie sort de la voiture. Aussi absurde que ça nous paraisse, il retire les billets de son portefeuille et les laisse tomber sur le ciment.

— Oops, dit-il.

Je ne les ramasse pas tout de suite. J'attends que la Mercedes ait quitté le parking. Autant jouer le jeu jusqu'au bout. Ainsi, il pourra jurer en toute honnêteté ne m'avoir jamais donné d'argent.

Mais il m'a donné une idée. Je crois que je sais de quoi le gouvernement américain a peur. Et je crois savoir comment en être certain.

79

Forcé de faire attention à mes dépenses, j'ai passé la nuit dans l'hôtel le moins cher que j'ai pu trouver. Un « Catégorie Budget », c'est-à-dire avec salle d'eau au bout du couloir. Quand l'« air conditionné » consiste à agiter la main devant son visage. Quand on entend le type dans la chambre voisine remuer sous les draps. Quand le « service d'étage » se limite à vous prêter une tapette à mouche. Quand le téléphone se trouve à la réception plutôt que sur votre table de chevet. Quand il n'y a pas de table de chevet.

Mais j'ai vu le soleil se lever sur une autre journée. Et ça, c'est déjà une immense victoire.

Avec la poignée de minutes qui me restent sur un de mes trois téléphones prépayés, j'appelle et prends rendez-vous. Ce ne sera pas avant l'heure du déjeuner, j'ai donc un peu de temps à tuer. Normalement, je devrais rester planqué dans ma chambre mais l'hôtel est trop déprimant : je prends le risque d'aller faire un tour.

Plutôt que me promener dans les rues, je choisis un café. Ma casquette enfoncée sur les yeux, je prends un muffin aux myrtilles et un café serré. J'attrape un

Washington Post laissé par un client sur une table. Ça me manque, d'être journaliste ; je préfère largement ça à être fugitif. Le salaire est meilleur et personne n'essaie de vous tuer.

— Putain !

Le cri m'a échappé. Titre à la une : TENTATIVE D'ASSASSINAT SUR LE PREMIER MINISTRE RUSSE.

Je parcours l'article rapidement. Youri Mereïedev a échappé à un assassinat hier soir quand un inconnu lui a tiré dessus lors d'un rassemblement dans la banlieue de Moscou. La police russe a arrêté un homme apparemment lié – surprise, surprise – à la police secrète géorgienne. Le Département d'État américain dit « suivre de près » la situation.

Je repose le journal. Andreï Bogomolov a vu juste. Il prédisait une attaque terroriste prétendument télécommandée par la république de Géorgie. Ça correspond. Une provocation suffisante pour justifier une riposte.

La Russie peut se préparer à envahir sa voisine du Sud. Le projet de reconstruction de l'ancien Empire soviétique est en marche.

80

J'attache mon vélo à un parcmètre, fais un crochet par les toilettes d'un fast-food pour enfiler une tenue présentable, puis pénètre dans l'immeuble à un bloc de là. Je montre ma carte de presse à l'accueil et, en un clin d'œil, je me retrouve dans une salle d'attente feutrée. Ça me rappelle ma visite dans les bureaux de John Liu. Ça ne s'était pas vraiment bien terminé pour John. Voyons ce qui se passera pour Edgar Griffin.

— M. Griffin va vous recevoir, m'annonce une dame d'âge respectable que mon apparence n'a pas l'air d'impressionner outre mesure.

L'un des principaux associés de la firme Griffin & Weaver n'est pas habitué à voir débarquer des gens de mon acabit.

— Oui, sénateur, c'est entendu.

Edgar Griffin parle dans un kit mains libres tout en me faisant signe d'entrer dans son bureau luxueusement meublé. Le chic *corporate* dans sa version chiquissime, si ce mot existe. Sans doute pas. Quoi qu'il en soit, cette pièce a la taille d'un court de tennis, avec un mur garni de beaux livres, un autre tapissé de diplômes et de photos encadrées montrant Monsieur Griffin, Esq., taillant une bavette avec des gens importants, et une immense baie vitrée donnant sur K Street. Décoration à base de noyer et laiton. L'argent et le pouvoir. Et aider les gens qui ont l'argent et le pouvoir à en accumuler encore plus.

Monsieur Griffin, Esq., porte une chemise à rayures, une imposante cravate rouge avec épingle, des bretelles en soie et des boutons de manchette en or. Il a d'épais cheveux gominés, un visage en lame de couteau et des sourcils parfaitement taillés.

Il éclate de rire dans son casque.

— Sénateur, je n'aurais pas mieux dit !

Je parie qu'il n'y a personne à l'autre bout du fil. Il veut juste me montrer combien il est important. Après tout, c'est pour ça que je suis là – du moins c'est ce qu'il s'imagine. Quand j'ai téléphoné dans la matinée, j'ai expliqué que j'étais journaliste, que j'écrivais un article sur « les dix décideurs les plus influents de la capitale » et que Griffin était notre *numero uno.* Sa tronche n'allait pas tarder à s'afficher en page d'accueil de notre humble site Internet.

Brusquement, il avait trouvé une demi-heure à m'accorder dans son emploi du temps surchargé.

Il retire son casque.

— Edgar Griffin.

— Ben Casper.

Nous nous serrons la main. Je fais en sorte qu'il voie bien ma carte de presse dépasser de ma poche de veste. J'espère que ça lui évitera de remarquer à quel point ma veste est froissée après plusieurs jours passés dans mon sac de sport, roulée en boule.

— Il devait y avoir un photographe, non ? s'enquiert-il.

— Il devait. Il y aura. On essaiera de caler un rendez-vous demain.

— Bien. Voyez ça avec Cheryl.

Je parcours du regard le bureau.

— Wow ! Ça marche pour vous, Ed ! J'ai fait mes devoirs, vous savez, et je dois dire que quand je demande autour de moi quels sont les gens les plus puissants de la ville, votre nom revient souvent.

— Edgar, dit-il.

On refait les présentations ?

— Ben.

— Non, je veux dire : vous m'avez appelé Ed. Moi c'est Edgar.

— Pardon. C'est parce que mon avocat s'appelle Ed. En réalité, Eddie. Eddie Volker. Vous connaissez ?

Il fronce le nez. Apparemment, M. *Edgar* Griffin de Griffin & Weaver n'a jamais entendu parler d'Eddie Volker, avocat placé quelques échelons plus bas que lui sur l'échelle de l'élitisme, spécialisé dans la défense de criminels et l'assistance aux journalistes.

— J'ai connu un Edward Vance à Cambridge, Massachusetts. Mais pas de Vogel, je crois bien.

Et voilà. Moins de cinq minutes ont suffi pour me dire qu'il avait fait son droit à Harvard.

Je hoche la tête.

— Et ce diplôme de droit à Harvard, je parie que vous n'étiez pas le premier dans la famille à le décrocher, pas vrai ?

Edgar paraît légèrement vexé.

— Mon père s'y est formé aussi, oui.

OK. Il n'est pas *allé* à Harvard : il s'y est *formé.*

— Grand-père aussi ?

Maintenant, il est *vraiment* vexé.

— Mon grand-père également, en effet.

Donc, en gros, il avait juste à s'assurer de ne pas se pisser dessus pendant l'oral d'admission. Il était déjà accepté avant même d'envoyer sa candidature. Mais mieux vaut ne pas lui dire tout de suite. Peut-être au moment de partir.

Je lève la main en signe d'apaisement.

— J'ai laissé parler ma jalousie… J'ai essayé d'entrer à Harvard mais ça n'a pas marché.

Ce n'est pas vrai. Je n'ai envoyé aucun dossier à Harvard. Ni à l'American University, d'ailleurs. Mon père m'a juste annoncé un jour que l'époque des cours particuliers était révolue et que je ferais ma rentrée universitaire à l'American. J'ai juste donné une raison à Edgar de se sentir un petit peu plus supérieur à moi. Si c'est possible.

— Donc, Edgar, vous avez réussi à vous constituer une belle clientèle, dis-je en levant les yeux d'une feuille où je n'ai absolument rien noté. Voyons… par exemple, Alexander Kutuzov. Le milliardaire ?

Nous voilà de retour dans la zone de confort d'Edgar.

— C'est un plaisir de travailler avec Alex.

C'est une des façons qu'ont trouvées les gens supérieurs de se donner des airs encore plus supérieurs : appeler les célébrités par des diminutifs pour bien montrer leur familiarité. *Ouais, l'autre jour je déjeunais avec Jenny Lopez et qui était assis juste à la table d'à côté? Bobby De Niro et Marty Scorsese.*

— De ce côté-ci de l'Atlantique…

(Traduction : je suis un grand voyageur.)

— … nous avons aidé Alex sur des questions de licence et des litiges connexes à sa franchise de football.

Je continue de pointer ma feuille blanche. Si ce type n'était pas à ce point concentré sur son nombril, il l'aurait déjà remarqué.

— Je vois là que vous avez également aidé M. Kutuzov pendant des négociations sur un pipeline en Russie. Celui qui achemine le pétrole aux pays voisins.

En réalité, c'est le bureau londonien de Griffin & Weaver qui s'est occupé de cette affaire, mais je parie tous mes avoirs gelés qu'il va s'en attribuer le mérite.

J'espère de tout mon cœur qu'il va le faire.

— On peut s'arrêter là-dessus une minute, Edgar ?

81

Edgar Griffin, Esq., pose ses mains sur son ventre et forme un temple avec ses doigts.

— Une négociation délicate, assurément, ce pipeline. Le gouvernement russe peut se montrer difficile. Mais nous avons pu trouver un accord très lucratif pour les deux parties. Nous pensons qu'Alex a signé un partenariat très profitable avec les autorités russes.

Je prends mon air impressionné.

— On a parlé d'un milliard de dollars…

— Facile. En fin de compte, plusieurs dizaines de milliards.

— Wow. J'imagine la pression que représente ce genre de négociation. Décidément, monsieur Griffin, vous êtes un type très impressionnant.

Il semble partager mon point de vue. Nous nous accordons un petit moment pour l'admirer.

— Simple curiosité, poursuis-je en me penchant vers l'avant. Je veux dire, ces histoires me passent loin, très loin au-dessus de la tête mais… je me demande. Les dernières nouvelles, là, le retour des tensions entre la Géorgie et la Russie… Quel genre de conséquence ça peut avoir? Imaginons que la guerre éclate, la Russie peut couper le pétrole à la Géorgie?

Il acquiesce et tend la main.

— Cas typique de *vis major*, force majeure.

— Wow. Du latin.

Maintenant que nous partageons tous les deux la même admiration pour sa personne, Edgar se détend considérablement.

— À vrai dire…

Il a un petit rire.

— … mais c'est en *off*, compris? Juste entre vous et moi?

— Promis.

Autrement dit, je ne vais pas rendre public ni lui attribuer ce qu'il s'apprête à me confier. Mais le contrat de Kutuzov avec les Russes est d'ores et déjà librement accessible : je l'ai trouvé sur Internet – certes, écrit en russe. Quoi qu'il en soit, l'ego de ce type est bien trop énorme pour l'empêcher de me divulguer des informations.

— En cas de guerre, non seulement l'obligation de livrer le pétrole est annulée mais cette interruption vaudrait à Alex de juteuses compensations.

— Il serait payé en cas de *non-fourniture* de pétrole?

— Exact.

Edgar est extatique.

— Dans tous les cas, le profit lui est garanti mais, cette fois, il n'aurait aucuns frais d'extraction du pétrole. Il peut aussi continuer à l'extraire et le vendre à un autre client. Donc, doubler les profits.

— Wow, dis-je pour la troisième fois. Vous vous êtes vraiment bien occupé de votre client ! Ce qu'on appelle un avocat *top.* J'espère que M. Kutuzov a été généreux avec vous.

Edgar incline la tête, puis m'adresse un clin d'œil.

— Oh oui.

— J'imagine que, si la Russie installait un pouvoir fantoche en Géorgie, ce régime pourrait même accepter de payer son pétrole plus cher à Alex, non ? Simple hypothèse.

Il réfléchit au scénario.

— Eh bien… je n'y ai pas pensé.

Mais ton client, certainement.

— Eh bien, ça expliquerait pourquoi Kutuzov a conclu cet autre marché.

M. Edgar Griffin, Esq., change légèrement de posture.

— Excusez-moi ?

— Que je vous excuse ?

— De quel autre deal vous parlez ? Je ne suis pas au courant.

Pas étonnant. Je ne vois pas pourquoi notre fougueux milliardaire confierait ce genre d'informations à son avocat *de ce côté-ci de l'Atlantique.*

— Oh, évidemment. Un deal pour aider la Russie à faire chanter le gouvernement américain pendant qu'elle envahit la république de Géorgie. Pas étonnant que Kutuzov soit prêt à donner un coup de main. Ça va lui rapporter une fortune.

L'avocat a un mouvement de recul. Il reconsidère la situation. Dans le bureau, la température a chuté.

— Vous savez, je suis content qu'on ait pu reprendre rendez-vous, Edwardo. Vous l'ignorez mais j'avais prévu d'assister à votre entretien avec l'inspecteur Ellis Burk il y a quelques jours. Pour je ne sais plus quelle raison, il a dû être annulé…

Je claque des doigts.

— Oh, ça me revient ! En chemin vers votre cabinet, on a été pris en embuscade par des types armés de mitrailleuses. Le genre de contretemps déplaisant, pas vrai ? D'ailleurs, mon ami l'inspecteur Burk a été tué pendant cette embuscade.

Je hausse les épaules.

— Bref, Doudou. J'ai juste besoin que vous fassiez passer un message à votre bon ami Alex. C'est dans vos cordes, l'ami ?

Edgar cherche ses mots. En tant qu'avocat, il peut afficher une façade stoïque mais je sens quelque chose bouillonner derrière le col de chemise.

Ça m'a pris un peu de temps mais j'ai fini par comprendre. Mon avocat, Eddie-pas-Edgar Volker, m'a posé cette question simple : si Diana est sortie de l'équation, pourquoi le gouvernement a encore peur de moi ? Alors, tout est devenu clair pour moi. Je sais pourquoi je représente une menace pour la CIA. Pour la même raison, je suppose, que les Russes veulent ma mort.

Je prends une carte de visite sur le bureau d'Edgar et y griffonne une adresse, une heure et quelques instructions.

— Dites à votre cher client, M. Kutuzov, de me retrouver là ce soir. Et je veux un moyen de le joindre.

Alors trouvez-lui un numéro de portable et quand je vous appellerai à 17 heures, vous me l'indiquerez.

Edgar donne toujours l'impression d'avoir avalé une mouche.

— Pourquoi… accepterait-il de vous voir ? parvient-il à articuler.

Je me penche sur sa table en noyer et malencontreusement – ou pas – je renverse son gobelet Starbucks. Mais Edgar ne me quitte pas des yeux.

— Parce que j'ai une copie de la vidéo, et que je vais la vendre au plus offrant.

82

Je descends Half Street Southeast et regarde l'heure à ma montre. 18 h 45 pile. En atteignant le croisement avec N Street Southeast, je regarde l'auvent rouge à l'est de la Center Field Gate de Nationals Park[1]. Sur le panneau électronique au-dessus des guichets, un message défile : « OFFRE SPÉCIALE ABONNEMENT 4 MATCHES, LE 5e OFFERT ». Ouais, les mecs, bien sûr, maintenant que vous avez enfin réussi à former une équipe potable. Après tout, il vous a seulement fallu huit saisons, après avoir importé la franchise de Montréal.

Je plaisante parce que ça me tient à cœur. J'aime les Nats, et j'aime la façon dont le Capitol Riverfront et le Navy Yard se sont métamorphosés depuis l'installation du nouveau stade. Et, bon sang, j'adore pouvoir soutenir l'équipe de ma ville. Je dis juste qu'un peu plus de cohérence dans la gestion de nos frappeurs gauchers ne ferait pas de mal.

---

1. Stade de baseball des Nationals de Washington, inauguré en 2008.

Pour l'heure, nous retrouvons, déjà commencée, la raison de ma présence ici.

Le voilà, sous le panneau électronique, à côté des guichets de vente de billets, vêtu comme je l'ai demandé : en coupe-vent orange. Peut-être un peu excessif mais je n'ai jamais vu Alexander Kutuzov en personne et je voulais qu'il se distingue parmi les troupeaux de fans en route pour assister au premier match de 19 h 05 opposant les Nationals aux Braves d'Atlanta.

C'est un homme grand, athlétique et soigné. Il semble parfaitement à l'aise ce soir, peut-être à cause de sa richesse qui défie l'entendement, ou grâce à ses multiples sbires postés à différents endroits. Voyons un peu : deux à l'ouest, près de la boutique de souvenirs de l'équipe; deux autres surplombant leur patron au premier étage du parking voisin; d'autres enfin qui sont un peu plus doués pour se fondre dans la foule. Il a sans doute mobilisé toute son armée. S'ils ont tous acheté des billets, les Nats pourraient bien doubler leur fréquentation ce soir.

Moi? Je suis déguisé : maillot rouge des Nationals par-dessus une ceinture-boudin achetée dans un magasin de farces et attrapes qui ajoute cinquante bons kilos à ma silhouette. Ils en ont profité pour me refourguer une perruque tonsure de moine et des fausses lunettes.

Examiné de près, le déguisement ne fait sans doute pas illusion mais je ne m'attends pas à être examiné de près. À vrai dire, j'ai terminé ce que j'avais à faire ici. Devant le stade, je saute dans un taxi d'où viennent de s'extirper une troupe d'étudiants alcoolisés. L'odeur âcre de la bière flotte encore dans l'habitacle mais je m'en fous. Je cale ma nuque contre l'appuie-tête et j'écoute le chauffeur discuter sur son portable dans une langue que je ne connais pas.

Incroyable comme une mission basique me fait suer sous mon maillot. Mais pour l'instant, tout roule. Six heures après l'avoir convoqué, Alex Kutuzov a tout laissé en plan et foncé à mon rendez-vous pour me rencontrer. Je dois sans doute bien m'y prendre.

Je sors mon téléphone prépayé et compose le numéro qu'Edgar Griffin m'a donné. Je l'ai déjà appelé il y a une heure, brièvement. Cet appel-ci pourrait être plus long.

Voyons si je peux éviter de tout foutre en l'air.

83

Alexander Kutuzov décroche seulement à la seconde sonnerie.

— Allô ?

— Alex, je vois que vous êtes arrivé. Bienvenue à Nationals Park.

Une pause.

— Merci, monsieur Casper.

Son anglais est précis et direct, avec un fort accent russe.

— Où êtes-vous ?

— Vous êtes venu seul, Alex, comme je vous l'avais demandé ?

— Bien sûr.

Bien sûr que *non.* Mais peu importe : je suis dans un taxi, à presque deux kilomètres de là.

— Et vous avez apporté ce que je vous ai demandé, Alex ?

— Oui.

Il est prudent à cause du téléphone portable. Je n'en attendais pas moins de lui. Il ne dira pas ce que c'est mais je lui ai demandé d'apporter un gant de baseball aux doigts remplis de dix mille dollars en liquide. Et d'écrire mon nom sur le gant.

Après une nouvelle pause, il reprend :

— Je ne vous verrai pas ce soir ?

— Il faut qu'on puisse se faire confiance. Si je récupère mon gant aux Objets trouvés, alors nous aurons établi une relation de confiance.

Et j'aurai du liquide à dépenser.

— Cet accord est inacceptable.

— Eh bien OK, Alex, si c'est comme ça que vous voyez les choses. Je trouverai un autre acheteur.

Encore une pause. En face à face, Kutuzov doit déployer tout un arsenal de regards perçants et de silences pesants. Ce n'est pas aussi efficace au téléphone même si, je suis au regret de le reconnaître, ça marche quand même un peu.

— Et quelles assurances me donnez-vous, monsieur Casper, que je recevrai bien l'unique copie disponible ? Comment puis-je être sûr que vous ne remettrez pas une autre copie à vos supérieurs une fois que vous aurez l'argent ?

Mes *supérieurs* ? De quels supérieurs parle-t-il ?

— Vous avez seulement ma parole. Mais vous l'avez vraiment.

Une autre pause mais, cette fois, tellement longue que je commence à craindre qu'il me raccroche au nez. J'imagine lui demander qui sont, selon lui, mes « supérieurs » mais autant rester aussi mystérieux que possible.

— Monsieur Casper ? Vous vivez… dans la peur, n'est-ce pas ?

C'est le moins qu'on puisse dire, mais je commençais à avoir l'impression d'être le maître du jeu. La confiance de ce type m'amène à reconsidérer mon impression.

— Vous entendez la peur dans ma voix, Alex ?

— Oui. Vous avez l'air terrifié. Et vous avez l'air d'un homme qui fait tout son possible pour le cacher. Mais je l'entends dans votre voix. Je suis… habitué à reconnaître ce genre de choses.

Tu m'étonnes !

— Moi, je crois que c'est vous qui avez peur, Alex.

— Vous entendez la peur dans ma voix, monsieur Casper ?

J'aimerais dire que oui, mais je n'entends rien. Pas l'ombre d'un début de peur.

— Vous vous êtes donné beaucoup de mal pour venir à mon rendez-vous dans un délai aussi court, Alex.

— Oh, mais je ne nie pas que vous possédez une chose qui m'intéresse. Et je vous paierai un bon prix pour la récupérer. Mais ne commettez pas l'erreur de confondre cela avec la peur, monsieur Casper. Et il est crucial que vous et moi soyons bien d'accord sur un point très précis.

— Je vous en prie, Alex, je suis tout ouïe.

J'essaie de rester dans le ton de la bravade mais ce type est un sacré client. Et moi, juste un journaliste pataud.

— Tant que vous ne m'avez pas donné ce que je veux, vous devriez continuer de vivre dans la peur. Rien n'a changé.

— Vos tueurs sont toujours à mes trousses ? C'est ça que vous me dites ?

Il ne répond rien. Je suppose qu'il ne veut pas avouer une chose pareille au téléphone. Mais c'est exactement le message qu'il veut faire passer. En attendant que ma copie de la vidéo atterrisse entre ses mains, j'ai toujours une cible dans le dos.

Bon Dieu, si seulement j'avais *vraiment* une copie de cette vidéo.

— Et, monsieur Casper, si j'apprends que vos supérieurs détiennent une autre copie et que vous avez essayé de me jouer un de vos tours, alors croyez-moi, je ne serai pas content du tout.

— C'est compris, Alex. Nous sommes sur la même longueur d'onde.

— Le gant vous attend aux Objets trouvés. J'attends de vos nouvelles, monsieur Casper.

— Ça me va, Alex.

— Mais ne mettez pas ma patience à l'épreuve. Et, en attendant que vous me donniez votre copie, je vous conseille de dormir les yeux ouverts.

J'espérais sincèrement qu'en raccrochant après cette conversation je me sentirais bien et il serait inquiet. Mais il ne m'a pas l'air inquiet. Et je ne me sens pas si bien que ça.

84

Encore une nuit de sommeil réparateur sur un matelas aussi épais qu'une feuille de carton et à peine moins confortable que du papier de verre. J'ai eu seulement à attendre une heure pour utiliser les toilettes et la douche à l'autre bout du couloir. Et ça ne m'a pas dérangé de me retrouver dans la file d'attente avec ma serviette et ma brosse à dents devant un type galeux qui n'arrêtait pas de me demander si j'avais du gel hémorroïdaire (non), des laxatifs (non plus), du fil dentaire (désolé) ou du gel hémorroïdaire (toujours pas). J'étais quand même soulagé de passer avant lui.

Et me voilà de retour sur le National Mall. Ce n'est peut-être pas le choix le plus créatif mais j'aime cet endroit car il est toujours rempli de monde et que je suis près du métro, ce qui me permet à tout moment de sauter dans la première rame et d'aller dans n'importe quelle direction. Même en triangulant mon appel, ils ne peuvent pas me localiser précisément et je serai parti depuis longtemps quand ils arriveront sur place.

Je compose le numéro et j'imagine – j'espère – qu'il va décrocher, qu'il veut que je l'appelle.

— Craig Carney, j'écoute ?

D'un regard circulaire, je m'assure que personne ne pivote dans ma direction en brandissant une arme à feu.

— Directeur ! Ici votre vieil ami. Comment ça va, aujourd'hui ?

Personne n'utilise plus le verbe « brandir », sauf appliqué à une arme. Comment se fait-il qu'on puisse brandir une épée ou un revolver mais pas, disons, un jeu de clés trouvé sur un coussin de canapé ? Moi, je brandirais des clés.

— Je pourrais vous retourner la question, Benjamin. On dirait que vous traversez une passe difficile. Vous n'avez pas encore retrouvé la raison ?

Je procède à un nouveau balayage du National Mall. Rien qui titille mes sens en alerte. Je détesterais tirer des fils d'araignée de mes poignets mais avoir le sixième sens de Spiderman pour détecter le danger serait génial.

— Je n'ai pas perdu la raison, directeur. Mon argent peut-être, mais pas ma raison.

Il ricane.

— Je vous ai donné une chance, Ben. Rappelez-vous. Et je suis prêt à vous en donner une autre mais les possibilités commencent à se limiter. Je ne suis plus sûr de pouvoir vous éviter la prison. Mais vous pouvez encore échapper à la peine de mort et récupérer vos biens.

Je secoue la tête, m'efforce de rejeter la peur qu'il essaie de vriller dans mes tripes. Hier, je commençais à peine à retrouver ma niaque : Alex Kutuzov m'avait peut-être un peu ébranlé mais il avait *quand même* fait un demi-tour du monde pour me rencontrer au Nationals Park et, à en croire mon ami qui bosse dans le service de sécurité, il y avait bien un gant de baseball à mon nom aux Objets trouvés hier soir. Ce qui me confirme l'existence d'une vidéo.

Je me racle la gorge avant de lâcher la bombe.

— Monsieur Carney. J'ai la vidéo.

Si nous parlions face à face, je *brandirais* la vidéo sortie de ma poche. (C'est-à-dire, si je l'avais vraiment en ma possession.)

Carney marque un temps. Il est trop poli pour s'exclamer « Bordel de merde ! », ou crier, ou gémir, mais même un maître ès manipulations comme lui a besoin d'un moment face à ce coup de théâtre.

— La vidéo ?

— Oui, monsieur. La vidéo qui met à genoux notre gouvernement fédéral. Ça vous dit quelque chose ?

Je l'avoue, je prends mon pied. Mais je dois bien rester conscient du temps qui s'écoule. Comme dans ces films où un fugitif téléphone aux flics et, en salle de crise, les techniciens s'agitent pour localiser l'appel, et un type fait signe qu'il faut faire duuuuurer la conversation, et un autre murmure *Il est en ville*, et enfin ils obtiennent une localisation précise, quelqu'un dessine un cercle sur une carte et tout le monde bondit de son siège…

Dans le premier *Mission impossible*, il faut trente secondes pour localiser Tom Cruise, mais il le sait et il raccroche à la vingt-neuvième. Ça m'a toujours paru irréaliste. Porter des masques reproduisant parfaitement les visages d'autres personnes, d'accord, mais trente secondes pour retracer un appel téléphonique ? Quelle blague.

Bref. Retour à la réalité, où le directeur adjoint de la CIA est sur le point de jouer au con.

— Je ne suis pas au courant de l'existence d'une vidéo, Benjamin. Vous allez devoir être plus précis.

Quelle surprise ! Pourtant, mon cœur s'emballe un peu tandis que je fais les cent pas devant le mémorial de la Seconde Guerre mondiale.

— Épargnez-moi votre baratin, directeur. Nous connaissons tous les deux cette vidéo montrant le président et sa maîtresse. Et j'en ai une copie.

Il ne répond pas tout de suite mais, maintenant que je lui ai donné les détails, il est sans doute en train de se chier dessus.

— Mon garçon, je ne sais pas à quel jeu vous essayez de jouer mais, comme d'habitude, vous êtes complètement à côté de vos pompes. Il n'existe pas de vidéo du président et de sa « maîtresse » pour la simple et bonne raison qu'il n'y a *pas* de maîtresse. Le président ne trompe pas sa femme.

Ça ne sent pas trop le type en train de se chier dessus.

Je reste silencieux, mais il ne développe pas. Il n'est pas sur la défensive. Je ne détecte pas le moindre tremblement dans sa voix, pas le moindre signe que je suis en train de prendre la main. À la rigueur, c'est *sa* main que je me prends dans la figure.

— Vous êtes bon, directeur, mais je ne marche pas.

— Alors diffusez la vidéo, Ben. Envoyez-la aux chaînes d'info pour leur flash du soir. Confiez-la à l'un de vos chers amis journalistes. Je vous en prie.

OK. Cette fois, c'est moi qui me chie dessus.

Je fixe mon téléphone. Qu'est-ce qu'il fout ? Je ne m'attendais pas à ce qu'il joue franc-jeu et admette l'existence de la vidéo – surtout par téléphone – mais il ne tente même pas de me calmer. Il ne me demande pas ce que je veux, il ne me propose pas qu'on se rencontre.

Il me dit juste d'aller me faire foutre.

Je raccroche et me mets à courir vers la station de métro. Cette conversation, c'est le moins qu'on puisse dire, ne s'est pas déroulée comme je l'espérais.

Alors ? Cette vidéo de chantage existe, oui ou non ?

85

Je passe à côté d'un truc… Je passe à côté d'un truc…

Je prends la ligne Rouge, descends à Van Ness, enfile ma tenue de vététiste dans les toilettes et récupère mon Rockhopper dans le parc à vélos. J'accomplis toutes ces actions tel un robot, pendant que mon esprit essaie de démêler ce foutoir.

Je pensais avoir compris le fin mot de l'histoire. Je pensais qu'il y avait une vidéo. Quand j'en ai parlé à Alex Kutuzov, il a tout de suite été attentif. Mais Carney ? Tout juste s'il n'a pas bâillé. Il m'a mis au défi de la rendre publique. Je lui fais à peu près autant confiance qu'un dentiste qui me dit « Vous n'allez rien sentir », et je suis sûr que c'est un expert en bluff, mais si la vidéo existait… il n'aurait pas réagi comme ça. Je dois passer à côté d'un truc…

Je téléphone à Sean Patrick Riley, mon camarade irlandais, pour les dernières nouvelles. Je lui ai donné des devoirs en insistant bien sur leur caractère urgent. Espérons que le bonhomme en aura tiré quelque chose.

— J'ai quelque chose. Vous aviez raison, Ben. Dès le début de cette affaire, j'ai vérifié le compte e-mail de Nina, mais je n'ai pas sorti le microscope. Apparemment, quelques messages ont été effacés par un hacker.

— Des messages qui ne devaient être lus par personne ?

— Des messages qui ne devaient être lus par personne.

— Contenu intéressant ?

— Contenu intéressant.

Ce type répète tout ce que je dis. Ma parole, les dialogues sont d'Aaron Sorkin[1] ou quoi ?

— Quand est-ce qu'on peut se voir ? demande-t-il.

Voyons : j'ai manucure en fin d'après-midi, puis je vais applaudir une comédie musicale ; demain, cours de Pilates, brunch avec quelques amis et j'ai prévu de réorganiser mon dressing…

— Quand est-ce qu'on peut se voir ? dis-je, exaspéré. Nom de dieu, Sean, pourquoi pas tout de suite ?

Nous convenons d'un rendez-vous. Je préfère ne pas entrer dans les détails – je suis du genre superstitieux. Dans les films, quand les personnages disent quel est leur plan, on peut être sûr que le plan va foirer, ou en tout cas vriller d'une façon ou d'une autre. Alors que, quand ils disent : « Voilà ce qu'on va faire… », suivi aussitôt d'un fondu au noir, on sait que le plan va marcher. Vous pouvez le vérifier

1. Scénariste américain à succès, dont les dialogues du tac au tac font merveille dans la série politique *À la Maison Blanche* et dans le film *The Social Network*.

vous-même. Seule exception à la règle : *Des hommes d'honneur.* Tom Cruise révèle en détail comment il va s'y prendre pour amener Jack Nicholson à reconnaître qu'il a ordonné l'opération Code rouge, et son plan fonctionne. (Coïncidence, le scénario est signé Aaron Sorkin.)

Désolé, je digresse de nouveau. Ce sont les nerfs. Juste au moment où je pensais tenir quelque chose avec ce chantage à la vidéo, juste au moment où j'entrevoyais une issue, je suis de retour à la case départ et Craig Carney se fout quasi ouvertement de ma gueule.

Je remonte en selle et pédale le long de Connecticut Avenue Northwest, conscient du fait que, la dernière fois que je me suis retrouvé là, j'ai failli me tuer et j'ai détruit l'ordinateur de John Liu.

Je reste à droite sur Connecticut, laissant la plupart des voitures s'engouffrer dans le tunnel. J'arrive sur DuPont Circle, avec son parc central entouré d'un rond-point à plusieurs sorties. Dans le parc, des gens sur des bancs, d'autres qui prennent leur déjeuner. Une fois, lors d'un séjour à Rome, je me rappelle m'être assis avec du pain et du fromage et avoir assisté au spectacle des conducteurs kamikazes passant de quatre voies à une seule à grand renfort de klaxons, frôlant la mort à chaque manœuvre. C'était mieux qu'une course d'Indy 500 à la télé.

Un type assis dans le parc scrute la circulation, l'air concentré, puis me voit et se lève de son banc sans cesser de me suivre des yeux. *Alors quoi, mec, t'as jamais vu de cycliste avant ?*

Le bruit du klaxon me fait sursauter. Un connard persuadé qu'il peut prendre à droite sur

Massachusetts sans céder le passage à un vélo. Je freine de toutes mes forces et m'immobilise. Avant de tourner, le conducteur baisse la vitre passager et m'insulte, menaçant de m'écraser comme un moucheron.

Prends ta place dans la file, mon gars. Tout le gouvernement veut déjà ma mort.

Je regarde à ma gauche, en direction du parc. Le type qui regardait la circulation n'est plus à côté du banc. Il est sur le trottoir, plus près de moi.

Et il me regarde franchement. Il me scrute. Comme on regarde quelqu'un qu'on croit reconnaître sans arriver à mettre de nom sur lui. Ses yeux s'écarquillent. Ça y est, il a mis un nom. Il porte un talkie-walkie à sa bouche et crie quelque chose. Je ne reconnais pas la langue, mais ça ressemble nettement à du russe.

86

Je ne sais pas comment on dit «je l'ai trouvé, je l'ai trouvé!» en russe, mais je suis à peu près sûr que c'est ce que le type est en train de crier.

Je me mets à pédaler furieusement sur DuPont Circle, comme Matt Damon dans un des *Jason Bourne*, sauf que lui est en moto. Toujours sur le trottoir bordant le parc central, le type me suit de loin pour voir quelle direction je prends. Je mouline avec les dernières forces dont je suis capable, slalome entre les voitures et récolte au passage quelques vociférations et coups de klaxon furieux. Je prends à droite sur la 19th Street Northwest et jette un coup d'œil par-dessus mon épaule. Le type m'a vu, il crie toujours dans son talkie-walkie et pointe un doigt vers moi.

Je baisse la tête, continue de mouliner, manœuvre autour d'un énorme camion Pepsi et hurle de dégager à un couple traversant la chaussée. Alors, j'entends des cris derrière moi et le bruit d'un moteur poussé à plein régime. Un SUV noir est en train de fondre sur moi. Certes, je suis parti en avance, mais je roule peut-être à 30 km/h et le SUV tape les

80 km/h, voire davantage. Le combat est inégal. Ils ont une voiture et des armes automatiques. J'ai un VTT et un naturel combatif.

Dans dix secondes max, ils seront à ma hauteur et me cribleront de balles.

Matt Damon saurait quoi faire. Il pédalerait à reculons ou sauterait dans la voiture des tueurs.

Mais j'ai un ou deux atouts. Le premier : je connais cette ville bien mieux qu'eux.

D'un dérapage contrôlé, je tourne à droite sur Sunderland Place Northwest, une rue étroite avec des voitures garées dans les deux sens. Avec un peu de chance, il y aura aussi un camion UPS en train de décharger à l'angle avec la 19th Street. Une Mercedes à l'approche klaxonne, je fais une embardée à droite et grimpe sur le trottoir. Derrière moi, les roues du SUV noir patinent au carrefour de Sunderland et de la 19th. Je pédale comme un fou, je souffle et écoute, écoute le moteur du SUV rugir puis le chauffeur de la Mercedes klaxonner, se demandant sans doute pourquoi cette voiture roule vers l'ouest dans une rue à sens unique vers l'est.

C'est mon atout numéro deux : mon VTT peut circuler partout, pas leur voiture.

À en juger par son coup de klaxon prolongé, le conducteur de la Mercedes n'a pas l'intention de faire marche arrière, c'est lui qui est dans le bon sens et le SUV ne peut pas manœuvrer dans une rue si étroite. Je baisse la tête mais je doute qu'ils essaient de me tirer dessus d'aussi loin. Un coup d'œil rapide m'apprend que le SUV a rebroussé chemin, avant de disparaître en direction du sud.

Ça y est, je suis tiré d'affaire, pas vrai ? Comme dans ce film d'épouvante où la femme entend du bruit à l'étage, vérifie dans chaque pièce et, ne trouvant personne, se dit juste : *Bah, ce n'était rien*, avant de découvrir derrière elle l'homme au masque de gardien de hockey brandissant un pic à glace.

Les Russes foncent sur la 19th vers le sud, ils vont certainement prendre à droite sur N Street avant de rejoindre la 20th et tourner encore à droite pour mettre le cap au nord et me rattraper. Ça ne sera pas long…

J'arrive sur la 20th, qui traverse en diagonale un carrefour à trois voies avec New Hampshire. Je manœuvre sous les klaxons et bifurque à gauche en entendant les freins et les crissements de pneus du SUV des Russes slalomant entre les voitures. Ils sont presque au carrefour. Ils me voient. Je sais qu'ils me voient.

C'est serré, mais je préfère quand même *Les Infiltrés* à *Good Will Hunting*, que je classe dans le top 5 des films avec Matt Damon et… *OK, Ben, arrête…*

Tête toujours baissée, je saute sur le trottoir de la New Hampshire Avenue et pédale comme un forcené. Derrière moi, au carrefour, c'est le chaos : klaxons, cris, bruits de tôle froissée. La New Hampshire est encore une voie à sens unique, les Russes vont encore devoir rouler à contresens pour me rattraper. Avec la circulation, j'espère qu'ils rencontreront assez d'obstacles pour me laisser encore un peu d'avance.

Parce que, maintenant, j'ai une idée. Matt Damon trouverait ça cool.

Je passe devant le Firefly, sur ma droite, j'y suis allé une fois avec Diana, caquelons individuels et dattes fourrées au bleu, elle a demandé au serveur de nous apporter des pickles à la bière même si on n'avait pas commandé de burger parce qu'elle était comme ça, Diana…

Concentre-toi, Ben.

J'ai un téléphone prépayé dans ma poche, je le retire avec difficulté, l'écouteur est encore connecté, je l'enfonce dans mon oreille et compose frénétiquement le numéro qui pourrait me sauver la vie.

Tactactactactac, ils me tirent dessus, l'immeuble derrière moi encaisse les rafales, les balles éraflent les briques, putain DÉCROCHE TON TÉLÉPHONE, DÉCROCHE…

Je les entends derrière moi, le moteur du SUV vrombit, se rapproche, impossible de les distancer mais si seulement je pouvais gagner juste assez de temps pour arriver sur Ward Place…

The Informant révèle un Matt Damon en pleine possession de ses moyens d'acteur…

Ils décrochent et je crie dans le micro, complètement à bout de souffle, je répète les mêmes mots, encore et encore, *22th Street, direction sud…*

… puis deux mot magiques qui vont les réveiller, deux mots radioactifs que je crie encore, encore, encore…

Une femme avec sa poussette se précipite pour se mettre à l'abri et je l'évite de peu, je pédale aussi vite que mes jambes le permettent mais ils se rapprochent de moi, je les entends, ils évitent les voitures en sens inverse, tous les passants se sont jetés sur le bitume, j'entends d'autres coups de feu, des balles cinglent la carrosserie d'une camionnette FedEx, *dzing-dzing-dzing*, je dérape sur la droite et fonce sur Ward Place, une petite rue étroite, mes jambes moulinent, moulinent, quelques secondes après moi le SUV freine et fait une embardée pour prendre la même rue, je n'ai gardé aucun souvenir du *Talentueux Mr. Ripley*…

Ward Place est une autre rue en sens unique, le SUV va encore être gêné par des voitures… sauf qu'il n'y a aucune circulation dans Ward Place.

À moins qu'ils ne tiennent à respecter le code de la route et à ne pas aggraver leur malus d'assurance, rien n'empêche les Russes de foncer à tombeau ouvert dans la rue et de se jeter sur moi en quelques secondes.

87

Je suis peut-être au milieu de Ward Place quand le SUV redresse la trajectoire et s'engouffre pleins gaz dans la rue étroite. Je saute du trottoir nord et grimpe sur le trottoir sud. Le Russe qui tire est assis côté passager, il n'aura pas un bon angle, il devra changer de position, un peu de temps de gagné, c'est toujours précieux…

Mon précieux… sales petits hobbits, ils me l'ont volé !

22th Street, allez, 22th Street, allez…

Des briques explosent sur la façade au-dessus de moi, ils n'ont pas un bon angle de tir mais ça ne va pas les arrêter, quelqu'un hurle, PUTAIN ELLES SONT OÙ, LES VOITURES ?, rien ne va arrêter ces types, chaque seconde les rapproche, l'écart se resserre…

Les grands écarts de Natalie Portman en strip-teaseuse à perruque rose dans Closer…

Concentre-toi, connard !

Et ceux de Jessica Alba dans Sin City…

Mitraillage non-stop maintenant, façades d'immeubles et pare-brise de voitures qui volent en éclats, tôle qui crépite…

Je repique dans le dernier virage, à gauche, les balles ricochent sur les piliers de l'immeuble d'angle. Le SUV n'est pas aussi maniable et percute une voiture garée, ils perdent quelques secondes et je prends toutes les secondes qu'ils me donnent car 22th Street se profile juste devant moi…

Je m'engage à contresens, passe à toute vitesse sous l'auvent d'un hôtel au grand dam du concierge et de ses clients, j'entends de nouveaux crissements de pneus et des klaxons, un grand choc et le fracas de la tôle pliée, j'ose un coup d'œil derrière moi et, oui, le SUV a percuté une voiture en sens inverse, mais il se redresse et repart de plus belle, on dirait ce foutu Terminator qui se reconstitue chaque fois qu'il est pulvérisé…

Je reviendrai.

C'est le chaos dans cette rue bondée, l'enfoiré dans son SUV noir roule à contresens sous un tintamarre de klaxons mais comme aucun des conducteurs n'a envie de jouer aux autos-tamponneuses, ils finissent par lui céder le passage.

Du temps, j'ai besoin de temps – où elle est, où elle est, je suis sur la 22th et putain où elle est… !

Mes jambes sont en feu, la sueur coule dans mes yeux, les klaxons et les crissements de pneus s'intensifient tandis que le SUV manœuvre dans la circulation, et je les entends, je les entends et, maintenant, tous les conducteurs semblent avoir compris car, tels les flots de la mer Rouge, ils se rangent sur le côté pour laisser passer ce putain de SUV, tout à coup Charlton Heston en Moïse apparaît dans ma tête, j'espère que ce ne sera pas ma dernière image avant de mourir…

… la voie est libre jusqu'à moi, leur moteur vrombit tandis qu'ils rattrapent leur retard, plus que quelques secondes maintenant, quelques secondes…

Les balles arrosent les immeubles, les voitures, les vitres, les passants se précipitent à l'abri, où elle est, où elle est, nom de Dieu…

J'atteins le croisement avec M Street et d'énormes camions militaires verts convergent des deux côtés sur la 22th, bloquant le carrefour. Derrière eux, des berlines noires et quelques voitures de patrouille de la police de Washington. Venu apparemment de nulle part, un hélicoptère surgit dans le ciel.

Enfin.

Je tourne en dérapage sur M Street, hors de la ligne de mire, et j'entends d'autres pneus déraper – ceux du SUV qui débouche au croisement. Je fonce derrière le barrage et, à couvert, observe la suite.

Le SUV s'immobilise à quinze, vingt mètres du barrage sur M Street. Derrière lui, d'autres voitures, sirènes hurlantes, ralentissent pour fermer le barrage sur l'arrière.

Je reste près de mon vélo, haletant, soulagé. Les Russes sont cernés.

Les gens dans la rue courent se mettre à l'abri. Des soldats en tenue de combat sautent des camions et braquent leurs armes sur le SUV noir. Des officiers du MPD sortent leur pistolet et font de même. Tout le monde crie aux Russes :

Coupez le moteur! Lâchez vos armes! Sortez du véhicule, mains sur la tête!

(Et à partir de maintenant, soyez gentils avec Ben Casper!)

Personne ne s'approche du SUV. Pas encore. Chacun reste en position. L'hélicoptère est en vol stationnaire à peut-être vingt mètres au-dessus du carrefour.

Les policiers ordonnent aux passants de s'éloigner et aux voitures au sud du barrage de faire demi-tour et de rester à distance. Moi aussi, on me repousse mais, à environ un bloc de là, je grimpe sur le toit d'une voiture garée pour pouvoir assister à la scène. Je l'ai bien mérité.

Plusieurs agents en civil ont rejoint la masse des forces de l'ordre, parlent dans des talkies-walkies et, comme tout le monde, braquent leurs armes sur les méchants. US Secret Service. Envoyés ici grâce aux deux mots magiques que j'ai prononcés tout à l'heure en appelant le 911.

Maison Blanche. J'ai annoncé à l'opérateur qu'une voiture fonçait en direction de la Maison Blanche. Ce genre de message a tendance à attirer l'attention du gouvernement.

Le SUV reste immobile au milieu de la rue. Les agents gouvernementaux continuent de crier leurs ordres aux Russes mais, pour l'instant, on ne distingue aucun mouvement dans le véhicule.

Affrontement en vue.

Chaque minute qui passe apporte son lot de voitures de police supplémentaires. Il y en a bien une vingtaine maintenant.

— La fête est finie, les mecs, me dis-je. Rendez-vous.

Soudain, le SUV noir se transforme en une boule de feu orange, consumée si violemment de l'intérieur que ses portières, son capot et tout le reste explosent. La dernière chose que je vois avant que le souffle de l'explosion m'arrache au toit de la voiture, ce sont les camions militaires verts projetés en arrière, les corps projetés dans les airs et des morceaux de verre volant en tous sens.

Puis je m'écrase violemment sur l'asphalte, tête la première, suivi de près par les *clang* du métal et le *bump* obsédant des corps humains retombant dans la rue.

88

J'ouvre les yeux. Je ne sais pas combien de temps je suis resté inconscient. Je lève la tête et me dis : *Voilà à quoi ressemble le chaos absolu.*

Les gens courent partout comme des cafards fuyant la lumière. Tout le monde hurle. Les sirènes hurlent. Les hélicoptères sont plusieurs à présent. Des avions de chasse strient le ciel. Des camions de pompiers et des ambulances arrivent.

Des corps jonchent le bitume. Je suis trop dans les vapes pour y voir clair mais, Dieu merci, certains bougent. D'autres sont étendus.

L'air est chargé de l'odeur âcre du feu, de l'essence, de la fumée. De la mort.

Les jambes tremblantes, je parviens à me relever. Je suis en un seul morceau. Je secoue la tête : des échardes de verre me tombent des cheveux. La rue est tapissée de bris de verre.

Je m'avance vers la scène du carnage pour essayer d'aider mais les officiers de police repoussent déjà les gens et mettent en place des barrages.

Je ne peux rien faire. Pas ici, en tout cas.

Je lève les yeux vers le ciel. Un épais nuage de fumée noire flotte au-dessus de l'endroit où se trouvait le SUV des Russes. Les truands à bord ont été pulvérisés, ça ne fait aucun doute. C'était tout le but de cette escalade. Pas seulement un suicide, une capsule de cyanure broyée entre les dents pour éviter l'interrogatoire par l'ennemi. Non. Ces tueurs ne voulaient pas simplement échapper à une arrestation.

Ils voulaient échapper à une *identification.*

Les Russes, et Alexander Kutuzov, ont bien effacé leurs traces.

89

Deux heures ont passé. J'observe impuissant, depuis le barrage de la police, le ballet frénétique des urgentistes prenant en charge les patients. D'autres brancardiers, moins pressés, en transportent d'autres à l'écart, en silence. Les bâtiments voisins de l'explosion sont les plus endommagés – fenêtres soufflées et façades écroulées.

Je n'ai aucune raison de rester là. Je n'aide personne. Je ne résous aucun problème. Il est peut-être temps que ça change.

J'enfourche mon Rockhopper et m'éloigne du carnage. Les véhicules de secours filent devant moi, dans les deux sens. Je prie pour qu'ils soient efficaces. Mais, contre tout espoir, mon cœur se serre, ma poitrine brûle car je sais que des innocents sont morts, là-bas. Encore des victimes dont je suis responsable. C'est moi qui ai attiré les Russes jusqu'au barrage. Moi qui ai provoqué ce barrage.

Je trouve facilement la maison. Elle est gravée dans ma mémoire. J'y suis souvent allé au fil des ans mais une visite se détache en particulier. C'était moins d'un mois après la mort de maman. Un simple déjeuner dans le jardin de derrière, saucisses au barbecue et kebabs. Depuis la mort de maman, la maison était une véritable morgue et papa était toujours aussi distant, sauf qu'il refusait désormais de me laisser sortir de son champ de vision. Ou de la maison. C'était la première fois, depuis l'enterrement, que je sentais l'air du dehors.

Je me revois dans le jardin de notre voisin, comptant les pétales de ces belles fleurs, émerveillé de ce kaléidoscope multicolore. Je me demandais comment quelque chose d'aussi vibrant et d'aussi beau pouvait exister dans un monde aussi froid et sombre. Je me rappelle : il est arrivé derrière moi et a posé la main sur mon épaule. Au début, j'ai cru que c'était papa mais, évidemment, papa n'aurait jamais eu ce geste tendre avec moi. Papa n'aimait pas le contact physique.

Bref, j'étais là, dans le jardin, il est arrivé et m'a souri. Puis, après avoir regardé par-dessus son épaule pour être sûr que papa était suffisamment loin, en train surveiller le barbecue sur la terrasse, il m'a dit : *Si un jour tu te sens en danger, Benjamin, tu peux m'appeler. Je viendrai t'aider.*

Mais qu'est-ce qu'un gamin de huit ans sait du danger ? Vos parents vous disent quelque chose, vous l'acceptez. Votre père vous dit que votre mère s'est suicidée et vous dites : *Oui, papa.* Votre père vous ordonne de ne pas parler aux policiers et vous dites : *Oui, papa.* Il vous assure qu'il vous protégera et vous dites : *Oui, papa.* Vous n'écoutez pas ce qui gronde en vous, ces peurs sournoises et incompréhensibles. Vous ne vous dites pas que votre père a tué votre mère et que, pour faire bonne mesure, il vous a collé le meurtre sur le dos, juste au cas où.

Je monte les marches du perron, mon vélo sur l'épaule, et sonne à la porte. Je ne sais pas s'il est chez lui mais si c'est le cas, il risque de mettre un certain temps à ouvrir.

Enfin, il apparaît.

— Benjamin, dit-il.

Il m'a toujours appelé par mon prénom complet.

— Andreï, dis-je. Il est temps que nous ayons une autre discussion.

90

Je suis le professeur Andreï Bogomolov dans sa maison, jusqu'au patio de derrière. Je m'arrête un instant dans le séjour où la télévision diffuse en boucle les événements dont j'ai été le témoin privilégié. Une vue aérienne de la scène montre un cratère noir à l'endroit où se trouvait le SUV russe. Partout, des véhicules de secours, des corps sur des brancards. Encore trop tôt pour une estimation du nombre de victimes. Le fait que ce carnage se soit déroulé à huit blocs du 1600 Pennsylvania Avenue, plus l'appel anonyme au 911 annonçant un attentat contre la Maison Blanche, semblent monopoliser les journalistes et les commentateurs plus que tout le reste.

— Viens, me presse Andreï. Cette histoire ne mènera à rien. Sortons.

Nous traversons la cuisine, où des flacons de médicaments s'alignent sur le comptoir. Dans un coin, une potence d'intraveineuse. Cancer, j'imagine, mais je laisse à Andreï le choix de me l'annoncer. J'ai besoin qu'il me dise beaucoup de choses en ce moment, mais pas celle-là.

— Je suppose que ce que j'étais en train de regarder à la télé a un rapport avec toi ? me demande-t-il en s'installant avec précaution dans un fauteuil de jardin branlant sur le dallage en brique du patio.

Sa modeste arrière-cour me paraissait immense quand j'étais enfant. Elle est agrémentée d'un petit jardin dont les fleurs et les plantes sont précisément ordonnées en rangées et en colonnes.

— Si nous arrêtions de raisonner par suppositions et prédictions pour parler plutôt de ce que vous savez ?

Andreï lève les yeux vers moi, puis fuit mon regard d'un clignement de paupières et considère son jardin.

— Racontez-moi encore votre histoire. Quand vous étiez psy sur un navire soviétique, que vous avez sauté au large de la Côte d'Ivoire et que vous avez rejoint le rivage à la nage. Quand vous avez été sauvé par des membres du Corps de la Paix américain qui vous ont caché au KGB puis amené à l'ambassade américaine au Ghana. Racontez-la-moi encore, Andreï. Quand j'étais gosse, je trouvais que c'était le récit le plus inspirant qu'un homme puisse raconter.

Son expression s'adoucit.

— Et aujourd'hui, tu doutes de mon histoire ?

— On arrête les conneries, Andreï, OK ? Vous avez remarquablement anticipé les actions des Russes. « Prochaine étape : un attentat terroriste », « les Russes ont décidé de reformer le bloc soviétique »... À chaque fois, vous avez vu juste. Sur tout. Alors arrêtons de croire que vous avez simplement un bon instinct...

Il ne répond pas. Pas en paroles, en tout cas. Mais ses yeux s'agitent tandis qu'il réfléchit à mes propos.

— Vous êtes de la CIA. Vous êtes un espion.

Un faible sourire danse sur ses lèvres.

Tu as été à bonne école, scarabée.

— Je suis un patriote, répond-il. J'étais un patriote américain avant même de venir vivre ici.

À y réfléchir avec mon expérience d'adulte, tout se tient parfaitement. En tant qu'officier et psy dans l'armée soviétique, il devait sans doute apprendre beaucoup d'infos juteuses. Beaucoup de secrets. Andreï travaillait pour nous. Il transmettait des secrets à la CIA. Et puis, quelque chose a dû se produire. Les Soviétiques ont commencé à avoir des soupçons. Ou Andreï avait rempli sa part du contrat avec nous et a réclamé sa récompense : la liberté. La CIA a tout arrangé pour qu'il puisse s'échapper. Peut-être qu'il a vraiment sauté de ce bateau au large de la Côte d'Ivoire, mais la suite ? Un tissu de conneries. Tout a été coordonné. La CIA a envoyé un de ses hommes le récupérer et l'exfiltrer aux États-Unis.

— Écoutez, professeur, tant mieux pour vous. Mais accélérons un peu jusqu'au présent. Vous êtes toujours aux aguets. Vous avez toujours des informations. Vous en savez beaucoup plus sur ce qui se passe que vous voulez bien le laisser croire. Mais le moment est venu de tout me dire.

Andreï a toujours été, et sera toujours pour le temps qu'il lui reste, un homme discret. Il ne révélera jamais qu'une partie de ce qu'il sent ou pense. Mais je crois qu'il attendait ma visite. Qu'il désirait ma visite.

— Assieds-toi, Benjamin, me dit-il en indiquant la chaise de jardin à côté de lui.

Je soulève la chaise et la jette dans la cour. Puis je m'approche de mon vieil ami.

— Qu'est-ce qu'il y a sur la vidéo, Andreï?

91

Le professeur Bogomolov pose sur moi ses yeux fatigués.

— Honnêtement, je ne sais pas ce que montre cette vidéo. C'est une information bien gardée à laquelle je n'ai pas accès. Tu pourrais sans doute compter sur les doigts d'une main le nombre de membres du gouvernement qui connaissent son contenu.

— Mais il y a *bien* une vidéo.

Il acquiesce.

— Oui. Il y a une vidéo.

— Et ce sont les Russes qui l'ont.

— Oui.

— Et ils font chanter notre président.

Il soupire.

— Apparemment, oui.

— Mais ça n'est pas une sextape du président avec Diana ?

Il secoue la tête.

— On m'a dit que non. On m'a dit que c'est bien pire que ça. Un contenu extrêmement sensible.

Pire ? *Pire* qu'une sextape du président avec sa maîtresse ?

— Pourquoi vous m'avez «prédit» tout ce qui va se passer avec les Russes, Andreï? Pourquoi vous m'avez révélé leurs projets?

Cette fois encore, péniblement, Andreï tend la tête vers le haut. Il paraît surpris que je ne connaisse pas la réponse, comme si elle était évidente.

— Je te l'ai expliqué : parce que je suis un patriote, Benjamin. De toutes les fibres de mon être. Un patriote fait toujours ce qui est le mieux pour son pays, pas pour son président.

On ne saurait mieux dire. Paroles d'un homme qui a grandi dans un régime totalitaire.

— Donc vous pensez que ça concerne le président personnellement. Ce n'est pas une information classée comme les codes nucléaires ou des photos d'espions infiltrés. C'est personnel.

Andreï hausse ses épaules osseuses.

— C'est ce que je soupçonne. Et si j'en avais la confirmation – si je savais ce que c'était, et que ce soit juste quelque chose de gênant pour le président, je te le dirais. En fait, si je le savais, je transmettrais l'info à tous les journaux du monde. Je ferais tout ce qui est en mon pouvoir pour la rendre publique, afin d'arracher les États-Unis au piège de ce chantage. Même si ça doit me valoir la prison. Seulement… je ne sais pas, Benjamin. Si j'allais voir les journaux, je ne pourrais rien dire de suffisamment précis. Il serait facile de me discréditer. Tu imagines la riposte du gouvernement : « Un vieillard sénile victime de ses hallucinations», ce genre de bêtise…

Il a raison. Notre gouvernement a un talent certain pour nier de façon plausible. Et pour souiller tous ceux qui se mettent en travers de son chemin.

— Le mieux que je pouvais faire, Benjamin, c'était de t'armer avec quelques éléments d'information et espérer que tu réussirais à découvrir plus de choses que moi.

— Pourquoi moi ? Moi ?

Andreï tend le bras et, d'une main fragile, enserre mon poignet.

— Tu es beaucoup plus talentueux que tu veux bien te l'accorder, Benjamin. Tu as surmonté des obstacles qui auraient brisé la plupart des gens. Tu as de la ressource, tu es tenace et, selon moi, brillant. Tu es parvenu à enterrer les démons de ton enfance et à connaître un certain… bonheur, je ne sais pas si c'est le mot. Disons, équilibre. Tu as réussi à échapper aux tentatives d'assassinat des Russes, deviné l'existence de la vidéo et semé la peur au sein du Bureau Ovale.

Je m'accroupis pour pouvoir regarder Andreï face à face.

— Pourquoi ils ont tué John Liu ?

Il me donne une petite gifle amusée.

— Mon ami, tu n'as sûrement pas besoin de moi pour résoudre cette petite énigme.

Je réfléchis une seconde.

— Les Chinois. Les Chinois. Ils ne veulent pas que les Russes reforment l'Empire soviétique. Si les Russes reprennent leurs anciens pays satellites, notamment le Kazakhstan, ils deviendront une menace pour la Chine.

Je regarde Andreï.

— Les Chinois savent ce que les Russes fabriquent, pas vrai ?

— Je le soupçonne, oui.

— Bien sûr. Évidemment. Et ils veulent une copie de la vidéo. Pas pour faire chanter les États-Unis, pour la rendre publique. Ils veulent enrayer le chantage des Russes pour que l'Amérique condamne l'agression russe dans le cadre de l'OTAN.

Ce qui explique *pourquoi* les Russes ont liquidé John Liu. Ils ne doivent pas laisser les Chinois mettre la main sur cette vidéo. Si la vidéo est de notoriété publique, leur tentative d'extorsion tombe à l'eau.

— Mais pourquoi *moi* ? Pourquoi essayent-ils de m'éliminer *moi* depuis la disparition de Diana ? Pourquoi s'imaginent-ils que je possède une copie de la vidéo, *moi* en particulier ?

Andreï fuit mon regard, se perd dans ses pensées. Il paraît troublé. Il ne semble pas connaître la réponse. Mais tenter de percer à jour son esprit, c'est tenter de résoudre le Rubik's Cube.

Hier, j'ai annoncé à Alexander Kutuzov que je possédais une copie de la vidéo. Mais les Russes essayaient déjà de me tuer depuis une semaine. En fait, ils pensaient depuis le début que j'avais la vidéo. Ce que je leur ai dit, ils en étaient déjà persuadés.

— Ou les Russes pensent que tu as la vidéo, ou ils te soupçonnent de vouloir mettre la main dessus.

Ça se tient. Dans un cas comme dans l'autre, je représente une menace pour eux.

Autrement dit, je n'ai qu'un moyen de mettre un terme à tout ça.

— Il faut que je découvre ce qu'il y a sur cette vidéo et que je rende publique l'info. C'est la seule possibilité pour moi de stopper les Russes.

— Et de sauver ta peau.

Ce qui serait bien, aussi.

Je quitte ma position accroupie pour m'asseoir sur le porche. Le soleil tombe et, avec lui, la température. Dans quelques semaines, les couleurs changeront et l'air deviendra plus vif.

— Alors ? Qu'est-ce qu'il y a de pire qu'une sextape du président ?

92

Je quitte la maison d'Andreï complètement coincé. J'ai la confirmation qu'il existe bien une vidéo, ce qui est crucial. Mais, autre confirmation cruciale, il ne s'agit pas d'une sextape du président avec sa maîtresse. Autrement dit, ce matin, j'ai foiré mon coup en essayant de bluffer Craig Carney. Ça va me coûter cher.

Carney est malin, très malin. Quand je lui ai dit que j'avais une copie de la vidéo, il m'a pris au mot. Il m'a demandé son contenu. Et j'ai donné la mauvaise réponse. Désormais, il sait que je bluffe.

La vidéo, je m'en rends compte maintenant, m'a servi de monnaie d'échange depuis le début. Carney m'a mis la pression de toutes les façons imaginables – menaces de poursuites judiciaires, menaces contre Anne, fermeture de mon site, gel de mes avoirs – mais il n'est pas allé jusqu'à me livrer à la police. Bien sûr que non. Parce qu'il avait peur que je détienne une copie de la vidéo et que je la rende publique. Il n'a jamais été sûr que j'avais la vidéo. Maintenant, il sait que non.

J'ai joué aux dames pendant que la CIA jouait aux échecs. Et nous en sommes au mat. Craig Carney n'a plus peur de moi.

Je téléphone à mon avocat, Eddie Volker. Je suppose qu'il a tenté de me joindre sans savoir comment.

— Ben, j'ai essayé de te joindre, dit-il dès qu'il décroche. Les nouvelles sont mauvaises.

Je prends une profonde inspiration en regardant le ciel.

— Le Metropolitan Police Department vient de lancer un mandat d'arrêt contre moi.

— Ouais, exact. Comment tu sais ?

— Laisse-moi deviner… Il a été lancé aujourd'hui vers, disons 10 h 30 ?

— En effet. Comment tu sais ?

Parce que ma conversation téléphonique avec Carney s'est terminée vers 10 h 15. Il n'a pas perdu de temps, à ce que je vois. Dès qu'il a compris que je n'avais pas la vidéo, il a pressé la détente. Retiré sa laisse à l'inspectrice Liz Larkin.

— Tu dois te rendre. Tous les flics de cette ville sont à ta recherche. Pour eux, Ben, tu as tué un des leurs. Tu n'as pas la moindre chance.

93

Ayant raté ma réunion de travail avec Sean Patrick Riley, nous reprogrammons notre rendez-vous dans un bar-rôtisserie sur Rhode Island Avenue Northwest. Ça a intérêt à valoir le coup parce qu'à partir de maintenant, mon temps est compté. C'est une chose de jouer à cache-cache avec des Russes positionnés à travers la ville dans l'espoir de me repérer. C'en est une autre de se retrouver sur le radar de tous les flics de la police de Washington en patrouille à pied ou en voiture dans les rues de la capitale.

À mon arrivée, Riley est déjà en train d'attaquer des ailes de poulet. (Bon sang, ça a l'air génial : manger dans un pub et boire des bières comme si on n'avait aucun souci au monde.) Comme dans la plupart des restaurants, l'ambiance est relativement festive, mais quelque peu tempérée par les événements de l'après-midi. Les chaînes d'information en continu sont en boucle sur l'explosion sur la 22th Street et tous les commentateurs évoquent une attaque terroriste contre la Maison Blanche.

— Vous croyez que c'est un coup des musulmans ? me demande Sean tandis que je me glisse sur la banquette.

La grande question que tout le monde se pose : qui étaient les types dans le SUV ? La réaction type est celle de Sean mais les témoins sur place parlent plutôt de profils européens, ce qui va à l'encontre de la théorie des islamistes radicaux sans toutefois exclure cette éventualité.

Personne n'aura le fin mot de l'histoire car, avec la quantité d'explosifs utilisée, les corps des Russes se sont volatilisés en mille morceaux.

— Allons-y, Sean.

Riley brandit une feuille de papier. (Je ne suis pas d'humeur à couper les cheveux en quatre. On *peut* brandir une feuille.)

— E-mail reçu par Nina Jacobs. Daté du 4 août. La semaine avant que Nina interrompe la distribution de son courrier et du *Washington Post*.

Je regarde la feuille.

OBJET : Aux nouvelles !

DE : « Diana M. Hotchkiss » <ladydiana@intercast.com>

À : « Nina Jacobs » <jacobsnina@metoo.com>

Salut, ma belle !

Je viens juste aux nouvelles. Tout est prêt pour la semaine prochaine ? C'est vraiment un service énorme que tu me rends, À CHARGE DE REVANCHE ! N'hésite pas à te servir dans le frigo, à utiliser le téléphone, à porter les chaussures que tu veux dans mon dressing et, bien sûr, n'oublie pas de nourrir Cannelle.

Bizzz

Di

P.-S. : je sais, tout ça est un peu bizarre mais je t'expliquerai plus tard.

— Curieux, commente Riley. Je veux dire, c'est Diana Hotchkiss qui se suicide, qui saute de son balcon. À lire ce truc, on dirait que Nina lui gardait son appartement.

Ouais, on dirait bien. J'avais deviné que, pour une raison ou pour une autre, quelqu'un avait introduit Nina dans l'appartement de Diana et l'avait amenée à porter les vêtements de Diana. Ce que je ne savais pas, c'était qui. Qui a tendu un piège à Nina ? Qui l'a convaincue de faire ça, supposant ou peut-être *sachant* que cela signait son arrêt de mort ?

Aujourd'hui, je sais. C'était Diana. Diana a piégé son amie Nina.

Et voilà : je crois qu'on peut dire que je ne connaissais pas du tout Diana. Tout ce temps passé avec elle pour découvrir qu'au bout du compte, c'était une arnaque – un mystère total pour moi.

— J'ai une théorie, dit Riley. Ça vous intéresse ?

94

Je m'efforce de ne pas flancher, de garder ma contenance tandis que je prends la mesure de ce que je viens de découvrir sur Diana. C'est presque incompréhensible qu'elle ait tendu un tel traquenard à son amie Nina.

Peut-être qu'elle ne l'a pas fait. Peut-être quelqu'un d'autre a-t-il envoyé cet e-mail depuis son compte de messagerie. Je ne sais pas. Mais c'est impossible. Je n'ai pas pu me tromper *à ce point* sur elle…

— Alors, elle vous intéresse ou pas, ma théorie ?

J'ai quitté l'appartement de Diana juste avant 22 heures, comme elle me l'avait demandé par téléphone un peu plus tôt dans la journée. Mais j'ai failli rater l'horaire, distrait que j'ai été par la lingerie et les sextoys de Diana. Nina Jacobs a dû sortir de l'ascenseur et entrer dans l'appartement quelques minutes, voire quelques secondes, après que je me suis escamoté par la sortie de secours.

Et, quelques minutes plus tard, quelqu'un – notre gouvernement, les Russes, les Chinois, faites votre choix – a poussé Nina du balcon.

— Sean.

— C'est une théorie dingue.

— Non, je…

— Peut-être que ce n'est pas Diana Hotchkiss qui est tombée du balcon. Peut-être que c'est *Nina.* Diana Hotchkiss a tendu un piège à Nina pour que…

— Sean, écoutez-moi. Écoutez-moi attentivement. Rentrez chez vous.

Il a un petit mouvement de recul.

— Hein ?

— Rentrez à Chicago. Vous avez bien travaillé. Ça m'aide énormément. Ça prouve ce que je pense depuis le début.

— Ce que vous pensez depuis le début ? Putain, c'est quoi cette histoire ?

Je soupire.

— C'est lié au SUV qui a explosé aujourd'hui. C'est un complot et une opération d'enfumage qui remonte jusqu'au Bureau Ovale.

Sean Patrick Riley me dévisage longuement.

— Sans déconner.

— Je ne déconne pas, Sean. Diana était au cœur de quelque chose d'énorme. Énorme comme un SUV-qui-explose-au-beau-milieu-de-la-capitale. Cette pauvre Nina n'était qu'un pion dans un jeu dangereux. À l'heure qu'il est, elle est à la morgue avec une étiquette à l'orteil portant le nom de Diana Hotchkiss. Et même si je n'ai pas envie d'y croire, le document que vous m'apportez ne ment pas. Nina portait les vêtements de Diana et habitait chez elle. Elle faisait semblant d'être Diana, Sean. Elle a été piégée. Et vous venez de m'aider à le prouver.

Il met un certain temps mais même un ex-flic sceptique comme lui ne peut pas nier les e-mails qu'il a trouvés lui-même. Des e-mails qui ont été soigneusement effacés, qui ne se trouvaient même pas dans la corbeille de l'ordinateur. Des e-mails supprimés par un professionnel et qui n'ont pu être exhumés par un autre expert engagé par Sean pour passer au scalpel le disque dur de Nina.

— C'est pour ça que vous m'avez demandé l'autopsie de son ordinateur, marmonne-t-il. Vous pensiez qu'on pouvait y trouver ce genre de document…

Exact. Hip hip hip, hourra pour moi.

— Maintenant que vous savez, vous risquez de vous faire buter. Alors rentrez à Chicago. Dans quelques jours, toute cette affaire sera réglée, d'une façon ou d'une autre. Si je ne survis pas, bouclez votre enquête avec tous les éléments dont vous disposez. Vous pouvez encore attendre un peu, pas vrai ? Nina ne risque pas de mourir encore plus…

Il discute un peu. Je ne sais pas si je l'ai convaincu ou pas. Mais je sais qu'il faut que je me tire d'ici, que je mette de la distance entre lui et moi et continue de rester en mouvement.

95

Je laisse Sean à la table et traverse le bar pour sortir. En chemin, je jette un coup d'œil à la télé du bar pour avoir les dernières nouvelles. C'est la seule info couverte par les chaînes.

Le dernier décompte donne au moins six morts dans l'explosion et des dizaines de blessés. Quatre policiers et deux agents du Secret Service dont les visages apparaissent un par un sur l'écran, tués dans l'exercice de leurs fonctions. Avec Ellis Burk, sept membres des forces de l'ordre sont morts. En ajoutant John Liu, Randy le frère de Diana et Nina Jacobs, on arrive à dix.

Quand est-ce que ça va s'arrêter ?

J'extirpe de mon sac de sport un de mes téléphones prépayés. Je commence à composer le numéro quand mon regard revient sur l'écran de télé.

DERNIÈRE MINUTE ! Je me blinde, prêt à voir le nombre de victimes augmenter.

Mais il n'est pas question du SUV. Ni de ce qui s'est passé dans la capitale aujourd'hui. Les nouvelles viennent de l'international.

Devinez.

Suite à l'arrestation inquiétante d'un espion géorgien sur leur territoire, et quelques jours après la tentative d'assassinat du Premier ministre par un agent géorgien, les Russes commencent à amasser des troupes et des tanks le long de leur frontière avec la Géorgie.

Le Conseil de sécurité de l'ONU va se réunir en session extraordinaire. L'ambassadeur de Chine à l'ONU appelle à des pourparlers multilatéraux et demande d'urgence à l'OTAN d'y prendre part.

Puis le président Blake Francis apparaît sur l'écran. À côté de lui son épouse, la rigide princesse Libby Rose. Il s'agit vraisemblablement d'une allocution en différé enregistrée à la Roseraie de la Maison Blanche. Le son est coupé mais les sous-titres sont activés.

Notre président parle du droit de la Russie à se défendre et exhorte l'OTAN à traiter avec prudence la provocation géorgienne. Comme n'importe quel autre pays, explique-t-il, la Russie ne peut pas rester inactive quand elle se sent menacée.

— Merde ! dis-je à personne.

C'est vraiment en train de se produire. Les Russes passent à l'action et nous, on se couche, on laisse les choses se faire. Une fois le premier pays tombé, ce sera de plus en plus difficile de justifier et d'arrêter l'agression russe.

Je manque de temps.

Je sors et appelle Anne Brennan sur mon portable. Les vingt-quatre prochaines heures sont cruciales pour les Russes. Après leur première invasion, les États-Unis ne pourront sans doute plus faire machine arrière. Les Russes le savent. Ils vont tout faire pour tenter de m'arrêter. L'option «SUV qui sème le chaos dans la capitale» n'est sans doute plus d'actualité, après ce qui s'est passé aujourd'hui, mais menacer une personne à qui je tiens? Très certainement envisageable. Je ne pense pas qu'ils soient au courant pour Anne mais je ne peux plus me fier à ce que je *pense.*

Et, je l'avoue, j'ai juste envie d'entendre sa voix. Un peu de réconfort serait le bienvenu, en ce moment. Chaque fois que je respire, je sens le parfum de ses cheveux. En d'autres circonstances, j'aurais même envie de passer une autre nuit avec elle…

Le téléphone décroche avant la fin de la première sonnerie. Bizarre.

— Allô, oui, allô?

La voix d'Anne, surprise et précipitée.

— Anne, c'est Ben.

— Oh! Oh, Ben… Tu n'es… tu n'es pas *là*, n'est-ce pas?

Mon sixième sens d'homme-araignée se réveille. Quelque chose dans sa voix, dans sa réaction en entendant *ma* voix. Et sa rapidité à décrocher. Elle attendait l'appel de quelqu'un d'autre. Et elle avait l'air inquiète que je puisse débarquer chez elle.

Je décide de jouer la sécurité.

— Non, je suis dans le Maryland ce soir.

— Ah, d'accord.

Elle respire.

De soulagement? Que se passe-t-il? Pourquoi ne veut-elle pas que je vienne chez elle?

— Ça va, Anne?

— Oh, ouais. Ça va… bien. J'étais juste… assoupie. Je suis fatiguée, j'ai besoin de dormir…

Assoupie mais qui décroche avant la fin de la première sonnerie ? Sa voix n'est pas celle de quelqu'un de fatigué. Absolument pas. De quelqu'un de nerveux, oui. *Elle est avec quelqu'un ?*

— Bon, pas de problème. Va te coucher. Je te rappelle demain.

— D'accord. Bien. Demain ce sera parfait, merci.

Je coupe la communication et une vague de peur déferle sur moi. Elle ne voulait pas que je passe. Et elle n'a pas voulu me dire pourquoi.

Anne est en danger.

Je me précipite de nouveau dans le restaurant. Sean Patrick Riley vient de commander une autre Budweiser. Il lève les yeux et me dévisage comme si je m'apprêtais à lui rouler une pelle.

— Vous êtes sûr que ça vous intéresse toujours ?

Il s'essuie la bouche avec une serviette.

— Je suis passé de flic des quartiers sud de Chicago pendant vingt ans à bête noire des maris infidèles. Je ne suis pas contre un peu d'action…

— J'ai besoin d'aide, Sean. Ça pourrait être dangereux. Ce n'est pas une blague. Vous avez une arme ?

— Est-ce que le pape est catholique ?

— Un appareil photo ? Avec zoom ?

— Dans ma voiture.

— Et votre voiture est ?

Il jette sa serviette.

— Juste dehors.

— Alors en selle, cow-boy ! Ça fait dix minutes que j'ai besoin de vous.

96

L'appartement d'Anna est juste à côté, sur la 15th Street Northwest, à moins d'un kilomètre. On arrive au carrefour avec T Street Northwest en moins de temps qu'il m'en aurait fallu pour retirer le cadenas de mon Rockhopper.

Sean se gare côté ouest de la rue. C'est un quartier purement résidentiel, on a de la chance de trouver une place. Il me tend une oreillette, que je mets en place.

— C'est bon.

Je me sens comme Jennifer Garner dans cette vieille série, *Alias.*

— Et maintenant, mettez-vous ça autour du cou.

— C'est quoi ?

— Un relais Bluetooth. Vous avez déjà synchronisé une oreillette Bluetooth à votre smartphone ? C'est la même chose, mais vous le portez comme un collier et vous passez le cordon sous votre chemise.

J'obéis. Il s'équipe de la même façon. Il a l'air très excité. Tout cette histoire l'amuse beaucoup. J'aimerais pouvoir en dire autant.

— Maintenant vous le raccordez à votre téléphone, et moi aussi. Comme ça, on peut se parler.

Je lui jette un coup d'œil.

— Rappelez-moi de ne jamais vous contrarier.

Il vérifie son revolver.

— Désolé, je n'en ai pas d'autre.

De toute façon, je ne saurais pas m'en servir. À part pour me tirer dans les valseuses.

— Je fais un repérage des lieux, dis-je.

— C'est moi qui ai le flingue, l'ami. J'y vais.

Mais c'est moi qui me sens coupable. Suffisamment de gens sont morts à cause de quelque chose qui me concerne. Si je peux l'éviter, je préfère être dans le viseur ennemi avant lui.

— J'y vais, dis-je en ouvrant la portière et en sortant.

Sean m'appelle sur mon portable le temps de faire un test.

On est reliés.

— Eh ! me dit-il avant que je ferme la portière. Du temps où j'étais flic, on avait un proverbe : « Attention de ne pas mourir. »

Je le regarde. J'attends la suite.

— C'est tout ? « Attention de ne pas mourir » ?

— C'est tout.

— Merci du conseil, Sean.

Et je me mets en marche vers l'immeuble d'Anne. Je contourne le pâté de maisons et emprunte l'allée de derrière.

L'héroïne d'*Alias* est mon rôle préféré de Jennifer Garner, même si elle était aussi excellente dans *Juno.* Je n'ai pas trop aimé *Daredevil*, à part la moto, mais elle était canon dans le rôle-titre d'*Elektra.*

Arrivé à mi-chemin, j'entends la voix de Sean dans mon oreillette.

— *Vous m'avez dit qu'elle a décroché hyper vite ? Et qu'elle avait l'air d'attendre quelqu'un d'autre ?*

— Exact, dis-je en courant dans l'allée menant à la clôture et à la porte arrière d'Anne.

Je me déplace avec précaution, le cœur battant, le plus silencieusement possible – sur la pointe des pieds, en m'arrêtant à chaque pas, l'oreille tendue.

Je vois son appartement…

Est-ce qu'on peut me voir ?

Je sursaute en remarquant du mouvement à l'arrière de l'appartement, dans la cuisine. Je n'arrive pas à distinguer ses traits mais une silhouette passe rapidement devant le store de la fenêtre. Anne ? Si elle était sous la menace de quelqu'un, elle ne se déplacerait pas aussi facilement.

J'avance de quelques pas. Je me cache derrière un garage – la dernière structure entre moi et la clôture menant à l'arrière de l'immeuble d'Anne, à une dizaine de mètres.

Garner jouait superbement les salopes dans le remake d'*Arthur.* J'adore quand les actrices décident de changer de registre et de jouer les salopes. Jennifer Aniston dans *Comment tuer son boss ?*, par exemple…

Concentre-toi, abruti ! Une fois que j'aurai dépassé le garage, je serai à découvert, vulnérable. L'éclairage public n'est pas très puissant mais suffisant. Si quelqu'un regarde, il ne peut pas me manquer.

Allez, au casse-pipe !

Je sors de derrière mon abri et m'avance sur la pointe des pieds vers la clôture. Je me sens aussi discret qu'un néon publicitaire. S'ils m'ont vu, je suis mort, je préfère donc parier qu'ils ne sont pas à l'affût, en train de surveiller l'endroit. Après tout, ils n'ont aucune raison de m'attendre : au téléphone, j'ai dit à Anne que j'étais dans le Maryland, à des kilomètres et des kilomètres.

Je longe le mur de briques qui borde son immeuble. La chambre d'Anne a une fenêtre. Le store est fermé mais aucune lumière ne filtre derrière. La pièce est dans le noir.

Je me faufile en silence vers l'avant, plié en deux. La façade de l'immeuble est éclairée. Le store de la fenêtre n'est pas fermé. En me hissant un peu, je dois être capable de voir l'intérieur de l'appartement. Mais est-ce qu'ils me verront, *eux ?*

Une seule façon d'en avoir le cœur net : je me relève lentement.

— *On dirait plutôt qu'elle attend quelqu'un…*

Je sursaute quand la voix de Sean vibre dans mon oreille. Je ne suis pas habitué à ces appareils d'espionnage. Je murmure :

— J'ai failli faire un infarctus !

— *On dirait qu'elle attend quelqu'un, un coup de fil ou alors…*

— Ou alors une visite. Bien vu. Surveillez les voitures, OK ? Elles passeront forcément devant vous sur la 15th en direction du nord. L'appareil photo est prêt ?

— *Oh ouais.*

Je marque un temps, respire. Je me lève lentement, me hisse sur la pointe des pieds…

— *Elle est devant la fenêtre !*

Je bondis vers l'arrière.

— Bon sang, Sean ! Quoi ?

— *Elle est devant la fenêtre, elle surveille la rue. Je suis sorti de la voiture et, avec mon zoom, je la vois. Elle regarde par la fenêtre. Elle attend quelqu'un, Ben, croyez-moi. Elle regarde dans la rue… Elle attend une voiture.*

Alors moi aussi. Mais pas ici, dans l'allée. Trop évident.

Je me déplace en crabe de quelques pas vers la 15th Street afin de voir la cour avant de l'immeuble à côté de chez Anne sans risquer d'être vu. Si je me souviens bien, le petit carré de pelouse devant le bâtiment est bordé par des buissons. La plupart des immeubles de ce bloc ont ce genre de cour, transformée en jardin ou agrémentée de haies. Le terrain étant plutôt rare dans le U Street Corridor, n'importe quelle parcelle de verdure est bichonnée, si minuscule soit-elle.

Ces buissons n'ont rien de spectaculaire mais ils atteignent presque un mètre de haut, ce qui devrait suffire. Si quelqu'un scrute vraiment les environs, je peux être repéré. C'est un risque. Mais, bon, ça fait bien longtemps que je ne m'arrête pas à ce qui est « risqué ». J'avance sur une corde raide depuis plusieurs jours.

— Prévenez-moi quand elle quitte la fenêtre. Je vais essayer de trouver une planque mais là, elle peut me voir.

Une pause. Pas très longue.

— *Maintenant ! Vite ! Elle fait les cent pas, elle va revenir à la fenêtre !*

Je bondis de ma position et plonge derrière un buisson près de la porte voisine. Je devais être ridicule pendant ma petite acrobatie. Je dois être ridicule en ce moment.

— Joli saut de l'ange, ironise Sean.

Mais j'ai réussi. Maintenant, voyons qui sera le visiteur du soir d'Anne Brennan.

97

Plusieurs voitures passent sur la 15th Street. Chaque fois, Sean me prévient. Chaque fois, mon pouls part en staccato. Chaque fois, la voiture passe sans s'arrêter – fausse alerte.

La championne des actrices-étonnamment-bonnes-dans-des-rôles-de-salope est Glenn Close. Elle n'a jamais figuré dans des classements de top-models mais dans *Les Liaisons dangereuses* et *Liaison fatale*… Bon sang ! Je crois que ça vient des pommettes.

— *Elle attend peut-être des copines pour une virée en boîte*, suggère Sean dans mon oreillette.

— Non, ce n'est pas une visite amicale. Anne était bien trop nerveuse.

Je suis allongé dans l'herbe, visage baissé, m'efforçant de ne pas bouger de peur d'attirer l'attention d'Anne. Mais le buisson me dissimule suffisamment, je pense, et, surtout, je suis au nord alors qu'elle regarde au sud, dans la seule direction par laquelle une voiture peut arriver dans cette rue à sens unique.

Anne Hathaway devrait tenter les rôles de salope. Elle a déjà joué des filles sexy mais pas de sal…

— *À l'approche, à l'approche, une citadine noire. Elle roule lentement…*

OK. Concentre-toi, Ben. Une berline citadine noire. Peut-être un véhicule gouvernemental.

Peut-être une voiture de milliardaire.

— Elle l'a vue. Elle prend son sac… maintenant elle va vers la porte d'entrée.

Je me relève lentement, me mets à genoux, écarte le buisson des deux mains et inspecte la rue.

— Dites-moi si je dépasse du buisson.

— *C'est bon, vous êtes toujours caché.*

— Mitraillez tout ce que vous pouvez avec votre appareil, Sean. Je ne suis pas sûr de bien voir.

— *Noté.*

La bonne nouvelle pour moi, c'est que la parcelle de pelouse où je me trouve est surélevée, en léger surplomb du trottoir, ce qui me permet de voir la voiture garée devant l'immeuble d'Anne.

Une berline noire. J'entends le feulement du moteur. Il n'y a aucune raison pour que quelqu'un dans cette voiture regarde dans ma direction et, selon Sean, je resterais de toute façon indétectable mais ça n'empêche par mon cœur de battre avec frénésie dans ma poitrine.

J'entends la porte de l'immeuble s'ouvrir, puis le *clac-clac* des escarpins d'Anne ricocher sur le petit perron.

La portière passager à l'arrière de la citadine s'ouvre et, comme je l'espérais, le plafonnier du véhicule s'allume, éclairant tout l'habitacle. Un homme en costume foncé en sort et fouille Anne avant de la laisser monter à bord. Puis elle plonge presque sur la banquette arrière, gratifiant la personne qui y est assise d'un baiser passionné.

Anne Brennan embrasse quelqu'un, et ce n'est pas moi.

— *Putain de merde, c'est bien qui je crois que c'est ?* s'écrie Sean.

L'homme au costume foncé ferme la portière arrière et monte à l'avant. Un instant plus tard, la lumière du plafonnier s'évanouit et il fait de nouveau sombre dans la voiture.

— *Je la file ?* demanda Sean.

Je soupire. Ma poitrine est en feu.

— Non.

La citadine démarre vivement. Je laisse le buisson se refermer.

Et mon cerveau relâche un tourbillon de pensées.

Opération Delano… pire qu'une sextape du président… Delano…

Merde. Évidemment. Quel con je fais.

— *Ben, vous avez vu, dans la voiture ? C'est bien la personne que je pense ?*

— Oui.

Je retombe assis.

— C'est bien la personne.

98

Je suis dans la voiture de location de Sean Patrick Riley, devant mon hôtel minable. Ça fait trois heures que nous sommes revenus de chez Anne Brennan. Trois heures pour essayer de trouver un sens à la scène dont j'ai été témoin à l'arrière de cette berline.

Et trois heures pour imaginer quoi faire ensuite.

— Vous êtes sûr de ce plan ? me demande Sean.

Je soupire.

— Non, mais je n'en vois pas d'autre. Il faut que je fasse quelque chose.

— Il ne faut pas, non. Qui vous a désigné comme sauveur du monde ? Si j'étais vous, je soutirerais le maximum de fric de ce Russe milliardaire, passerais un marché avec les Feds et partirais vivre sur une île. Mais ça, c'est mon avis.

Son raisonnement se tient.

— Surtout que tout votre plan repose sur cette vidéo.

— Exact. Maintenant que je sais ce qu'elle contient, ça peut marcher.

Il lâche un grognement réprobateur.

— Vous voulez dire que vous *croyez* savoir ce qu'elle contient, vous *croyez* que ça peut marcher.

C'est plutôt ça, d'accord.

— Votre truc, là, c'est juste une supposition plausible. Si vous vous plantez, vous êtes foutu.

— Occupez-vous juste de votre coup de fil, dis-je pour changer de sujet. Vous êtes sûr d'avoir le bon numéro ?

Il ronchonne.

— Sûr. Je vous l'ai déjà récité.

Il n'a pas l'habitude qu'on lui donne des consignes. Sans doute une des raisons pour lesquelles il a cessé d'être flic et s'est mis à son compte comme détective privé.

— Et vous utiliserez un téléphone impossible à localiser.

Il balaie ma remarque d'un revers de la main.

— Oui. Oui, je vous l'ai déjà dit. Pas d'inquiétudes, Ben. Je suis tout à fait capable de passer un putain de coup de fil.

Je hoche la tête. Nous restons un moment silencieux. Au moins, Sean a l'air ravi de cette poussée d'adrénaline. Moi, je sens mon estomac perforé par une coulée d'acide.

— Si votre plan ne fonctionne pas, m'informe mon camarade, vous êtes cuit. Ils vous arrêteront et vous jetteront dans un trou. Vous aurez beau lancer les accusations les plus dingues, vous n'aurez aucune preuve.

C'est la pure vérité, évidemment.

— En partant du principe que vous restez en vie. Selon moi, c'est du 50/50 – au mieux.

« Tu sais, moi et les probabilités », dit Han Solo en slalomant entre les astéroïdes dans *Star Wars*.

— Dans ce cas, mon plan a intérêt à fonctionner.

99

J'étire mes bras pour relâcher la tension nerveuse. Je suis en caleçon, je contemple le mur maculé de ma chambre d'hôtel pourrie. Dans ma main, le téléphone que Sean Patrick Riley m'a donné hier soir. Je m'apprête à composer le numéro qui pourrait tout changer.

Le calme avant la tempête. Rocky devant la glace avant d'affronter Apollo Creed. Tom Cruise avant de procéder au contre-interrogatoire de Jack Nicholson qui passe en cour martiale. Mikey dans *Swingers* quand il rassemble son courage pour appeler Nikki, cette fille rencontrée dans un bar, pour finir par laisser sept ou huit messages d'affilée sur son répondeur, chacun plus désastreux que le précédent, et se prendre un vent quand elle décroche enfin et l'envoie bouler.

OK, peut-être que ce dernier exemple est moins édifiant. Mais vous avez remarqué? Je n'ai cité aucun président. Merci à l'inspectrice Liz Larkin, qui m'a fait remarquer que mes connaissances sur les présidents américains étaient une façon de me relier à mon père. Oubliés, leurs poèmes préférés, leurs chaussures de prédilection ou leurs animaux de compagnie.

Plus jamais. À noter noir sur blanc : le seul président auquel je m'intéresse désormais est celui qui occupe actuellement la Maison Blanche, qui a trahi son serment et qui fout le bordel dans ma vie.

Je n'ai pas fermé l'œil, au cas où ça vous aurait échappé. J'ai jeté l'éponge la nuit dernière, aux alentours de 4 heures. Dans l'impossibilité de quitter cet hôtel avec la police qui me traque dans toute la ville, je n'ai rien fait d'autre qu'arpenter cette minuscule pièce crasseuse pendant des heures et des heures. Bonne répétition générale, sans doute, avant d'atterrir en prison – ce qui m'attend, au mieux, si mon coup de fil ne se passe pas comme prévu. Au pire, ce sera le cercueil.

En piste, Ben. Ne déconne pas.

Je compose le numéro et porte le téléphone prépayé à mon oreille.

Une sonnerie. Mon estomac passe en mode essorage. Ma main a du mal à tenir l'appareil.

Ne merde pas comme Mikey… Ne merde pas comme Mikey…

— Allô.

La voix est atone, glaciale. Et, naturellement, dégoulinante d'un épais accent.

Une profonde respiration, puis :

— Monsieur Kutuzov, ici Ben Casper.

— Ah, monsieur Casper.

Meuu-sieuur-Khaa-sper.

— Il faut qu'on parle.

— Tiens donc ? Je dois vous avouer une chose, monsieur Casper : j'ai quelques doutes sur vous. La première fois que vous m'avez contacté, j'ai pensé que vous étiez en possession d'un document très important. À présent, je n'en suis plus si sûr.

— Eh bien, vous devriez l'être, Alex. J'ai la vidéo. Elle est en pièce jointe de tout un tas d'e-mails prêts à être envoyés aux médias d'Amérique du Nord s'il devait m'arriver quelque chose.

— Je vois.

Sa voix est teintée d'amusement. Comme s'il ne me croyait pas.

— Je veux vingt millions de dollars transférés sur un compte privé, Alex. Quand je les recevrai, je peux vous assurer que cette vidéo restera confidentielle.

Kutuzov fait claquer sa langue.

— Non, non, monsieur Casper. Je ne crois pas. Voyez-vous, mon ami, je sais que vous essayez de mettre la main sur cette vidéo. Je sais maintenant que vous n'avez pas réussi à l'obtenir. Je crois que… comment disent les Américains ? vous *bluffez*. C'est ça : vous avez tenté un bluff avec moi, l'autre fois.

C'est vrai. Comme je continue de le faire.

— Je ne bluffe plus, Alex.

— Alors décrivez-moi le contenu de la vidéo. Prouvez-moi que vous en avez bien une copie.

En gros, c'est déjà ce que m'a demandé Craig Carney hier, et j'ai échoué au test. J'espère réussir, cette fois-ci. Sinon, je n'ai pas de plan B.

— C'est une sextape montrant Diana Hotchkiss avec la First Lady, Libby Rose Francis.

Je retiens mon souffle. C'est maintenant. Vrai ou faux. La vie ou la mort. Ce serait tellement mieux si je pouvais avoir cette foutue vidéo.

À l'autre bout du fil, Kutuzov soupire.

— Donnez-moi votre numéro de compte bancaire.

Sa voix semble avoir un peu perdu en confiance.

100

Je fais les cent pas dans ma chambre pendant encore une heure. Mes jambes flageolent, mes membres fourmillent sous le coup de la peur.

Donnez-moi votre numéro de compte bancaire, a dit Kutuzov.

Cette fois, on dirait bien que j'ai vu juste à propos de la vidéo. Les indices étaient sous mes yeux depuis le début. Opération Delano. J'avais raison sur l'opération originale, le chantage dont a été victime le président Roosevelt. Mais j'avais tort sur le mobile.

J'avais oublié sa femme, Eleanor. À ce jour, les rumeurs n'ont pas été confirmées mais, dans certains cercles, on les considère comme avérées : Eleanor Roosevelt était lesbienne. Staline a dû en entendre parler, lui aussi. Il a tenté de rassembler des preuves de son homosexualité et de s'en servir comme moyen de pression à Yalta.

Dans les années 1940, ces informations devaient être dévastatrices.

(Je précise que ce développement n'est pas une entorse à mon moratoire sur les anecdotes autour des présidents américains.)

En tout cas, avance rapide : soixante-dix ans plus tard, voici venir l'opération Delano 2.0. Les Russes détiennent la preuve que Libby Rose Francis a une petite amie nommée Diana Hotchkiss. Mais, à notre époque, cela provoquerait-il un scandale politique aussi terrible ? Que le président reconnaisse l'homosexualité de sa femme ? Notre nation n'aurait-elle pas dépassé ce stade ?

Apparemment, le président Francis n'a pas l'intention de servir de cobaye.

Et qui sait, peut-être cette vidéo révèle-t-elle une sexualité très provocante – je marque une pause ici pour rappeler la collection de sextoys trouvée dans le placard de la chambre de Diana –, de nature à effrayer n'importe quel homme politique ? Du point de vue du président Francis, ce pourrait être la goutte qui fait déborder le vase. Comment survivre à la diffusion sur Internet d'un film montrant son épouse prenant d'assaut une autre femme à coups de gode-ceinture ?

Je sursaute en entendant frapper lourdement à ma porte. Mon pouls explose en un déflagration lancinante. *Qui sait que je suis ici ?* Je cherche une issue…

Soudain il se fit un tapotement, comme de quelqu'un frappant doucement, frappant à la porte de ma chambre…

Il n'y a aucune fenêtre, pas un endroit où se cacher…

C'est quelque visiteur, murmurai-je, *qui frappe à la porte de ma chambre ; ce n'est que cela, et rien de plus.*

— C'est Sean ! Ben, c'est Sean !

Je pose mes mains sur mes genoux et attends de retrouver ma respiration. Inspire, Ben. Et expire.

— Salut, dit-il quand je lui ouvre.

Il me dévisage un moment.

— Qu'est-ce que vous racontiez, là ?

— Rien du tout.

— Quelque chose… ça ressemblait à ce poème d'Edgar Allan Poe. « Le Corbeau »…

Je respire.

— J'ai dit ça tout haut ?

— Oui.

Il pose une main sur mon épaule.

— Vous avez réussi à dormir cette nuit ?

— Que dalle.

Je referme la porte et la verrouille.

— Vous avez un téléphone intraçable pour votre appel ?

— Oui. Nom de Dieu, vous allez me le demander combien de fois ?

— Ça m'aide beaucoup, Sean. Vraiment.

— Ça n'est rien.

Il parcourt du regard ma chambre d'hôtel minable et pense sans doute : « Vraiment rien du tout. »

— Alors ? Vous avez bien deviné, pour la vidéo ?

— Ouais.

— Seigneur… Diana Hotchkiss en train de coucher avec notre First Lady ?

— J'aurais dû y penser depuis longtemps. Mais, oui, hier soir m'a ouvert les yeux. Et vos photos au zoom : c'est encore plus clair que ce que j'ai vu.

Il hoche la tête, pas peu fier.

— Ouais, joli gros plan du baiser. Pas vraiment un baiser amical, d'ailleurs…

Il sort un tirage de sa sacoche. Il m'a montré le cliché sur l'écran de son appareil hier, mais c'est la première fois que je vois la photo imprimée.

Anne Brennan assise à l'arrière de la berline noire, embrassant fougueusement, passionnément Diana Hotchkiss.

Il a raison : rien d'amical là-dedans. Deux femmes qui se retrouvent après avoir souffert d'une longue séparation. Le baiser de deux femmes amoureuses.

Oh, Diana. Avec toi, j'imagine que je ne serai jamais au bout de mes surprises.

Le cadrage est tellement serré qu'on ne voit pas grand-chose d'autre que leur visage. Mais, hier soir, quand je regardais l'intérieur de la voiture, j'ai aperçu brièvement une trace orange, et la photo de Sean laisse deviner la tenue de Diana. Mais l'élément crucial, c'est ce reflet métallique sur son poignet tandis que sa main caresse tendrement la joue de son amie.

Diana est menottée et porte une combinaison de détenue orange.

Pas une espionne pour le compte des États-Unis, non : une traître. Qui a filmé en secret ses ébats avec la First Lady et vendu la vidéo au plus offrant. Je parie qu'elle travaillait d'abord pour les Russes mais que sa cupidité l'a amenée à mettre les Chinois dans la confidence. À moins qu'elle n'ait travaillé pour les deux camps à leur insu ? Qui sait…

Les détails ont peu d'importance. L'important, désormais, c'est que je m'adapte à cette nouvelle donne et si je m'y prends mal, c'est soit la prison à vie, soit le cercueil sur mesure.

— De quoi vous avez besoin, maintenant ?

La question de Sean me tire de ma torpeur.

— Juste que vous passiez ce coup de fil.

— Rien d'autre ?

— Juste ça, rien de plus.

Il ne sait pas s'il doit rire ou être accablé.

— Aujourd'hui, Sean, je vous interdis de traîner du côté du National Mall. Si ça ne marche pas, je suis un homme mort ou en état d'arrestation. Et vous serez accusé de complicité.

Il grimace. Lui demander de se tenir loin d'un événement trépidant ? Autant demander à Kim Kardashian de se tenir éloignée de Twitter.

— Pour l'instant, vous menez seulement l'enquête sur la disparition de Nina Jacobs. Personne ne peut vous poursuivre en justice pour ça. Si vous m'aidez maintenant, vous risquez la taule jusqu'à la fin de vos jours. Ou une balle perdue.

Je m'avance vers la porte et l'ouvre. Trop de gens innocents sont morts. Si je suis le prochain sur la liste, qu'il en soit ainsi. Mais pas Sean.

— Partez, dis-je.

Il obéit à contrecœur. En passant devant moi, il me donne un petit coup de poignet sur le torse.

— Une dernière chose…, commence-t-il.

— Je sais : attention de ne pas mourir.

101

C'est ici que ça se termine.

J'ai toujours eu envie de dire un truc dramatique comme ça. Vous savez quoi ? Quand c'est vraiment le cas, ce n'est pas aussi fun.

En cet après-midi, le ciel est une étendue bleue poudrée, scintillante et sereine. Je porte un pantalon et une chemise à col boutonné que je viens d'acheter. La sueur graisse mon front et ma chemise colle à mon torse.

Le National Mall est bondé aujourd'hui. Peut-être parce que, la fin de l'été approchant, les gens commencent à rentrer de vacances et à se préparer pour la rentrée scolaire de septembre.

À moins qu'il n'y ait plus de « touristes » que d'habitude, car certains parmi eux ne sont pas du tout des touristes. Je ne me fais aucune illusion. Ils sont sans doute des dizaines, disséminés à travers tout le Mall, parmi les mémoriaux, à scruter mes faits et gestes, à communiquer entre eux, déterminés à presser la détente au premier signe de la main, au premier ordre lancé dans l'oreillette. En ce moment, j'ai probablement une vingtaine de cibles collées sur la poitrine.

Et je leur facilite la tâche : je suis immobile, debout, à une vingtaine de mètres du Lincoln Memorial qui surplombe le Mall. C'est l'endroit de la capitale que je préfère : il y a quelque chose d'inspirant à penser au courage dont ont fait preuve tant d'hommes et de femmes pour défendre ce pays et les libertés individuelles. Et c'est peut-être la dernière fois que je le vois.

Je monte vers le Memorial. Mais aujourd'hui, « Honest Abe » est invisible : une bâche bleue recouvre la statue, accompagnée d'un écriteau expliquant que des réparations sont en cours et que le Memorial sera bientôt de nouveau accessible. Les amateurs seront déçus, mais ce ne sont pas les sites intéressants qui manquent par ici.

Je reste donc seul, assis sur les marches du Memorial, contemplant le miroir d'eau et le Washington Monument pendant que des parents jouent les gardiens de troupeau avec leurs enfants et prennent des photos. Le reste des passants se promènent parmi les mémoriaux à la mémoire de nos héros.

Par un après-midi humide, alors que, faible et stupide, je méditais sur les motifs de ces messieurs si antagonistes, j'attendais, nerveux et silencieusement frustré, un visiteur devant ce grand Mémorial, un inquisiteur devant ce fier Mémorial. Cela, et rien de plus.

Enfin, un peu plus quand même. Le visiteur que j'attends et sur lequel je rumine cherche depuis quelque temps maintenant le moyen de m'expédier *ad patres.* Aussi, après de minutieux préparatifs, j'évaluerai la situation et prierai pour que ma façon de présenter les choses débouche sur la paix plutôt que sur la guerre.

— Bonjour, monsieur Kutuzov, dis-je à l'homme élégant en train de monter l'escalier.

Et je veux bien être brûlé si je me trompe.

102

— Bonjour, monsieur Casper, répond Alexander Kutuzov avec cet accent riche et rugueux.

De près, il paraît plus brut de décoffrage que je l'aurais cru. Il a la tenue classique d'un milliardaire décontracté – chemise sur mesure en soie jaune aux manches retroussées, pantalon également sur mesure, coupe de cheveux à mille dollars – mais sa peau est épaisse et vérolée, son nez semble avoir encaissé pas mal de coups de poing, ses avant-bras sont zébrés de cicatrices. La fortune qu'il a amassée s'élève à vingt milliards de dollars mais il semble l'avoir obtenue au prix de quelques combats.

— Vous êtes pile à l'heure. Un homme fiable, à ce que je vois.

Un couple monte vers le monument puis se retourne vers nous, visiblement déçu. Le National Mall ne manque pas de superbes curiosités mais leur premier choix devait être la statue d'Honest Abe, à présent dissimulée sous la bâche bleue.

— Votre choix de lieu de rendez-vous est très astucieux, répond-il. Suffisamment public pour vous donner une impression de sécurité, et en même temps privé avec la restauration de la statue de M. Lincoln qui vous garantit que personne ne pourra épier notre conversation.

En réalité, je cherchais juste un endroit dépourvu de passants innocents.

Et, aussi, proche de mon prochain rendez-vous, si je réussis à terminer celui-ci, vivant.

— À moins que non, poursuit-il.

Je tressaute.

— Je ne suis pas sûr de vous comprendre.

Il se tourne vers moi.

— Êtes-vous en train d'enregistrer cette conversation, monsieur Casper ?

J'essaie de répondre par un gloussement, comme si sa question était follement drôle. Je ne réussis qu'à produire une sorte de raclement de gorge.

— Pourquoi je ferais ça ? En passant ce marché avec vous, j'enfreins la loi. Je pourrais aller en prison.

— Exact. Cela dit… permettez que je vous fouille pour être sûr que vous n'êtes pas équipé.

— En signe de bonne volonté ? Pour me montrer coopérant ?

— On peut le voir comme ça.

— Peut-être que je ne me sens pas d'humeur à coopérer.

Kutuzov m'adresse un sourire réfrigérant.

— Victor, dit-il.

Avant que j'aie le temps de lui demander ce qu'il veut dire ou qui est ce putain de « Victor », j'entends un *dzzz* percer l'air et la marche juste en dessous de là où je suis assis explose. Je sursaute et bascule sur le côté. Kutuzov éclate d'un rire moqueur.

Je regarde l'impact de la balle. Quelques centimètres à gauche ou à droite et je perdais un pied. Quelques centimètres plus haut et je pouvais me produire avec les Petits Chanteurs de Vienne.

Je parcours du regard le Mall. Impossible de deviner d'où le tir est parti. Mais l'adresse de ce sniper est indéniable. Kutuzov sait se faire comprendre.

Pendant toute cette petite scène, ce dernier est resté immobile comme une statue. Il se tourne à présent vers moi et m'adresse un clin d'œil.

— Et maintenant, d'humeur plus coopérante ?

J'acquiesce et me lève. L'adrénaline coule à flots en moi : mon cœur martèle mon thorax, et je me demande si, par hasard, je n'ai pas eu les yeux plus gros que le ventre. À quoi je réponds : *absolument.*

— Vous avez gagné, dis-je en levant mes mains tremblantes. Fouillez-moi.

Il a un mouvement de tête en direction du miroir d'eau, où un imposant gentleman se met à marcher vers nous.

— Mon associé va s'en charger.

Et, se levant, il s'éloigne.

Mon pouls résonne dans ma gorge.

— Vous allez où ?

Il ne me répond pas. Nouveau clin d'œil, puis il descend les marches d'un pas souple.

Pendant que son « associé » les monte.

Je murmure *Je t'aime, maman*, au cas où ce seraient mes dernières paroles. Mais il ne va pas me tuer, n'est-ce pas ? Kutuzov ne serait pas venu personnellement jusqu'à moi s'ils voulaient juste me tuer. Pas vrai ?

Il aurait demandé à Victor le Sniper de me liquider.

Pas vrai ?

L'homme s'approche de moi et glisse la main dans sa veste. Je retiens ma respiration. Je la savoure. J'en suis arrivé à aimer la sensation de respirer. Si je pouvais continuer encore un peu…

Sa main ressort, tenant une longue baguette.

— Veuillez écarter les bras.

Toujours cet accent épais. On dirait Drago dans *Rocky IV*, en moins charmant. Mais avec le même sens de l'humour. Je m'attends à l'entendre dire « Je vais te massacrer ».

Je me lève. Il passe la baguette sur moi – aucun son. Elle ne détecte rien. Pas de signal. Puis il me palpe, à la recherche d'un micro. J'ai l'impression de passer les contrôles de sécurité de l'aéroport de Leningrad. Il n'oublie aucune partie de mon corps. Il examine même mon téléphone prépayé, que j'ai éteint. Il peut fouiller et palper autant qu'il veut. Il ne trouvera rien.

Parce que je n'enregistre pas cette rencontre.

Il monte les marches derrière moi. Je me retourne et le vois soulever la bâche sur la statue de Lincoln. Il continue sa tournée d'inspection.

Une fois qu'il a terminé, il redescend les marches, passe devant moi sans un mot et adresse un bref signe de tête à Alex Kutuzov. Qui revient alors à ma hauteur.

— Merci. Vous avez tout à fait raison. À quoi bon enregistrer notre discussion ? Mais vous comprenez ma prudence. Je dois… redoubler de discrétion.

— Naturellement.

J'essaie d'avoir l'air détendu. Mais je ne le suis pas. Je n'aurais jamais dû venir.

— Et maintenant, dit Kutuzov, parlons de notre affaire.

103

— Vous êtes nerveux. Vous tremblez.

Je voudrais pouvoir sortir une bonne réplique. À la Bruce Willis. Il plisserait les yeux, hausserait les sourcils et dirait quelque chose de subtil et glacé à la fois. « Subtil et glacé », ça ferait un bon slogan pour un chewing-gum à la menthe. Je ne serais pas contre un chewing-gum en ce moment, ça me calmerait. On a toujours l'air plus décontracté quand on mâche du chewing-gum.

— J'ai cru comprendre que la police locale vous cherchait en toute urgence, reprend Kutuzov.

— Ouais. Je n'ai plus vraiment d'amis.

— Eh bien, vous en avez un maintenant.

Il se tourne vers moi.

— Mlle Diana m'a prévenu qu'elle avait mis de côté la vidéo pour son ami journaliste, en guise d'assurance-vie. Nous l'avons cherchée, sans réussir à mettre la main dessus. Nous savions que vous la cherchiez, vous aussi. De sorte que vous êtes devenu notre adversaire, Benjamin. Et j'ai dû prendre des mesures pour vous... empêcher de la trouver.

— Des mesures. Par exemple, me mitrailler sur la 15th Street et, hier, près de DuPont Circle ? Ce sont de ces « mesures » que vous parlez, Alex ? Celles qui ont provoqué la mort de mon ami Ellis Burk et de six autres officiers de police ?

Il tapote ma jambe.

— Vous êtes à bout de nerfs. Je comprends. Et, si ça peut vous aider, je vous présente mes excuses. Mais nous devons tourner la page sur ces incidents. Vous avez gagné la partie, Benjamin. Vous avez trouvé la vidéo malgré mes efforts pour vous en empêcher. Je vous en félicite.

Curieusement, venant de ce type, la louange me semble manquer de sincérité.

— Maintenant, Benjamin, nous allons vers des jours meilleurs. Je veux que vous soyez heureux, mon ami. Heureux et riche. Je crois que le virement sur le compte que vous nous avez indiqué vous a été confirmé ? Les vingt millions de dollars ?

— Oui. Ils vont certainement faciliter ma quête de bonheur.

— En effet. C'est une belle récompense pour ne pas divulguer l'existence de cette vidéo.

Je me frotte les mains et tente de parler d'une voix autoritaire. Quand je suis nerveux, j'ai tendance à monter d'une octave – ce qui me situe à peu près à l'opposé du type cool que j'essaie d'être.

— Vous avez compris ce que je vous ai déjà expliqué, Alex ? S'il m'arrive quelque chose, si une balle trouve par accident le chemin de mon crâne, cette vidéo devient virale. Diffusée par tous les médias d'Amérique du Nord.

— J'ai parfaitement compris. Vous avez été très clair ce matin au téléphone. Vous êtes très clair en ce moment. Si je vous tue, la vidéo sera rendue publique.

Ouais, mais j'avais envie de le répéter. C'est ma garantie de survivre.

— Mais *vous*, Benjamin, vous avez compris que si vous décidiez malgré tout de trahir notre accord et de divulguer cette vidéo, vous vous condamnez à une mort atroce ?

Je hausse les épaules.

— Peut-être. Peut-être pas.

Si je mâchais un chewing-gum, je ferais une bulle, là. Ça me donnerait l'air cool.

Je me tourne vers Kutuzov qui, d'une main, m'attrape par le col de ma chemise et m'attire vers lui. Apparemment, j'ai appuyé sur le bon bouton.

— Écoutez-moi bien, mon jeune ami. Ne commettez pas l'erreur de prendre le passé pour l'avenir. Vous vous cachiez, nous manquions de temps pour nous préparer, et vous n'avez échappé à la mort que d'extrême justesse. Ces balles qui ont tué votre ami inspecteur de police, elles vous ont frôlé à quelques centimètres, n'est-ce pas ? Et vous ne pourrez plus jamais compter sur des barrages de police et des agents du Secret Service pour sauver votre peau. Sans eux, hier, vous seriez mort en quelques secondes. Ne sous-estimez pas ce que je peux faire.

Kutuzov lâche ma chemise et me repousse. C'est pour ça, et pour aucune autre raison, que nous nous rencontrons d'homme à homme. Il lui suffisait d'appuyer sur un bouton pour transférer les fonds sur mon compte, après quoi il se serait envolé pour la Russie. Mais il voulait me transmettre ce message personnellement. Il veut instiller une peur mortelle en moi jusqu'à la fin de mes jours.

— Sacrée façon de parler à un ami, parvins-je à répondre.

Kutuzov me jauge des pieds à la tête.

— Vous avez besoin d'une piqûre de rappel de Victor, peut-être ?

Je tends les paumes des mains – *stop*.

— Non, non. C'était très clair.

Après un moment, il m'adresse un autre sourire glacial.

— Très bien, Benjamin. Si je vous tue, la vidéo est divulguée. Si vous divulguez la vidéo, je vous tue. L'équilibre de la terreur, n'est-ce pas ?

Une expression de la guerre froide. Tout à fait adéquate.

Il tape dans ses mains.

— Vous avez entendu mon avertissement et je suis certain que vous ne doutez pas de sa sincérité. Nous en avons donc terminé. Oui ?

Kutuzov me tend la main. Je me fous de savoir ce que Victor compte faire de sa prochaine balle, je ne serre pas la main de cet enculé.

— Non.

J'ai encore prévu une réplique. Celle de Robert De Niro à Dennis Farina à la fin de *Midnight Run.* Si ce sont mes dernières paroles – et c'est fort possible –, autant choisir une de mes citations préférées.

— Il y a quelque chose que j'ai toujours eu envie de vous dire : vous êtes en état d'arrestation.

104

Le sourire d'Alexander Kutuzov s'évapore. Il sursaute. Son esprit part au quart de tour. Il n'arrive pas à mettre en parallèle son incrédulité et mon assurance.

— C'est la vérité, reprends-je. Dites quelque chose !

La réplique de Jay Mohr à Tom Cruise dans *Jerry Maguire*, quand il le vire à la fin de leur déjeuner.

— Vous venez d'avouer être derrière la mort de ces policiers. Je ne suis pas avocat mais je suis à peu près sûr qu'en Amérique, c'est un crime.

Les yeux de Kutuzov me parcourent frénétiquement.

— Vous n'avez pas enregistré cette conversation, bredouille-t-il, confus. On a vérifié. On a pris toutes nos précautions.

— C'est vrai. Je n'ai rien enregistré.

— Alors c'est votre parole contre la mienne.

— En l'occurrence, c'est juste *votre* parole, Alex.

Kutuzov sort un petit pistolet de la poche de son pantalon. Je ne savais même pas qu'il en avait un. Il le braque sur moi et se met à parler russe d'un air furieux.

— Désolé, je ne parle pas russe.

Mais ce n'est pas à moi qu'il parle.

— Expliquez-vous ! me hurle-t-il. Ou je vous tue tout de suite !

— Tuez-moi et vous risquez de perdre pas mal de ces jolis prix humanitaires…

Chevy Chase à Joe Don Baker dans *Fletch aux trousses.* Je me régale.

— *Niet !*

Cette fois, ce n'est pas sur moi qu'il crie.

— Expliquez-moi ce que vous venez de dire !

À présent, Kutuzov est aussi en sueur que moi, sa main tremble lorsqu'il pose le canon de son arme sur mon front.

— Je n'ai pas enregistré notre conversation. Mais *vous* si, Alex.

Ses yeux s'écarquillent. Il sait que j'ai raison. Il est équipé d'un micro afin que toute son équipe, y compris Victor le Sniper, puisse entendre notre échange. C'est pour cette raison qu'il s'est éloigné quand son sbire est venu m'inspecter. Son détecteur se serait déclenché à cause du micro d'Alex, qui est sans doute glissé sous sa chemise et scotché à son torse.

— Votre équipement a transmis un signal électronique aux hommes que vous avez postés à travers le Mall. La police de Washington a intercepté ce signal, Alex. Tout ce que vous m'avez dit est archivé, désormais. Incroyable, hein, la technologie dont disposent les flics de nos jours ?

— Vous bluffez, crache-t-il d'un ton qui se veut méprisant mais qui ne parvient pas à masquer sa peur croissante. Ce sont des mensonges !

Il me parle à moi mais, en réalité, c'est à ses hommes qu'il s'adresse. Sauf que ce n'est pas à lui qu'ils sont loyaux : c'est au gouvernement russe. Et Alexander Kutuzov doit à tout prix les convaincre qu'il ne vient pas de se transformer en un énorme boulet – un homme sur le point d'être arrêté par la police de Washington, tellement désespéré qu'il est prêt à tout révéler sur l'opération Delano si cela lui permet d'échapper à la peine de mort pour le meurtre d'officiers de police.

Alors, j'entends le son le plus délicieux, le plus mélodieux, ce chant que j'attendais avec impatience.

Les sirènes de police. Des voitures de patrouille qui foncent à toute allure sur le National Mall.

— Ils arrivent, dis-je. Ils ont tout enregistré et ils viennent vous arrêter. À votre place, je commencerais à réfléchir au marché que je peux leur proposer…

Je prononce cette dernière phrase plus fort afin d'être sûr que le message parvient à toute son équipe.

— Mensonges ! crie-t-il. C'est vous, pas moi, que la police vient chercher !

— Très bien, Alex. Dans ce cas, asseyons-nous et attendons de voir à qui ils vont passer les menottes.

Il me dévisage. Je le dévisage. Pendant une glorieuse fraction de seconde, j'ai l'impression que le temps suspend son vol.

Mais non : les sirènes résonnent de plus en plus fort.

— Sacré bourbier, Alex. Vous pensez que les flics accepteront de renoncer à la peine de mort si vous leur parlez de l'opération Delano ?

Alors, quelque chose se produit : Kutuzov touche son oreillette et hurle «*Niet*» au moment où les sbires près du miroir d'eau piquent un sprint vers le sud. D'autres hommes sur le Mall – le reste de l'équipe russe – fichent le camp dans diverses directions. Quelqu'un, quelque part, vient d'ordonner à l'équipe de se disperser.

Complètement paniqué à présent, Kutuzov gesticule avec son arme et se lance dans une sorte de plaidoyer en russe. J'imagine qu'il explique à son équipe que je mens, que je bluffe. Et il aurait raison. Les flics de Washington ne travaillent pas avec moi. Ils n'ont rien enregistré du tout. La seule raison pour laquelle ils foncent vers nous, c'est l'appel anonyme que l'inspectrice Liz Larkin vient de recevoir d'un portable intraçable utilisé par un pittoresque Irlandais et ex-flic à Chicago, l'informant de la présence du fugitif Benjamin Casper au Lincoln Memorial. Ils viennent pour m'arrêter.

Mais Kutuzov ne sait rien de tout ça. Pas plus que son équipe. Ils doivent prendre une décision, et la prendre rapidement car ces sirènes sont de plus en plus stridentes.

— Je le tuerai ! hurle Kutuzov, en direction du Mall.

Je suppose qu'il parle de moi mais, avant qu'il ait le temps de se retourner, un autre son très pur transperce l'air – un autre *dzzz.* L'arrière du crâne de Kutuzov explose et ses yeux vomissent du sang. Ses genoux lâchent, son corps oscille d'avant en arrière avant de basculer, tête la première, sur l'escalier du Lincoln Memorial. Il rebondit sur deux ou trois marches avant de s'immobiliser.

Les sirènes sont toutes proches maintenant, les pneus des voitures de patrouille écrasent la pelouse. Je me penche sur le corps sans vie d'Alex Kutuzov.

— Ça, c'est pour Ellis Burk, lui dis-je.

Puis je me retourne et je m'enfuis.

105

Je cours avec tout ce qu'il me reste de force vers le sud, où ma Triumph m'attend garée sur Independence. J'entends les policiers derrière moi mais je ne sais pas ce qu'ils font. Ils viennent de trouver un homme qui se vide de son sang au pied du Lincoln Memorial et ils doivent le prendre pour celui qu'ils sont venus arrêter – moi. J'espère qu'ils vont s'arrêter pendant une ou deux minutes. Tout retard est le bienvenu.

Je saute sur ma Triumph, regarde à ma gauche et vois des policiers en uniforme crier en me montrant du doigt. Les voitures de patrouille ne vont pas tarder. Je démarre et bondis sur l'avenue, vers l'est, slalomant entre les voitures sous les frondaisons des arbres. Par ce bel après-midi d'été, les joggeurs et les passants me prêtent peu attention. J'adorerais regarder l'heure à ma montre mais impossible pour le moment. J'ai essayé de minuter les opérations du mieux que j'ai pu, si ça n'a pas marché c'est trop tard pour arranger les choses.

J'entends les sirènes derrière moi tandis que ma Triumph s'élance sur Kutz Bridge, au-dessus du

Tidal Basin. Ils se demandent sans doute où je vais afin de me barrager un peu plus loin (« barrager » n'est pas un verbe ? eh bien, il devrait). Quoi qu'il en soit, plusieurs choix s'offrent à moi et, au croisement avec Maine Avenue Southwest, je reste à gauche sur Independence Avenue.

Ils ne sont pas loin derrière moi. Au carrefour suivant, je prends brusquement à gauche sur la 15th Street Southwest – « brusquement » pour eux, car ce trajet est celui de mon plan. Je m'attire quelques coups de klaxon mais parviens au bout de mon virage, en espérant que, derrière, c'est la débâcle.

Mon avance fond à vue d'œil. Les véhicules sur la voie opposée s'écartent et une voiture de patrouille parvient à ma hauteur et se colle à moi. Je me sens comme Chevy Chase dans *Fletch aux trousses*, je pense à sa réplique « Eh, Fred, ça ne s'arrange pas cet herpès ! », mais je ne crois pas que ces flics apprécieraient ce genre d'humour, et comme je n'ai pas l'intention de leur faire la causette…

Je saute sur le trottoir, par-dessus la chaînette qui le longe, me retrouve sur l'allée piétonne, heureusement vide, et fonce sur la pelouse pour rejoindre en raccourci Madison Avenue. Les flics ne peuvent pas me suivre en voiture et Madison est en sens unique vers l'ouest, ce qui les oblige à rouler à contresens – même stratégie qu'à vélo, sauf que cette fois je peux compter sur un peu plus de puissance.

Mon escapade sur Madison est de courte durée – les conducteurs qui me foncent dessus n'ont pas l'air très heureux de me voir –, je rejoins la 14th Street Southwest mais pas question de m'embêter à passer par ce carrefour encombré : je tourne à gauche, saute de nouveau le trottoir et rejoins l'allée piétonne au nord. De l'autre côté de la rue, la Smithsonian Institution, avec cette toute nouvelle exposition de photos de la guerre de Sécession que j'ai bien envie de voir – mais le moment est sans doute mal choisi.

Derrière moi, des sirènes et des crissements de pneus, je me retourne et découvre une voiture de patrouille, sur le trottoir, qui se rapproche dangereusement. J'ai juste le temps d'arriver avant elle au prochain carrefour – et c'est tout ce dont j'ai besoin.

La circulation ralentit, je saute le trottoir, traverse la rue et me retrouve sur le trottoir d'en face. Je freine brusquement au carrefour, bondis de ma Triumph et pique un sprint. Je cours vers mes funérailles, j'en ai peur, mais je n'ai pas d'autre choix. Et si ça doit se terminer ici, au moins c'est moi qui dicte les conditions.

106

Le Mellon Auditorium, au sein du Federal Triangle de Constitution Avenue, est un splendide bâtiment néoclassique construit dans les années 1930. C'est là que Roosevelt a annoncé le rétablissement de la conscription, là aussi qu'ont été signés le traité de l'OTAN à la fin des années 1940 et celui de l'ALÉNA au milieu des années 1990. Cet après-midi, il accueille une cérémonie de remise de prix organisée par les Boys Scouts of America.

Je traverse Constitution à pied, gravis les marches quatre à quatre, brandis – parfaitement, brandis – ma carte de presse à l'homme en costume sombre à l'entrée. Il me fait signe de passer et je traverse le portique sans déclencher le détecteur de métaux. Je traverse le hall au pas de course et approche de l'Auditorium quand j'entends un vacarme derrière moi, des cris. Sans doute des flics qui m'ont repéré entrant dans le bâtiment. Le type qui vient de me laisser passer – sans doute un membre du Secret Service – commence sans doute à comprendre que les flics parlent de moi.

Je ralentis le pas en voyant deux autres agents du Secret Service barrant l'accès à la salle. Je sors ma carte de presse.

— Bonjour, Ben Casper, *Capitol Beat*, je suis en retard.

L'un des agents cherche mon nom sur la liste. Il ne le trouvera pas.

Je me retourne : les flics ont passé le portique. Je regarde les agents.

— Bon sang, ces types ont une *arme* !

L'agent devant la porte de l'Auditorium porte la main à sa veste et avance d'un pas. Je le pousse d'un coup et déboule dans l'immense salle, sous les dorures.

— Alabama, Alabama ! hurle l'agent derrière moi, ce qui doit être le code pour « urgence ».

À l'intérieur, tout est bleu et rouge : le drapeau américain, l'insigne et la tenue des Boy Scouts, les tables où sont assis des milliers d'invités. Sur le podium, tout au fond, le président et d'autres dignitaires. La voix autoritaire du président résonne dans la salle.

Je suis en mode « ultra-sprint ». Les agents du Secret Service répartis un peu partout dans l'assemblée fondent sur moi. Le président interrompt son discours au moment où ses gardes du corps s'emparent de lui et le plaquent au sol. Je fonce dans la travée centrale, aussi loin que je le peux, et me mets à crier :

— Monsieur le président ! Le gouvernement russe vous fait chanter pour que vous le laissiez envahir la Géorgie ! Le gouvernement russe vous fait chanter et le peuple américain doit savoir !

Un premier agent essaie de m'aplatir façon bulldozer mais je l'esquive et son tacle ne fait que me déséquilibrer. Je tombe par terre mais relève la tête et continue de crier :

— Je suis Ben Casper, du *Capitol Beat* ! J'ai la preuve que les Russes font chanter le président ! Et la preuve que le gouvernement est au courant !

Ensuite, c'est l'empilement d'agents en costume noir, et je suis en dessous de la mêlée. Dans l'Auditorium, c'est la chaos : les gens bondissent de leur chaise, un officiel s'empare du micro et appelle au calme, je ne vois même plus le podium mais je suppose que le président n'y est plus. Il ne doit même plus être dans la salle. Mes cris redoublent :

— J'ai la preuve ! J'ai la preuve et le président le sait !

Alors, en moins de temps qu'il n'en faut pour dire « Je m'appelle Ben Casper et ma vie est finie », les agents me soulèvent et me transportent à l'horizontale hors de l'Auditorium. Je continue à crier les mêmes phrases, Je-suis-Ben-Casper-et-j'ai-la-preuve, pas tant pour les chefs scouts que pour les journalistes, dont la plupart me connaissent et, je l'espère, ont un minimum de respect pour moi – suffisamment en tout cas pour me placer en tête de leurs comptes rendus. Suffisamment pour qu'ils aient envie de poser des questions. Suffisamment pour que le gouvernement américain ait du mal à balayer tout ça sous le tapis.

Au bout du compte, c'est le mieux que je puisse faire. Je n'ai pas la vidéo mais je peux accuser publiquement le gouvernement et espérer que cela suffise à enrayer la machination. Même s'il est trop tard pour enrayer ce qui va m'arriver.

Je m'appelle Ben Casper et ma vie est finie.

107

Par un soir, et fort tard, ayant scellé mon destin, j'attends à regret ma rude punition. Moi qui ai abusé de la patience des agents du gouvernement, moi qui ai rompu les ponts avec ceux, et ceux-là seuls, dont ma survie dépend, j'attends, et rien de plus.

La pièce se résume à des murs gris, une table et deux chaises. Les deux membres du Secret Service qui m'y ont amené ne m'ont pas dit un mot, se contentant de me pousser par la porte avant de la refermer derrière moi.

Il y fait plutôt froid mais, à part ça, je me sens détendu comme après avoir terminé le dernier examen de l'année (même si je ne me souviens d'aucun examen où je me faisais tirer dessus). Je ne peux plus rien changer, maintenant. Fuir, se cacher, enquêter, planifier… tout ça est terminé. J'ai fait ce que je devais faire. Je ne peux pas retirer ce que j'ai dit. Je n'ai plus de moyens de pression sur Craig Carney. Il est libre de m'écraser de tout le poids du gouvernement fédéral.

Mais j'ai obtenu quelques compensations. J'ai pu me venger d'un milliardaire russe et obtenir justice pour Ellis Burk. J'ai vingt millions de dollars qui, à l'insu dudit milliardaire, ont été virés sur le compte d'une caisse de soutien aux officiers de police morts dans l'exercice de leurs fonctions. Et, grâce à moi, les Russes ne peuvent plus contrôler notre politique étrangère.

Cela fait trois heures que je suis ici. Pendant ce laps de temps, j'ai pris quelques décisions majeures. La première, c'est que Ben Affleck doit être pardonné pour le désastre J-Lo/*Amours troubles*, surtout après *The Town*, l'un de mes films préférés. La deuxième, c'est qu'Andrew Dice Clay, sous ses airs bovins, n'est pas ce qu'on appelle un mauvais acteur.

La troisième, c'est que je n'ai pas du tout envie d'aller en prison mais, désormais, il n'y a pas grand-chose que je puisse faire pour l'empêcher.

Un grand type afro-américain entre dans la pièce et ferme la porte derrière lui. C'est Ronald Hamilton, l'agent numéro un du Secret Service, chargé de la protection du président.

Il penche la tête et me lance un regard de réprimande.

— Salut, Ham, dis-je. Désolé pour tout ça. Si ça peut te consoler, tes hommes ont agi avec beaucoup de professionnalisme et d'efficacité.

— Ça ne me console pas du tout. Tu t'es foutu dans la merde, l'ami.

— Tu n'imagines pas à quel point, Ham.

Je regrette de ne pas avoir de surnom aussi cool que « Ham ». Le seul possible avec Ben c'est « Benji » – comme le chien insupportable du film. Je pourrais me faire à « T-Bone », le surnom dont rêvait

George Costanza dans *Seinfeld*, mais sûrement pas à « Coco », celui qu'il a fini par avoir.

— Ça ne te dérangerait pas de m'expliquer ce que tu braillais tout à l'heure ?

En réalité, ça me dérange. Ham est un bon gars, inutile de le mêler à ce bordel.

— Ham, depuis combien de temps on se connaît ?

Il incline la tête.

— Je dirais quatre ans.

— Tu m'as déjà vu péter un câble ? Me mettre à délirer ?

Réflexion faite, je ne suis pas sûr d'avoir envie d'entendre sa réponse.

— Où tu veux en venir ?

— À ceci : j'avais une bonne raison de faire ce que j'ai fait. Je veux parler au président, Ham.

— Non, coupe-t-il. Ce n'est pas comme ça que ça marche.

— Eh bien, ça marchera peut-être autrement : transmets un message au président pour moi. Tout à l'heure, j'ai juste parlé de « chantage ». Je n'ai pas précisé de quelle nature. J'aurais pu, je ne l'ai pas fait. Alors, s'il te plaît, dis au président qu'on a besoin d'avoir une petite discussion, lui et moi. Sauf s'il préfère que je saisisse la première occasion pour parler à la presse.

Hamilton secoue la tête.

— Ben…

— C'est tout, Ham. Transmets-lui le message. Ça restera *off*, si ça peut aider. Mais je parlerai seulement au président ou, dès que je le pourrais, aux journalistes.

Je me lève de ma chaise et, lui tournant le dos, vais dans un coin de la pièce. Après un moment, Ham se lève à son tour et sort.

Passe une autre heure. Par certains aspects, la lenteur à laquelle le temps s'écoule est un supplice mais, si je compare avec ce que j'ai affronté ces dix derniers jours, c'est une promenade le long de la plage. Je n'ai plus de décisions à prendre.

La porte s'ouvre. Je me retourne.

Craig Carney, le directeur adjoint de la CIA. Il n'a pas l'air content. En même temps, il n'a pas non plus l'air furieux.

Je dirais plutôt : terrifié.

Il s'approche de moi, si près qu'il pourrait m'embrasser. Comme Judge Reinhold dans cet épisode de *Seinfeld* où il se colle aux gens pour leur parler.

— Il y a encore une chance de sauver la situation. Je vais vous la donner. Vous avez subi une pression terrible. On vous recherche pour meurtre. Des personnes proches de vous sont mortes. Un stress considérable. Tout le monde le comprendra. Vous êtes désolé pour ces commentaires irresponsables et vous avez besoin de passer un moment en cure de désintoxication, pour vous reposer et profiter de soins bien mérités. Bref, vous retirez tout ce que vous avez dit.

— Pas question.

— Si vous ne le faites pas, nous vous détruisons. Je vous charge à mort, Casper. Haute trahison. Aller simple pour Guantanamo Bay. Vous croupissez dans une cellule avec des enturbannés dont l'unique ambition dans la vie sera de vous arracher les couilles.

Et je ne parle pas des condamnations pour meurtre. Vous allez passer des décennies à l'agonie. Vous supplierez pour qu'arrive enfin le jour où on vous attachera à un brancard et où on vous plantera une aiguille dans le bras.

Je détourne le regard et m'efforce de faire barrage à tout ce qu'il raconte mais, malgré son extraordinaire aptitude aux digressions les plus bizarres et les plus décalées, mon cerveau a du mal. Carney me poursuit de ces menaces depuis le début.

— Oh, et ce n'est qu'un début…

Il me parle si bas qu'il chuchote presque.

— Je détruirai aussi tout ce à quoi vous tenez et toutes les personnes qui vous sont chères. Kendra Tierney ? Morte. Anne Brennan, l'amie de Diana ? Morte. Je le ferai. J'ai des moyens que vous n'imaginez même pas. Tout dépend de vous, maintenant. Faites demi-tour, tout de suite.

Ses yeux me transpercent. La passion embrase ses joues.

Je me racle la gorge.

— Si vous le dites.

— Alors, on est d'accord ?

Un bruit à la porte. La poignée qui tourne. Les yeux de Craig Carney scrutent les miens.

Et derrière lui apparaît le président des États-Unis.

108

— Monsieur le président, dit Carney. Je crois que l'affaire est réglée.

Le président, en costume cravate, plisse les paupières en me dévisageant.

— Bonjour, Ben.

— Bonjour, monsieur le président.

Il parcourt la pièce d'un regard blasé.

— Apparemment, vous vouliez attirer mon attention. Je vous écoute.

— Monsieur le président, intervient Carney. Je pense que Ben veut vous dire qu'il a subi beaucoup de pression ces derniers temps et qu'il regrette ses déclarations. Il est prêt à les renier publiquement.

Le président Francis m'interroge du regard, attendant confirmation.

— Ça dépend, dis-je.

— Monsieur le président, je contrôle la situation. Vous n'avez pas besoin de perdre votre temps à l'écouter, monsieur. Je m'occupe de tout.

Alors, ça me frappe de plein fouet. Tels les flots de la mer Rouge… non, attendez, ça c'est Moïse. Pas une épiphanie, juste un miracle divin. On la refait :

Alors, ça me frappe de plein fouet. Comme un rayon de soleil transperçant un nuage fuligineux – voilà, c'est mieux –, une lueur d'espoir m'apparaît. Un truc que je n'avais pas encore sérieusement considéré. Peut-être était-ce là, quelque part dans les recoins de mon cerveau, mais je n'y avais jamais accordé beaucoup d'attention. Quel imbécile. Quelle naïveté, pendant tout ce temps…

— Votre femme, dis-je.

— Ça suffit ! me crie Carney. Monsieur le président, vraiment…

— *Quoi*, ma femme ?

Le président vient tout près de moi. Des flammes dans les yeux.

— Quoi, ma femme ? répète-t-il.

— Monsieur le président…

— Bon sang, Craig, ça suffit ! Je veux entendre ce que cet homme a à me dire.

Carney se tait mais se tourne vers moi. Son visage luit d'une teinte écarlate. Ses yeux essaient de me dire quelque chose. Ils me disent de la fermer.

Je lâche tout, d'un seul coup :

— Votre femme avait une liaison avec Diana Hotchkiss. Diana a filmé leurs ébats et a vendu la vidéo à la Russie. Les Russes s'en servent comme moyen de pression pour que vous ne réagissiez pas quand ils envahiront la Géorgie et tous leurs anciens pays satellites, un par un, jusqu'à reformer l'ancien Empire soviétique.

Le président ouvre la bouche et recule. Sa peau s'est vidée de son sang ; son regard est comme transparent.

C'était ma lueur d'espoir. Je n'en reviens pas de n'y avoir jamais pensé.

Le président n'est au courant de rien. Il ignore l'existence de la vidéo. Il ignore que les Russes font chanter le gouvernement des États-Unis.

— Craig ? De quoi parle cet homme ?

— De rien, répond Carney. C'est grotesque.

— Si c'est grotesque, dis-je, pourquoi Carney a-t-il menti au sujet de la prétendue mort de Diana Hotchkiss ? Elle est toujours en vie, monsieur le président. Vous lui avez rendu hommage avant votre conférence de presse à la Maison Blanche. J'étais là. Mais elle n'est pas morte.

— Diana ?

Le président me scrute, puis scrute le directeur adjoint de la CIA, son vieil ami, son fidèle ami.

— Diana est… vivante ?

— C'est ridicule, monsieur le président, dit Carney.

— Je parie que c'est Carney qui vous a annoncé la nouvelle de sa mort. Je parie que c'est lui qui vous a demandé de mentionner son nom à votre conférence de presse. Il voulait que les Russes soient persuadés de l'avoir liquidée.

Le regard du président Francis se fait vitreux. Il repense à cette journée. Et, je le sens, il se rappelle exactement tout ce que je viens de dire.

— Monsieur le président, je peux prouver ce que je dis. J'ai des photos datées d'hier soir montrant Diana, menottée, dans une berline gouvernementale. Encore mieux : ordonnez un analyse ADN du cadavre qui se trouve en ce moment à la morgue. Cette femme n'est pas Diana Hotchkiss. C'est Nina Jacobs, de Downers Grove, Illinois. Il suffit d'un test ADN. Et j'ai des e-mails montrant que Diana a tendu un piège à cette pauvre Nina pour qu'elle se trouve dans son appartement afin de se faire jeter du balcon.

— Monsieur le président, cet homme est un assassin et un traître. Rien ne vous oblige à écouter ses délires. Il a tenté de nous faire chanter et, maintenant, il essaie de renverser la situation…

— Est-ce qu'il dit vrai, Craig ? Est-ce que Diana est encore en vie ?

— Monsieur le président…

— Est. Elle. Encore. En vie ?

Le visage du président change de couleur.

Carney cherche péniblement ses mots. Mais il ne répond rien. Il baisse la tête, muet.

— C'est… compliqué, finit-il par répondre.

— Seigneur Dieu…, murmure le président.

Il se passe une main sur le visage.

— Seigneur Dieu, Craig… qu'est-ce que vous avez foutu ?

Histoire de ne pas perdre mon ascendant, je m'empresse d'ajouter :

— Je parie aussi que c'est Craig Carney qui a insisté pour que vous fassiez profil bas dans l'affaire russo-géorgienne. Il a passé un marché avec les Russes dans votre dos, monsieur le président. Ils croient qu'ils vous font chanter, monsieur le président, et vous ne le savez même pas.

— Monsieur le président…, implore Carney.

— Monsieur Carney, répond le président, mâchoires serrés, je veux que vous sortiez de cette pièce sur-le-champ, que vous m'attendiez dans le couloir et que vous ne parliez à personne tant que je ne vous ai pas rejoint. C'est clair ?

Pour un type aussi brillant, le directeur adjoint semble avoir du mal à comprendre un ordre qui m'a pourtant l'air très clair.

— Laissez-nous, dit le président. Je veux écouter ce que Ben a à me dire.

109

— Les Russes ont entrepris Carney car c'était le choix idéal : il dirige la CIA et c'est l'un de vos meilleurs amis. La personne parfaite pour vous transmettre discrètement le message. Mais Carney n'a pas transmis le message. Il l'a gardé pour lui et pour un petit groupe d'hommes de confiance qui ne connaissaient sans doute même pas les détails de l'affaire. Il ne vous en a pas parlé, monsieur le président, car il savait que, même si la vidéo était extrêmement gênante et politiquement dévastatrice, vous n'auriez jamais trahi votre pays.

Le président, dont la présence est d'ordinaire imposante dans n'importe quelle assemblée, entre le mâle alpha et le chasseur-cueilleur, paraît comme flétri. Le visage couleur de cendres, perdu, il s'appuie d'une main au mur. Ça fait beaucoup d'un seul coup. Il réfléchit aux risques pour son gouvernement et pour sa campagne de réélection. Il pense à son épouse. Et au fait qu'il a été trahi par l'un de ses plus proches et plus loyaux amis. Ce que j'ignore, c'est quelles priorités il établit dans la liste de ses préoccupations.

— Carney savait qu'en cas de diffusion, la vidéo serait une catastrophe pour votre carrière politique, monsieur. Et aussi pour *sa* carrière. Ce qu'il veut, c'est diriger la CIA pendant les quatre prochaines années. Alors, il a pris la décision tout seul.

Le président se pince le haut du nez pour retarder le terrible mal de crâne qui fond sur lui, s'il n'est pas déjà là.

— L'explosion près de la Maison Blanche, l'autre jour ?

— Les Russes qui me poursuivaient, monsieur. Ils essayaient de me tuer avant que je mette la main sur une copie de la vidéo.

Je l'examine un moment.

— Ne me dites rien… Carney a pris la direction de l'enquête, pas vrai ? Il a dû vous dire que c'était un coup d'Al-Qaida ou quelque chose dans le genre ?

Le président ne répond pas. Ce n'est pas nécessaire.

— Et vous avez cette… vidéo ? demande-t-il en prononçant le dernier mot comme s'il venait d'avaler une cuillère d'huile de foie de morue.

— Non.

Ma réponse ne figurera sans doute pas dans le top 10 de mes idées lumineuses. Depuis le début de cette affaire sordide, cette vidéo est mon unique moyen d'exercer la moindre pression. Et je viens d'y renoncer volontairement. Mais je n'ai pas l'intention de mentir au chef du monde libre. J'en ai assez, de bluffer. Je vais m'en tenir à la vérité pendant quelque temps et voir où ça me mène.

— Monsieur le président, votre vie privée ne m'intéresse pas. Ni celle de la First Lady. Si j'avais voulu la révéler, je l'aurais fait aujourd'hui, devant la presse nationale. Mais j'ai uniquement parlé de chantage, sans préciser de quoi il retournait.

Il me regarde.

— Vous auriez pu venir m'en parler directement. Vous n'étiez pas obligé de me prendre à partie en public.

— Si. Jusqu'à maintenant, je ne savais pas que Carney dirigeait cette opération en solo. Je croyais que vous en faisiez partie. Et je devais stopper ce qui se passait.

Le président se redresse et époussette sa veste de costume. Cette journée ne va pas rester comme une de ses meilleures.

— Vous êtes journaliste. Et vous me dites que vous ne direz rien sur ma femme ?

— Exactement. Le public n'a pas besoin de connaître sa vie privée. Sauf si elle affecte notre stratégie en politique étrangère.

Le président détourne le regard et acquiesce.

— Donc, si cette stratégie changeait et si nous nous opposions à l'invasion russe…

J'agite la main.

— Non, non, je ne suis pas en train de négocier avec vous, monsieur le président. Dites-moi juste que vous allez défendre au mieux l'intérêt de notre pays. C'est la seule chose qui compte pour moi.

Le président respire profondément et me jauge.

— Vous ne vous mettez pas vraiment en position de force, mon vieux.

— Parce que je ne suis pas en train de négocier. J'ai fait ce que je devais faire. Maintenant, j'en assume les conséquences.

Le président semble vouloir faire un commentaire mais se ravise. Je crois déceler, dans le coup d'œil qu'il me lance, un remerciement. Puis il secoue la tête, exaspéré, et quitte la pièce.

110

Au beau milieu de son discours aux correspondants de la Maison Blanche, le président Francis s'accorde une pause pour, apparemment, parcourir ses notes. Mais je ne pense pas qu'il les relise vraiment. Il songe avec tristesse à cet ami qui l'a trahi et qu'il vient de perdre.

— J'insiste sur le fait que, si j'ai accepté ce jour la démission du directeur adjoint Carney, c'est parce qu'il a omis d'informer le directeur de la CIA ou moi-même de l'existence de cette affaire. C'est une atteinte grave au protocole et à ses devoirs envers cette nation. Mais je veux également insister sur un autre point : je ne pense pas que M. Carney ait enfreint la loi. Il aurait dû me tenir informé de ce qui se passait, c'est vrai, mais il s'est tout de même efforcé d'enrayer les manœuvres d'extorsion et d'empêcher la divulgation de renseignements de sécurité nationale classifiés. Il semble du reste y être parvenu.

Inhabituellement fébrile, le président s'éclaircit la gorge et poursuit :

— J'ai parlé avec le Premier ministre Mereïedev, qui m'a une fois encore assuré que M. Kutuzov agissait de sa propre initiative. Il voulait contrôler la position américaine dans le différend qui oppose la Russie et la Géorgie afin d'accroître les profits de sa compagnie pétrolière. Le Premier ministre Mereïedev m'a confirmé qu'à aucun moment, la Russie n'a eu connaissance des agissements de M. Kutuzov et qu'elle condamne fermement ses initiatives.

Ben voyons. Peu importe : c'est le refrain que les deux pays ont décidé d'entonner. J'aurais bien aimé assister à la conversation entre le président Francis et le Premier ministre russe. Une fois révélée au public l'existence d'un chantage, les Russes ont compris qu'ils auraient beaucoup de mal à utiliser cette vidéo. Les médias ont mis un nouveau coup de projecteur sur les événements en Russie et sur la réaction de notre pays.

Il ne fait aucun doute que le président Francis a fait clairement savoir qu'après ces révélations, le gouvernement américain ne regarderait pas d'un œil favorable une invasion russe de la petite Géorgie. J'imagine qu'à un moment de la discussion, d'éventuelles sanctions voire une riposte militaire ont été évoquées.

À ce propos, j'ai une théorie : ce marché devait aussi rapporter un peu plus que de l'argent à Kutuzov. Je parie une bouteille de Stolichnaya qu'on lui avait fait miroiter une promotion alléchante – peut-être le poste de futur Premier ministre de l'Empire soviétique qu'il aidait à reformer ? On ne le saura sans doute jamais.

— Mesdames et messieurs, tout ceci s'est déroulé sous mon mandat, et j'en assume pleinement la responsabilité. Je suis gêné. Mais soyez assurés que j'ai corrigé ce problème et qu'il ne se reproduira plus. Enfin, je souhaite remercier personnellement un journaliste qui se trouve dans cette salle aujourd'hui pour son enquête minutieuse, je veux parler de Benjamin Casper. Sans l'aide de Ben, l'issue de cette affaire aurait été bien différente.

Oh, voilà qu'il me fait rougir. Je ne me tire pas trop mal de cette histoire. Craig Carney a signé une déposition officielle dans laquelle il désigne Alexander Kutuzov comme le responsable des agressions à mon encontre ayant entraîné la mort de policiers et d'agents du Secret Service. Il a également attribué à Kutuzov la responsabilité des meurtres de John Liu et de Nina Jacobs – même si les tueurs russes avaient pour mission de liquider Diana. Je ne sais pas au juste comment tout cela s'est déroulé mais je suppose que Carney a appris que les Russes voulaient tuer Diana et qu'il s'est arrangé avec elle pour que Nina joue, à son insu, le rôle de doublure.

Le président, à ce qu'on m'a dit, a insisté pour obtenir cette déclaration complète de Carney. Il l'a fait pour moi, avant tout, afin de m'éviter des complications avec la police locale. Et sans doute aussi pour toutes sortes de bonnes raisons, mais je crois qu'il avait envie de me faire ce cadeau. J'ai eu beau l'assurer à de multiples reprises que je saurai garder le secret au sujet de sa femme, il ne doit pas en être totalement convaincu.

— Et maintenant, je me ferai un plaisir de répondre à vos questions. Oui, Jane ?

— Monsieur le président, quelles vont être les conséquences du plaider-coupable de Diana Hotchkiss ? Les informations classifiées vont-elles rester confidentielles ?

— Effectivement. En échange de son plaider-coupable et de sa promesse de ne divulguer aucune information, Mme Hotchkiss échappera à la peine de mort et à un procès pour trahison. Oui, Don ?

— Monsieur le président, toujours à propos de Diana Hotchkiss. Nous avons compris qu'en tant qu'assistante de la CIA, elle passait beaucoup de temps dans la Maison Blanche, notamment avec la First Lady. Comment votre épouse a-t-elle réagi aux récents développements ?

Le président marque un temps. Je jurerais que, l'espace d'une nanoseconde, il me décoche un regard.

— Mon épouse est dévastée. Vous avez raison, elle entretenait une relation amicale avec Mme Hotchkiss. Elle a été très affectée en apprenant la conduite de cette jeune femme. Oui, Dean ?

— Monsieur le président, selon certaines informations, il serait possible que vous accordiez une grâce présidentielle à Craig Carney en cas de poursuite criminelle par le procureur spécial. Est-ce envisageable, monsieur, et cet accord a-t-il déjà été passé ?

Je me posais la question, moi aussi. Le ministre de la Justice a désigné un procureur spécial pour enquêter sur l'attitude de Carney. Carney a-t-il menacé à mots couverts le président de révéler le contenu de la vidéo s'il se retrouvait obligé de se défendre lors d'un procès criminel ? Probablement. Impossible d'en avoir le cœur net. Ou alors, attendons encore vingt ou trente ans, quand les mémoires de ces hommes en fin de carrière occuperont la liste des meilleures ventes…

Nixon a viré le procureur spécial dans l'enquête sur le Watergate après avoir…

Non. Stop. Plus de quiz présidentiel!

Le président Francis remue l'index.

— Je ne ferai aucun commentaire sur l'enquête dirigée actuellement par le procureur spécial. Tout ce que je peux dire, c'est qu'aucun accord n'a été passé avec M. Carney ni avec personne d'autre.

Puis, agitant la main :

— Merci à tous.

Il descend du podium. Pour la première fois, je remarque, dans un coin de la salle, la First Lady, Libby Rose Francis, qui balaie du regard les journalistes. Nos yeux se croisent. Elle paraît plus chaleureuse qu'à l'ordinaire. Sans doute les événements récents l'ont-ils quelque peu adoucie. Elle ne me fait pas signe de la main, ses lèvres n'articulent pas un message muet, mais son expression se détend et elle hoche la tête pour me saluer.

Je ne sais pas à quoi peut ressembler sa vie. C'est la First Lady, après tout, on peut donc dire qu'à tout point de vue elle est plutôt agréable. Mais sa vie repose sur un mensonge, et sans doute depuis toujours. Je n'arrive pas à me représenter quels effets cela peut avoir, de vivre dans le mensonge.

Peut-être cette histoire déclenchera-t-elle une prise de conscience chez elle – peut-être sortira-t-elle du placard. À moins que, je ne sais comment, la vidéo ne fasse surface, un jour, quelque part dans cette contrée sauvage nommée Internet. Je ne sais pas. Et ça m'est égal.

Je veux juste rentrer chez moi.

111

Anne Brennan descend le perron de son immeuble et lève la tête vers le ciel. La pluie s'annonce. Elle se met en marche vers le nord quand elle surprend mon regard, de l'autre côté de la rue. Elle s'immobilise, me dévisage, se demande comment réagir. Un signe de la main paraîtrait inadéquat.

Je traverse et m'arrête devant elle.

— Ce sont eux qui m'ont obligée, commence-t-elle.

— Je sais.

Je soupire.

— Et tu étais amoureuse de Diana.

Elle hoche la tête. Ses yeux s'emplissent de larmes.

— Ils m'ont dit que, si je les aidais à te surveiller, ils seraient moins durs avec Diana. Et ils me laisseraient la voir.

C'est à peu près ce que j'avais compris.

— La première fois que je suis venue te voir, je ne le faisais pas pour eux. Je ne savais même pas que Diana était vivante. J'avais vraiment besoin de ton aide. Mais, quand ils m'ont vue avec toi, ils m'ont prise au piège. Ils m'ont expliqué que Diana était détenue et que, si j'acceptais de coopérer, son traitement serait moins dur.

Rien de tout cela ne me surprend. J'écoute, sans faire de commentaire. Il n'y a vraiment rien que je puisse lui dire, au point que je me demande ce que je fais là. Sans doute avais-je juste envie de la voir encore une fois.

Elle scrute mon visage, espérant y voir autre chose que de l'amertume. Je ne suis pas sûr de ce qu'elle y trouve.

— La nuit que nous avons passée ensemble… Ce n'était pas prévu dans le plan. C'est arrivé, c'est tout. À ce moment-là, j'étais vraiment… paumée. Et tu es tellement gentil. En tout cas, je ne regrette rien. J'espère que toi non plus.

Mais tout le reste était un mensonge. Le soir où elle m'a appelé parce qu'elle avait été attaquée et menacée. Sa peur d'être poursuivie. Rien que des mensonges, orchestrés par les Feds pour m'obliger à lâcher l'affaire.

— Ils ne vont jamais la laisser sortir de prison, dit-elle.

Elle prononce ces mots comme si elle espérait qu'ils soient faux. Mais c'est la vérité : Diana va passer le reste de sa vie derrière les barreaux.

Anne peut s'estimer heureuse de ne pas avoir été arrêtée. Après tout, elle était la maîtresse de Diana. Était-elle au courant qu'elle faisait chanter le gouvernement des États-Unis ? Apparemment pas, en tout cas c'est ce que les Feds ont l'air de croire.

À mon avis, elle ne savait pas. Mais qui je suis pour en juger ? Elle m'a baladé dans tous les sens…

— Tu t'es retrouvée dans une situation impossible. Sans rancune. Maintenant, Anne, tu peux reprendre le cours de ta vie.

J'envisage de la prendre dans mes bras, ou de lui tendre la main – mais rien de tout cela ne me semble avoir de sens. Sans doute mettrai-je du temps à trouver du sens à toute cette affaire.

Alors je repars, tandis qu'une pluie tiède me tombe sur les épaules.

112

Quand j'ai débouché du couloir, que le garde m'a indiqué une chaise en m'annonçant que j'avais une demi-heure et que notre conversation serait surveillée, je pensais être prêt.

Je ne le suis pas.

Diana Hotchkiss est vêtue d'une combinaison orange informe – je le savais. Ses cheveux jadis soyeux forment désormais une masse sombre et flasque sur sa tête. Sans maquillage ni soleil, son visage est devenu pâle. Tout cela, je m'y attendais.

Mais je ne m'attendais pas à ses yeux. Vitreux, gonflés, sombres, ils me fixent à travers les barreaux et ne révèlent aucun sentiment. Elle n'est ni heureuse ni triste de me voir. Son expression est dénuée de tout espoir, de toute étincelle vitale. Ses émotions ont été balayées. Diana est totalement, inéluctablement brisée.

Je hausse les épaules, hésitant. Par où pourrais-je commencer ?

— A-t-on jamais été amis ? Y avait-il quelque chose de vrai entre nous ?

Je me déteste de poser ces questions. Je ne veux pas donner l'impression que sa réponse a de l'importance. Mais elle en a.

Diana est debout, adossée au mur dans sa cellule solitaire. Je la vois de profil. Elle ronge un ongle qui, à ce que je vois, se réduit déjà à un moignon.

— Tout le monde piège tout le monde. Tout le monde ment, à soi-même et aux autres. Tout le monde se sert de tout le monde.

Elle a besoin de se le dire. Elle a fauté, mais sa faute n'est qu'une variante de ce que tout le monde fait. Sacrée variante, quand même : aider un pays à faire pression sur les États-Unis.

— Alors qu'est-ce que je fais ici, Diana ? Pourquoi tu as demandé à me voir ?

Elle prend un moment avant de répondre.

— Pour te présenter mes excuses. Je suis désolée que tu te sois retrouvé mêlé à ça. Je ne voulais pas ça pour toi, ni pour Nina, ni pour Randy…

Son expression se fissure, sa contenance s'effondre : elle se met à sangloter dans ses mains. Ses joues ont dû être gorgées de larmes ces dernières semaines, tandis que sa vie se désintégrait sous ses yeux. Je ne sais pas quelle issue elle imaginait. Elle croyait vraiment que l'histoire se finirait bien ?

Probablement pas. Son profil sera sûrement étudié à Quantico[1] : un cas d'école de comportement autodestructeur.

---

1. Une des plus grandes bases de l'US Marine Corps, hébergeant aussi le centre de formation des recrues du FBI.

Je me laisse gagner par la pitié quand ma colère se réveille brusquement.

— Ce que tu as fait à Nina Jacobs est inadmissible. Impardonnable.

Les sanglots de Diana s'amplifient en spasmes incontrôlables. Terrassée par le poids de son infamie, de sa honte et par la perspective d'une vie sans avenir – elle a l'embarras du choix –, elle se laisse glisser par terre et passe la majeure partie des dix minutes suivantes en pleurs.

Quand elle se calme un peu, elle me dit, entre ses doigts :

— La semaine où Nina s'est installée chez moi… c'est la semaine… où tout s'est passé.

— La semaine où tu as donné aux Russes cette vidéo de toi avec la First Lady. Et la semaine où ils l'ont montrée à Carney.

— Oui.

Elle respire profondément.

— Je voulais garder une longueur d'avance sur eux. Je me savais surveillée par les hommes de Kutuzov. Je voulais qu'ils me croient toujours chez moi.

— Et donc, en espionnant ton appartement de loin, ils voyaient une femme qui te ressemblait, portait tes vêtements, nourrissait le chat, dormait sur place, sortait de l'immeuble et y revenait. Bref, ils pensaient que tu étais toujours en ville alors qu'en réalité, tu avais sans doute déjà quitté le territoire. Pour un pays chaud, et sans traité d'extradition avec l'Amérique.

Elle hoche de nouveau la tête. La CIA a dû utiliser des moyens considérables pour retrouver sa trace, avant de décider de s'asseoir sur les traités d'extradition. Je visualise un commando lâché d'un hélicoptère noir s'emparant de Diana sur une plage ou ailleurs et la ramenant à Quantico.

— Mais pourquoi ce coup de fil où tu me demandais d'installer des caméras ? Une envie de me rendre complice d'un complot international ? D'avoir de la compagnie en taule ?

— Tu étais la seule personne en qui je pouvais avoir confiance.

Je ne réponds rien. En mon for intérieur, je lutte contre l'envie de la croire. Elle m'a suffisamment manipulé pour une vie entière.

— Je me suis aperçue que, puisqu'ils avaient la vidéo et que je ne leur étais plus du tout utile, les Russes pouvaient très bien être tentés de me supprimer. S'ils passaient à l'acte, je voulais qu'il existe une trace.

Diana me regarde.

— Ben, je te jure, je ne savais pas qu'ils seraient aussi rapides. Nina était censée partir le lendemain. Je ne pensais pas qu'ils s'en prendraient à moi ce soir-là. Je… je ne voulais pas sa mort. Je te le jure.

Je ne sais pas si je la crois ou non. En tout cas, elle s'est montrée d'une inconséquence terrible avec la vie de son amie.

— Et qui a dissimulé la mort de Nina ? La CIA ?

Elle me regarde comme si la réponse allait de soi.

— Bien sûr. À ce moment-là, ils savaient tout. Peut-être même que les Russes cherchaient à me liquider. Ils ont pris leur décision : tout le monde devait croire à ma mort.

Et ça a marché. Pendant un moment, en tout cas. Jusqu'à ce que je devienne curieux.

Mais maintenant, c'est terminé. Diana a laissé sa morale au vestiaire, pris un risque censément audacieux et téméraire pour empocher le magot – et elle a perdu gros. Elle passera le reste de sa vie dans une cellule.

J'ai aimé cette femme. On ne peut pas faire simplement disparaître ce genre de sentiment. Mais j'aimais une personne qui n'existait pas. Un personnage joué par Diana. Les signes étaient peut-être là, mais je refusais de les voir. Je ne *voulais* pas les voir.

Le gardien approche et m'annonce que la demi-heure est écoulée. Je respire profondément et je regarde Diana.

Je regarde Diana pour la dernière fois, la main posée doucement sur les barreaux.

— Il y a encore quelque chose de bon dans ta vie. Ça va être difficile à trouver, mais c'est bien là, Diana. Ne cesse jamais de le chercher.

Et je m'en vais, en me demandant si je n'aurais pas intérêt à suivre mon propre conseil.

113

Le professeur Andreï Bogomolov ne vient pas m'ouvrir quand je sonne à la porte. C'est une infirmière, et elle me guide vers l'arrière de son antre. Andreï est allongé dans un lit médicalisé calé contre un mur.

Son état de santé paraît vingt fois pire que lors de ma dernière visite, il y a seulement une semaine. Le mal atroce qui le ronge est en train de gagner rapidement le combat. Des touffes de cheveux éparses se dressent sur son crâne. Ses yeux sont noirs et désertés.

Le lit médicalisé n'était pas là quand je suis venu. À moins qu'Andreï ne m'ait empêché de le voir. C'est le signe que la fin est proche et qu'il veut mourir chez lui plutôt qu'à l'hôpital.

Il hasarde un sourire mais même cette infime expression de joie semble douloureuse. Je prends sa main et la serre doucement.

— Bonjour, mon vieil ami.

— Tu es… un héros, parvient-il à dire.

Tu as réussi, scarabée.

— Et tout ça en une semaine !

Ma tentative de détendre l'atmosphère tombe à plat.

Je regarde le jardin par la fenêtre. Le souvenir du barbecue, quelques semaines après la mort de maman, me revient. Andreï m'avait dit : *Si un jour tu te sens en danger, Benjamin, tu peux m'appeler. Je viendrai t'aider.*

— Tu es venu… pour une raison, murmure-t-il.

Je lui souris.

— Pour voir un bon ami.

Andreï grimace. Une quinte de toux le secoue. Quand elle s'achève, Je prends le gant de toilette posé sur la table de chevet et lui essuie la bouche.

— Vous n'êtes pas obligé de me dire ce que vous n'avez pas envie de me dire.

— Si… je dois. Ça fait… longtemps. C'est une question… que je me suis souvent posée… très souvent.

Il ferme les paupières. Glisse dans le sommeil. L'antidouleur qu'il reçoit par perfusion intraveineuse doit faire effet – à moins qu'il ne s'agisse que d'une faiblesse généralisée. Au bout de quelques minutes, il se réveille d'un coup, les yeux dans le vide. Il a besoin d'un moment pour se rappeler où il est et me regarder de nouveau.

— Pourquoi mon père a tué ma mère ?

Ma question, et les souvenirs qu'elle réveille certainement, arrachent à ses lèvres une contorsion de douleur.

— On n'a pas pu… le confirmer… à l'époque. Mais aujourd'hui… aujourd'hui, on pense… avoir la réponse.

— Pourquoi mon père a tué ma mère, Andreï?

Il reprend longuement son souffle.

— Il ne l'a pas tuée.

J'ai un mouvement de recul, comme si je venais de prendre une décharge.

— C'est son… employeur. Ton père… a essayé… de l'empêcher.

Son *employeur*? L'employeur de mon père? Il ne veut quand même pas parler de l'American University…

— C'est pour cette raison que la CIA vous a donné un poste à la fac? Pour espionner mon père?

Andreï ferme les yeux et acquiesce.

— C'est… c'est vrai.

— Pour qui papa travaillait? Les Russes?

Il rouvre les yeux.

— La Chine. On pense… que ta mère… l'a découvert… Alors, les Chinois…

— Les Chinois ont tué ma mère parce qu'ils pensaient qu'elle allait découvrir la couverture de papa?

Tout se met en place sous mes yeux.

— Exact, murmure-t-il. Exact…

Je lâche sa main et m'écarte du lit.

— Mais alors pourquoi… bon sang, *pourquoi*… mon père m'a fait porter le chapeau…

Sans prévenir, ma gorge se serre et je perds toute contenance. Les larmes giclent de mes yeux, couvrent mes joues, une houle soulève ma poitrine… Dieu sait combien de temps je reste ainsi. Tout ce qui était enfoui en moi s'évacue, je gémis comme un enfant, je pleure comme je ne me rappelle pas avoir jamais pleuré, je cherche l'oxygène, je me sens bloqué, je tremble, de mes sanglots étranglés jaillissent des cris…

Papa, un espion ? Était-ce pour cette raison que maman était aussi abattue ? Son mari était un traître et elle l'avait découvert. Elle ne savait pas quoi faire…

Quand je me suis calmé, que j'ai essuyé mon visage, mon nez et retrouvé mon souffle, j'observe Andreï. Il me tend la main, paume ouverte. Je retourne près de lui et la serre.

— Mon pauvre… Benjamin…, chuchote-t-il. Si la vérité… éclatait… ils disaient… ils disaient qu'ils te tueraient.

— Papa me *protégeait* ?

Sur ma langue, le mot a comme une saveur empoisonnée.

— Ton père est rentré… un jour et l'a trouvée… morte. Les Chinois… lui ont dit qu'ils ne pouvaient pas être… impliqués… et lui non plus. Tu étais… le seul choix possible. Benjamin… ton père a tout fait… pour obtenir… ton acquittement.

Mon esprit a beau tourner dans tous les sens, les souvenirs peuvent m'ensevelir sous leur avalanche, je dois bien l'admettre : j'ai eu les meilleurs avocats et, au bout du compte, je m'en suis sorti.

— C'est pour ça que je ne suis jamais allé à l'école ? C'est pour ça que j'ai toujours eu des tuteurs et que je n'ai pas quitté la maison avant la fac ?

Andreï hocha la tête.

— Il craignait… pour ta sécurité.

Tout mon univers tombe à la renverse. Toutes mes certitudes… j'avais tort.

— Des années plus tard… on a fini… par arrêter ton père. C'était… trop gênant… pour le révéler publiquement. Il a… coopéré… et a été placé…

— … en résidence surveillée.

Dans sa cabane. C'est pour ça qu'il restait tout le temps là-bas et ne m'a jamais laissé venir pendant toutes ces années, jusqu'à sa mort. Il ne voulait pas que je découvre la vérité.

— Un traître, oui… Mais un traître… qui aimait son fils.

Non. Non. C'est trop. Je sature. Je disjoncte.

Je m'entends parler mais je ne sais pas ce que je dis. Puis je fais les cent pas dans la maison, et soudain l'air froid du dehors me pique la peau, le haut est en bas, le bas est en haut, un inconnu habite mon corps, ce n'est pas moi, je ne suis pas Ben, les voitures klaxonnent, les pneus crissent, quelqu'un m'insulte et je me mets à courir, à courir aussi vite que je peux et ça me fait du bien, je me sens bien, je ris, je pleure, je me sens libéré, je me sens *normal*…

Jimmy Carter est le premier président à avoir pratiqué le footing régulièrement. Un bon moyen pour évacuer le stress. Depuis, presque tous les présidents l'ont imité, à l'exception de Ronald Reagan, trop vieux pour courir tous les jours, et de George W. Bush, qui a dû renoncer à cause d'un genou douloureux. En tant qu'ancien maître nageur, Reagan préférait la natation, tout comme Kennedy car elle apaisait ses douleurs dorsales. John Adams, lui, commençait traditionnellement ses journées en plongeant nu dans le Potomac – selon une anecdote amusante, on raconte même que…

Du même auteur
chez le même éditeur :

Noces sanglantes, 2022.
Tu mens? Tu meurs, 2021.
Diamants de sang, 2021.
Pile ou face, 2020.
Alerte rouge, 2020.
Instinct, 2020.
Plus jamais, 2019.
Jeu de massacres, 2019.
Lettres de sang, 2018.
La Villa rouge, 2017.
Tue-moi si tu peux, 2017.
Menace sur Rio, 2016.
Invisible, 2016.
Lune pourpre, 2015.
Le Sang de mon ennemi, 2015.
Un si beau soleil pour mourir, 2015.
Week-end en enfer, 2014.
Tapis rouge, 2014.
Moi, Michael Bennett, 2014.

Zoo, 2013.
Dans le pire des cas, 2013.
Les Griffes du mensonge, 2013.
Copycat, 2012.
Private Londres, 2012.
Œil pour œil, 2012.
Private Los Angeles, 2011.
Qui a tué Toutankhamon ?, 2011.
Bons Baisers du tueur, 2011.
Une ombre sur la ville, 2010.
Dernière Escale, 2010.
Rendez-vous chez Tiffany, 2010.
On t'aura prévenue, 2009.
Une nuit de trop, 2009.
Crise d'otages, 2008.
Promesse de sang, 2008.
Garde rapprochée, 2007.
Lune de miel, 2006.
L'amour ne meurt jamais, 2006.
La Maison au bord du lac, 2005.
Pour toi, Nicolas, 2004.
La Dernière Prophétie, 2001.

PAPIER À BASE DE FIBRES CERTIFIÉES

Le Livre de Poche s'engage pour l'environnement en réduisant l'empreinte carbone de ses livres. Celle de cet exemplaire est de :
500 g éq. CO_2
Rendez-vous sur www.livredepoche-durable.fr

Composition réalisée par Lumina Datamatics, Inc.

Achevé d'imprimer en février 2022 en Espagne par
LIBERDUPLEX
N° d'impression : 98502
Dépôt légal 1re publication : mars 2022
LIBRAIRIE GÉNÉRALE FRANÇAISE
21, rue du Montparnasse – 75298 Paris Cedex 06

29/3699/9